संगणक क्षेत्रातही मराठीच्या सर्रास वापरासाठी ७००० उपयुक्त शब्दांचा कोश!

I0563321

संगणक शब्दकोश

मराठी – इंग्रजी
इंग्रजी – मराठी

संकलन

मधुकर सप्रे

डायमंड पब्लिकेशन्स

संगणक शब्दकोश

मराठी – इंग्रजी, इंग्रजी – मराठी

संकलन : मधुकर सप्रे

Sanganak Shabdakosh
Edited by : Prof. Madhukar Sapre

प्रथम आवृत्ती : २०११

ISBN 978-81-8483-394-2

© डायमंड पब्लिकेशन्स

मुखपृष्ठ

शाम भालेकर

प्रकाशक

डायमंड पब्लिकेशन्स

१२५५ सदाशिव पेठ, लेले संकुल

पहिला मजला, निंबाळकर तालमीसमोर

पुणे ४११ ०३०. ☎ ०२०–२४४५२३८७

diamondpublications@vsnl.net
www.diamondbookspune.com

प्रमुख वितरक

डायमंड बुक डेपो

६६१ नारायण पेठ, अप्पा बळवंत चौक

पुणे ४११ ०३०. ☎ ०२०–२४४८०६७७

मराठीच्या संगणकभरारीला शुभेच्छा!

अनेक भाषांची तुलना करता मानवी उपयोगासाठी 'मराठी' ही खूपच उपयुक्त भाषा आहे, हे लक्षात येते. लहान शब्द, छोटी वाक्ये, लेखकाला अधिक स्वातंत्र्य देणारी लवचिक वाक्यरचना ही मराठीची वैशिष्ट्ये आहेत. उच्चारानुसार लिखाण, लिखाणानुसार उच्चार, वेगवान बोली आणि उच्चाराबरोबर अर्थ कळणारे बहुसंख्य शब्द ही मराठीची बलस्थाने आहेत. ही बलस्थाने लक्षात आल्याने शिक्षण, आरोग्य, प्रशासन, संशोधन, प्रसारमाध्यमे आणि इतर अनेक क्षेत्रांत मराठीचा वापर वेगाने वाढतो आहे. मराठी शब्दनिर्मितीही त्याचबरोबर वाढत आहे.

संगणकाने अलीकडे अनेक क्षेत्रे व्यापली आहेत. भारतात काही वर्षांपूर्वी संगणकावरील सर्व काम फक्त इंग्रजीत होत होते. अलीकडील वीस वर्षात संगणकावर मराठीसह शेकडो भाषांतून काम करता येते. संगणकावर मराठी अवतरली तरी संगणकाचे भाग, सोयी-सुविधा, प्रणाली, प्रक्रिया या सर्वांसाठी मराठी शब्दांची गरज भासत होती. मायक्रोसॉफ्ट, सी-डॅक, लिनक्स आणि अन्य संस्थांनी अनेक मराठी प्रणाली उपलब्ध केल्या आहेत. या प्रणाली निर्माण करताना मराठी सूचनांमध्ये जवळजवळ ८०% शब्द इंग्रजीतच ठेवण्याची वेळ आली होती. खऱ्या अर्थाने जागतिक दृष्टिकोन असलेल्या वरील संस्थांना ही बाब योग्य वाटली नाही. मराठी प्रणालीत शक्यतो मराठी शब्द असावेत, असा त्यांचा प्रयत्न होता. अनेकांनी मराठी प्रतिशब्द सुचवले, त्यावर काही विचार होऊन त्यांतील अनेक शब्द आता वापरले जातात. अशा शब्दांचा एकत्रित संग्रह मात्र अजूनपर्यंत आढळलेला नाही. त्यामुळे सुमारे सात हजार निवडक शब्द संकलित करून त्यांचा मराठी-इंग्रजी तसेच इंग्रजी-मराठी शब्दकोश प्रसिद्ध करावा असे श्री. मधुकर सप्रे यांनी ठरवले.

जगातील काही भागांमध्ये आणि भाषांमध्ये फारशी स्वतंत्र मूलभूत ज्ञाननिर्मिती होत नाही. ज्या भागांत आणि भाषांत अशी स्वतंत्र ज्ञाननिर्मिती होते त्या भागांत, भाषांत मोठ्या प्रमाणात ज्ञानकोश तसेच शब्दकोश निर्मिती होते. मराठी आणि फ्रेंच या दोन भाषांत याच कारणाने प्रचंड ज्ञाननिर्मिती, कोशनिर्मिती झाली आहे. या नियमालाही एक अपवाद आहे. इंग्लंड भागात किंवा इंग्रजी भाषकांनी फारशी ज्ञाननिर्मिती केली नसूनही बरेच ज्ञानकोश, शब्दकोश इंग्रजी भाषेत निर्माण झाले आहेत. जगातील मोठ्या भूभागावर असलेल्या राजकीय सत्तेमुळे अशा सर्व भागातील ज्ञाननिर्मितीतून इंग्रजांकडे अफाट माहिती जमा झाली. भारत-आफ्रिकेतील जंगले

अंदाधुंद पद्धतीने तोडून त्यांना कागद जवळजवळ फुकट मिळाला. या दोन गोष्टींमुळे ते अनेक कोश निर्माण करू शकले.

आजच्या काळात अनेक इंग्रजी कोश असताना प्रत्येक इंग्रजी शब्दासाठी मराठी प्रतिशब्द निर्माण करावा की करू नये, याबाबत भिन्न मते आहेत. इंग्रजी आणि मराठी शब्दांची थोड्या बारकाईने तुलना केली तर काही मूलभूत फरक लक्षात येतात. वस्तू, संकल्पना, भावना, पद्धती अशा कोणत्याही बाबींसाठी शब्दांची गरज भासते. अशा कोणत्याही बाबींचा उगम, तिचे घटक किंवा तिचा वापर यांचा विचार करून शब्द शोधण्याच्या वेळी अगोदरच उपलब्ध असलेल्या मराठी शब्दांच्या सामासिक जोडणीने नवे शब्द निर्माण करण्याचा मराठी लोक प्रयत्न करतात. असे करण्यासाठी आवश्यक उपजत क्षमता हा मराठी मातीचा विशेष गुण आहे. ज्या भाषकांकडे हा गुण नसेल त्यांनी नाईलाजाने इतर भाषेतील शब्द 'उचलून' वापरले तर ते योग्य ठरेल. या मराठी परंपरेमुळे मराठी भाषा येणाऱ्या व्यक्तीला बहुसंख्य मराठी शब्दांचे अर्थ केवळ उच्चारावरूनही समजतात. इंग्रजी शब्दसंग्रह निर्माण करताना इंग्रजांनी नवीन शब्दनिर्मितीवर फारसा भर दिलेला नाही, हे स्पष्ट जाणवते. इंग्रजांनी त्याऐवजी हजार भाषांमधील शब्द जसेच्या तसे 'उचलून' अक्षरक्रमाने एकमेकांशेजारी लिहून शब्दकोश तयार केले आहेत असे आढळते. विविध इंग्रजी शब्दकोशांत कोणता शब्द कोणत्या भाषेतून 'उचलला' याचा प्रामाणिक ऋणनिर्देशही ठिकठिकाणी आढळतो. या उचलाउचलीमुळे इंग्रजी भाषा येणाऱ्या व्यक्तीलाही इंग्रजी शब्दांचे अर्थ केवळ उच्चारावरून समजत नाहीत, तर अर्थ समजण्यासाठी बरीच डोकेफोड करावी लागते. दोन भाषांमधील या फरकामुळे शक्य असेल त्या प्रत्येक क्षेत्रातील प्रत्येक शब्दासाठी सोपा, अर्थपूर्ण मराठी शब्द शोधलाच पहिजे असे माझे ठाम मत आहे.

मराठी भाषेतील जो सर्वात जुना लिखित मजकूर सापडला तो तेराशे वर्षांपूर्वीचा आहे. त्याअगोदर अनेक शतके मराठी ही बोलीभाषा होतीच. अनेक सर्वसामान्य माणसांनी हजारो अर्थपूर्ण मराठी शब्द आपापल्या जीवनकाळात निर्माण केले. अनेक संतांनी त्यात मोलाची भर घातली. छत्रपती शिवाजी महाराजांनी राज्यव्यवहार कोशाची निर्मिती करून त्या परंपरेला राजकीय अधिष्ठान दिले. नंतरच्या काळातही हे काम सुरूच राहिले. अलीकडील काळात कै. ग. वि. केतकरांनी निर्माण केलेल्या ज्ञानकोशामुळे या प्रकारच्या कामाला पुन्हा गती मिळाली. महाराष्ट्र राज्यस्थापनेनंतर सरकारी निधीतून विश्वकोशाचे मोठे काम झाले आहे. इतकी मोठी

कामे मराठी मुलुखात मराठी लोकांनी केली आहेत, तरी संगणकीय शब्दकोश मात्र आजवर उपलब्ध नव्हता. मराठी झेंडा संगणक क्षेत्रात सर्व जगभर डौलाने फडकत असला तरी मराठी-इंग्रजी संगणकीय शब्दकोश नाही, याची खंत मराठी मनात अनेक वर्षे होती.

आपल्या कारकिर्दीत तीस उत्तमोत्तम शब्दकोश प्रसिद्ध करणाऱ्या डायमंड पब्लिकेशन्सच्या वतीने श्री.मधुकर सप्रे यांनी संकलित केलेल्या सुमारे सात हजार संगणकीय शब्दांचा मराठी-इंग्रजी आणि इंग्रजी-मराठी शब्दकोश प्रसिद्ध होत आहे. समृद्ध, संपन्न मराठी भाषेत यामुळे आधुनिकतेचे नवे दालनच उघडले जाईल.

या पहिल्या प्रयत्नाला माझ्या मन:पूर्वक शुभेच्छा !

प्रा.अनिल गोरे
समर्थ मराठी संस्था,
७०५, बुधवार पेठ, पुणे-४११००२
भ्र.ध्वनी - ९४२२००१६७१

संगणक शब्दकोश

व्यावसायिक भाषांतरकार म्हणून काम करताना संगणक क्षेत्रातल्या शब्दांचं भाषांतर करण्याची मला संधी मिळाली. ते भाषांतर करताना शक्य तिथे मराठी प्रतिशब्द वापरावेत अशी सूचना होती. त्यामुळे मी अशा प्रतिशब्दांचा शोध घेत होतो, मिळेल त्या कोशातून शब्द जमा करत होतो आणि काही प्रतिशब्द तज्ज्ञांच्या साहाय्यानं नव्याने करत होतो. असं करता करता संगणक क्षेत्रातल्या सुमारे सात हजार निवडक शब्दांच्या मराठी प्रतिशब्दांचा संग्रह तयार झाला. यापेक्षा व्यापक स्वरूपाचा कोश तयार करणं हे एकट्याच्या आवाक्यातलं काम नाही.

शासकीय पातळीवर राज्यभाषा म्हणून अधिकृतपणे मराठीचा स्वीकार झाला आहे. शासकीय कामकाजात मराठीचा वापर करण्याचं धोरण आहे. त्या धोरणाला पूरक असे विज्ञान–तंत्रज्ञान, अभियांत्रिकी, वैद्यकीय, वाणिज्य, प्रशासकीय अशा वेगवेगळ्या क्षेत्रांसाठी सुमारे पन्नास कोश महाराष्ट्राच्या भाषा संचालनायातर्फे आजवर प्रकाशित झाले आहेत. पण संगणक क्षेत्रासाठी तयार केलेला शब्दकोश मला आढळला नाही. त्यामुळे संगणक क्षेत्रातल्या शब्दांचा कोश तयार करायचं मी ठरवलं. शिवाय हे सर्व 'इंग्रजी–मराठी' कोश आहेत, 'मराठी–इंग्रजी' नाहीत. केवळ शासकीय पातळीवरच नव्हे, तर वृत्तपत्र माध्यमांतूनही मराठीचा वापर वाढत आहे आणि त्यांत कितीतरी मराठी प्रतिशब्द वापरले जात आहेत. संगणक शिक्षणाचं क्षेत्रही याला अपवाद नाही. म्हणून या कोशात 'मराठी–इंग्रजी'आणि 'इंग्रजी–मराठी' असे दोन्ही विभाग समाविष्ट केले आहेत.

सध्या संगणक क्षेत्रात मराठीचा वापर करताना मराठी प्रतिशब्द माहीत नाहीत म्हणून इंग्रजी शब्द मराठीत लिहून वेळ मारून नेली जाते. उदा. 'अॅड करा', 'क्लोज करा', 'कॅन्सल करा', 'अॅक्सेसरीज', 'अॅक्सेसिबिलिटी', 'ट्रान्स्फर' वगैरे. या कोशामुळे, काही अपवाद वगळता, तसं करण्याची वेळ येणार नाही. अर्थात मराठी प्रतिशब्द माहीत नाहीत ही खरोखरच ज्यांची अडचण आहे, त्यांनाच हा कोश उपयोगी पडेल. ज्यांची तशी इच्छाच नाही अशांच्या तोंडून 'यंग पीपल फ्रिक्वेन्टली जॉब्ज का चेंज करतात याची बिकॉजेस कळत नाहीत' असंच ऐकायला

मिळणार. हे संभाषण प्रत्यक्ष ऐकलेलं आहे, काल्पनिक नाही.

इंग्रजी शब्दांसाठी प्रादेशिक भाषेत प्रतिशब्द तयार करताना ते शक्यतो संस्कृतवर आधारित असावेत अशी भारत सरकारच्या मानव संसाधन विकास मंत्रालयाच्या कोशांमध्ये मार्गदर्शक सूचना आहे. संस्कृत भाषेचा भारतातील सर्व प्रांतांमध्ये वापर केला जात असल्यामुळे संस्कृतवर आधारित प्रतिशब्द एकाच प्रांतापुरते मर्यादित न राहता ते 'अखिल भारतीय (Pan Indian)' बनतात हे याचं कारणही त्या कोशांमध्ये नमूद केलेलं आहे. याशिवाय संस्कृतच्या व्याकरणात प्रतिशब्द तयार करण्याची चांगली सुविधा मिळते हेही एक कारण आहे. त्यामुळे या कोशात नव्याने तयार केलेले बहुसंख्य मराठी प्रतिशब्द संस्कृतप्रचुर आहेत.

इंग्रजी भाषेतलं संगणक क्षेत्रातलं ज्ञान आपल्या विद्यार्थ्यांना मराठी भाषेतून मिळायला या कोशाची मदत व्हावी, मराठीचा वापर संगणकासह इतर क्षेत्रांतही वाढावा हा या कोशाचा उद्देश आहे. याला चांगला प्रतिसाद मिळून मराठी भाषेच्या विकासाला हातभार लागो ही प्रार्थना!

मधुकर सप्रे
२ सावरी सोसायटी, रस्ता क्र. २,
हॅपी कॉलनी, कोथरूड, पुणे – ३८.
मो. ९८२२८१३९४९

या संगणक कोशामधील वर्णक्रम

स्वरादी

अनुस्वार (ं)   विसर्ग (:)

स्वर

अ आ इ ई उ ऊ ऋ अॅ ए ऐ ऑ ओ औ

व्यंजने

क्	ख्	ग्	घ्	ङ्
च्	छ्	ज्	झ्	ञ्
ट्	ठ्	ड्	ढ्	ण्
त्	थ्	द्	ध्	न्
प्	फ्	ब्	भ्	म
य्	र्	ल्	व्	श्
ष्	स्	ह्	ळ्	

विशेष संयुक्त व्यंजने

क्ष (क्ष)   ज्ञ (ज्न) – जोडाक्षर स्वरूपात

अंक

० १ २ ३ ४ ५ ६ ७ ८ ९

– सूचना –

कोशामध्ये सुरुवातीला अंक, विरामचिन्हे, आणि नंतर स्वरादी, स्वर व व्यंजने असा क्रम ठेवला आहे.

मराठी – इंग्रजी

अंक	digit
अंकक	marker
अंकतल संगणक	laptop pc
अंकन	inking
अंकपाश	permutation
अंकरूप	numeric
अंकरूपण	digitization
अंकलेखन	notation
अंकित	marked
अंकीकरण	digitization, digitize
अंकीय	digital
अंकीय अष्टपैलू चक्रिका	digital versatile disc (dvd)
अंकीय दृक्-चक्रिका	digital versatile disc (dvd)
अंकीय प्रमाणपत्र	digital certificate
अंकीय बिनतारी फोन	digital cellular phone
अंकीय संगणक	digital computer
अंकीय स्वाक्षरी	digital signature
अंगभूत	built-in
अंगभूत क्षमता	potential
अंगीकरण	embed

अंगीकृत	embedded
अंगीकृत कंपनी	subsidiary company
अंगीभवन	embed
अंगीभूत	embedded
अंगुलिचातुर्य	finger dexterity
अंगुलिनिर्देशन	pointing
अंगोपांग	components
अंतःपात	drop in
अंतःप्रवाह	undercurrent
अंतःप्रेरणा	intuition
अंतःसारी	telescopic
अंतःस्फूर्ती	intuition
अंतक	terminal
अंतकरण	terminate
अंतर	gap, length, space
अंतरण	divert
अंतरण	spacing
अंतरागम	swap in
अंतरायन	interrupt
अंतरायामी	inbound
अंतरायिक	intermittent
अंतरित	intermittent
अंतर्गत	interior, internal
अंतर्गोल	concave
अंतर्ग्रथन	interlacing
अंतर्घटक	content

अंतर्दृष्टी	insight, intuition
अंतर्देशीय	domestic
अंतर्निहित	inherent, interpolated
अंतर्निहित करणे	interpolate
अंतर्भाग	remote place
अंतर्भागी	inside
अंतर्भाव	insertion
अंतर्भाव चिन्ह	cursor
अंतर्भूत करणे	insert
अंतर्मुखता	introversion
अंतर्वेशण करणे	interpolate
अंतर्वेशन	insertion
अंतर्वेशित	interpolated
अंतशेष	closing balance
अंतस्थायी	terminal
अंतिम	last, ultimate
अंतिम उपयोजक	end user
अंतिम उपयोजक अनुज्ञप्ती करार	end user licence agreement
अंतिम उपयोजकाचे अनुज्ञापत्र	end user licence
अंतिम टप्प्यात	finalising
अंतिम प्रयोक्ता	end user
अंतिम बेरीज	grand total
अंतिम मर्यादा	expiration
अंत्यटीप	endnote
अंत्यवृद्धी	end spurt
अंधुक	washout
अंमलबजावणी	enforcement, implementation
अंमलबजावणी करणे	enforce
अंतर्भूत	inserted
अंश	degree
अंशतः	partial
अंशदर्शन	panning
अंशन	quantization
अंशनिश्चित करणे	calibrate
अंशनिश्चिती	calibration
अंशशोधन	calibration
अंशशोधन करणे	calibrate
अंशशोधित करणे	calibrate
अकर्तृक	impersonal
अकर्मण्य	inactivity
अकस्मात	accidental
अकारक्रमाने	alphabetically
अकारविल्हे	alphabetically
अकारसंख्याक्रमाने	alphanumerically
अकार्यक्षम	incapable
अकुशल	unskilled
अक्रिय	inactive

अक्रियण	quiesce
अक्ष	axis
अक्षम	disabled, incapable
अक्षम करणे	disable
अक्षर	alphabet, character, letter
अक्षर-अंक क्रमाने	alpha-numerically
अक्षरलेखन	spelling
अक्षरसंच	font
अक्षरसांख्यिक	alpha-numeric
अक्षरांकी	alpha-numeric
अक्षरांकीय	alpha-numeric
अक्षरी	alphabetic
अखंड	whole
अखंडक अंतर	non-breaking space
अखंडक वियोगचिन्ह	non-breaking hyphen
अखंडत्व	integrity
अखंडित	uninterr-upted
अखिल	entire
अखेर	end
अग्र पटल	front panel
अग्रक्रम	preference, priority
अग्रग	leader
अग्रगत	advanced
अग्रदान	advance
अग्रनाम	caption
अग्रभूमी	foreground
अग्रानुक्रम	tandem
अग्रान्त	front-end
अग्रावलोकन	look ahead
अग्राह्य	invalid
अग्रेसर	leader
अग्रेसरत्व	initiative
अचर	constant, still
अचल	constant, still
अचल चित्रे	still pictures
अचल मूल्य	literal
अचल रंग	spot color
अचानकपणे	accidentally
अचूक	accurate, precise
अचूकता	accuracy, precision
अछेदित	uncrossed
अजूनही	still
अज्ञात स्थळी	discreet
अज्ञातवासी	discreet
अटकाव	bar, barrier
अडकणे	jam
अडकलेला	jammed

अडविणे	block, blocking
अडसर	block
अडसर काढणे	unblock
अडसर दूर केलेला	unblocked
अतार्किक	arbitrary
अति संवेदनक्षम	hyper-sensitive
अतिक्रमण	encroachment
अतिगंभीर	fatal
अतिथी	guest
अतिनील	ultraviolet
अतिपठन	overlearning
अतिभार	overload
अतिमात्र	excess
अतिमात्रतेने	exceedingly
अतिमात्रा	excess
अतिरिक्त	added, additional, extra, redundant
अतिरिक्त खर्च	overheads
अतिरिक्तता	redundancy
अतिशयित	exaggerated
अतिसंवाहकता	super-conductivity
अतुल्यकालिक	asynchron-ous
अत्यधिक	exceeding, too much
अत्यधिकतेने	exceedingly
अत्यांकन	overesti-mation
अत्यांकित	overesti-mated
अत्युक्त	overesti-mated
अदलाबदल	exchange, interchange, swap, toggle, transposition
अदलाबदल कळ	toggle key
अदलाबदल वर्णशैली	toggle case
अदिश	non-directional, scalar
अदिष्ट	undirected
अदीप्त अभिलेखन	black recording
अदृश्य	invisible
अद्यतन	update
अद्यनित	updated
अद्यनीकरण	updating
अद्यनीकृत	updated
अद्ययावत करणे	update
अद्ययावतता	update
अद्याप	yet
अद्वितीय	unique
अद्वैत	non-duality
अधःप्रवाह	underflow
अधःशृंखला	down link
अधराक्षर	subscript

अधस्थित	underlying
अधिक	more
अधिक तपशीलवार	refined
अधिक बारकाईने	refined
अधिक बिंदुघनता	high resolution
अधिक माहिती द्या	tell me more
अधिकतम	maximum
अधिकथन	declaration
अधिकरण	authorization
अधिकरण सूची	table of authorities
अधिकांश	most
अधिकार	authority
अधिकारसत्ता	authority
अधिकृत	authorized, official
अधिकृत भेट	official visit
अधिकृत समारंभ	official function
अधिकृतता	authenticity
अधिकोश	bank
अधिक्रमण	encroach-ment
अधिक्षेत्र	domain
अधिगम	learning
अधिग्रंथ	manual
अधिनियम	act
अधिपुस्तिका	manual
अधिभावित	overridden
अधिभावी	overriding
अधिभावी अवस्था	overtype mode
अधिभावी टंकलेखन	overtype
अधिभावी निर्णय	overrule
अधिभावी होणे	override
अधिमूल्य	premium
अधिमूल्य सेवा	premium services
अधिरेखन	overstrike
अधिलिखित	overwritten
अधिलेखन	overwriting
अधिलेखन करणे	overwrite
अधिवाही	overflow-ing
अधिवाही मजकूर	overflow text
अधिवेशन	session
अधिव्यय	overheads
अधिव्यस्त	overlaid
अधिव्यापन	overlap, overlapping
अधिव्याप्त	overlapped
अधिसंख्यन	crowding
अधिसंग्रह	repository
अधिसंच	superset
अधिसूचना	notification
अधिसूचित करणे	notify
अधिसेवक	server
अधिक्षण	tracking
अधीन	slave
अधूनमधून	intermittant
अधोकर्षक	drop-down

अधोकर्षक आदेशसूची	drop-down menu, pull-down menu
अधोगमन	collapse
अधोगामी	descending, downward
अधोमुख बाण	down arrow
अधोमुखी संगतता	downward compatible
अधोमुखी संदर्भ	downward reference
अधोमूल्यन	under-estimation
अधोरेखन	underlining
अधोरेखा	underline
अधोरेखित	underlined
अधोरेखित करणे	underline
अधोरेषा	underscore
अधोसंभर	push-down
अध्याय	chapter
अनंत	infinite
अनधिकृत	unauthorised
अननुपालन	non-compliance
अननुभवी	beginner
अनन्य	unique
अनन्य अधिकार	exclusive right
अनभिज्ञ	unrecog-nized

अनभिज्ञेय	unrecogni-zable
अनम्यिका	hard disk
अनवधान	accident
अनवधानी	accidental
अनांकित	umarked
अनाक्रमक	non-invasive
अनाबद्ध	unbound
अनाभिगम्य	unaccessible
अनामत	deposit
अनामिक	anonymous
अनामित	unnamed
अनार्थिक	non-financial
अनावरुद्ध	unblocked
अनावश्यक	unnecessary
अनियत	irregular
अनियत आकार	irregular shape
अनियत आकाराचा	freeform
अनियत बदल करणे	distort
अनियताकार चौकोन	trapezoid
अनियुक्त	unassigned
अनिरुद्ध	unblocked
अनिर्देशनात्मक	non-directive
अनिर्देशित	undefined, undirected, unspecified
अनिर्धारित	undefined
अनिवार्य	compulsory, mandatory

अनिवेश्य	unaccessible	अनुत्तरित	unanswered
अनिश्चित	arbitrary	अनुत्पादक कालावधी	downtime
अनुकरण	emulation	अनुत्साह	lethargy
अनुकरण करणे	emulate	अनुदीर्घी	longitudinal
अनुकार	emulation, simulate	अनुदेश	instruction
		अनुदेशसंच	script
अनुकारक	simulators	अनुनयात्मक	persuasive
अनुकूल करणे	customize	अनुनाद	resonance
अनुकूलनशील	customiz-able	अनुपलब्ध	unavailable
		अनुपात	proportion
अनुकूलित	conditioned, custom	अनुपालन	compliance
		अनुपूरक	complemen-tary, compliant
अनुकूलित करणे	customize		
अनुकृत	emulated		
अनुक्रम	sequence	अनुप्रत	duplicate
अनुक्रमणिका	table of contents	अनु–प्रभाव	after-effect
		अनुप्रयोग	application
अनुक्रमांक	serial number	अनुप्रस्थ	transverse
		अनुप्रस्थ छेद	cross-section
अनुक्रमिक	sequential		
अनुक्रमी	sequential	अनुबंध	addendum, annexure, enclosure, linkage
अनुक्रिया	reaction, response		
अनुग	trailing		
अनुगामी	trailing	अनुबंधन	linkage, synapse
अनुचित	incorrect		
अनुचित्रप्रेषण	facsimile transmission	अनुबोधक	prompt
		अनुभाग	section, segment
अनुजात	derivative		
अनुज्ञप्ती	licensing	अनुभाग खंड	section break
अनुज्ञापत्र	licence		

अनुभाग चिन्ह	section symbol
अनुभाषक	compiler
अनुभाषण	compilation
अनुभाषण करणे	compile
अनुमत	allowed
अनुमती देणे	allow
अनुमानित	derived
अनुमार्ग	route
अनुमार्गक	router
अनुमार्गण	routing
अनुमिती	inference
अनुयोजन	adjustment, retrofit
अनुरक्षण	preservation
अनुरक्षण करणे	maintain, preserve
अनुरक्षित	preserved
अनुरूप	compatible, suitable
अनुरूपता	compatibility
अनुरेखन	tracing
अनुलंब	vertical
अनुलंब बिंबित करणे	flip vertical
अनुलंब सरेषण	vertical alignment
अनुलंब सरकपट्टी	vertical scroll bar
अनुलंबित	vertically
अनुलंबित मजकूर	vertical text
अनुलिखित	recorded
अनुलिपित्र	duplicator
अनुलेख	record
अनुलेखक	stylus
अनुलेखन	recording
अनुलेखी	transcriptive
अनुल्लंघ्य	modal
अनुवर्ती	following, succeeding
अनुवाचन	dictation
अनुवाद	translation
अनुवाद करणे	compile, translate
अनुवादक	compiler
अनुसरण करणे	follow
अनुसरित	followed
अनुसूचित	scheduled
अनुसूची	schedule
अनुस्मरण	reminder
अनुस्मरण करणे	remind
अनेक	several
अनेकैकी	one to many
अनौपचारिक	informal
अन्य	other
अन्यत्र	elsewhere
अन्यथा	otherwise
अन्यवर्जक	exclusive
अन्योन्य	each other, mutual
अन्योन्य क्रिया	interaction
अन्योन्य दुवा	hot link
अन्वय	interpret- ation

अन्वस्त	parabolic
अन्वेषक	explorer
अन्वेषण	investigation
अन्वेषण करणे	explore
अपंग व्यक्ती	disabled
अपंगत्व	disability
अपकर्ष	degradation
अपकेंद्रक	centrifugal
अपकेंद्रित	eccentric
अपक्षय	decrement
अपघात	accident
अपघात-प्रवण	accident-prone
अपघात-प्रवणता	accident-proneness
अपघाती	accidental
अपठित	unread
अपयश	failure (general sense)
अपरक्षण	erosion
अपरिचारित	unattended
अपरिचित	unrecognizable
अपरिचेय	unrecognizable
अपरिमित	infinite
अपरिहार्य	forced
अपरोध	interception
अपरोध करणे	intercept
अपरोधी	interceptive
अपर्याप्त	inadequate
अपवर्जन	exception
अपवर्तन	refraction
अपवर्ती	refractive
अपवाद	exception
अपवाह	drift
अपवाही	drifting
अपव्यय	wastage
अपशिष्ट	waste
अपसामान्य	abnormal
अपांत (अपसामान्य अंत)	abend
अपारदर्शक	opeque
अपारदर्शकता	opacity
अपास्त	hyperbole
अपास्तीय	hyperbolic
अपुरे	inadequate
अपुरेपणा	inadequacy
अपूर्ण	incomplete
अपूर्णचिन्ह	ellipsis
अपूर्णविराम	colon
अपूर्णांक	fraction
अपूर्णांक संख्या	fractional numbers
अपेक्षा तक्ता	expectancy chart
अपेक्षासूची	wishlist
अपेक्षित	desired
अप्रकट	dormant
अप्रत्यक्ष	indirect
अप्रभावी	recessive

अप्रमाणबद्ध	non-proportionate
अप्रमाणबद्ध अक्षर	non-proportional font
अप्रवृत्तिपर	passive
अप्रवेश्य	unaccessible
अप्रस्तुत	irrelevant, unwarranted
अप्राप्ती	starvation
अप्राप्य	unavailable, unreachable
अप्रासंगिक संकेत	cross fire
अबाधित संपदा	absolute estate
अब्जांश	nano
अ-भंगशील	unbreakable
अभंज्य	unbreakable
अभावरूप क्षमता	negative capability
अभिकरण संस्था	agency
अभिकर्ता	agent
अभिकलन	computation
अभिकलनीय	computational
अभिकल्प	design
अभिकेंद्रक	centripetal
अभिक्रिया	process, reaction
अभिगम	access
अभिग्रहण	receiving
अभिग्राहक	receiver
अभिग्राही	receiver
अभिजात	classic, classical
अभिज्ञ	intelligent
अभिज्ञ करणे	recognize
अभिज्ञता	intelligence
अभिज्ञात	recognized
अभिज्ञाता	recognizer
अभिज्ञान	recognition
अभिज्ञेय	recognizable
अभिधारण	seeking
अभिनत	biased
अभिनत अक्षर	drop cap
अभिनती	bias
अभिन्यास	layout
अभिप्राय	remark
अभिमत	opinion
अभिमुखता	orientation
अभिमुखीकरण	orientation
अभिरूप	emulating
अभिरूपन	emulation
अभिलक्षणे	symptoms
अभिलक्ष्य	objective
अभिलिखित	recorded
अभिलेख	record
अभिलेख संच	recordset
अभिलेखित्र	recorder
अभिवर्धन करणे	maximize
अभिवर्धित	maximized

अभिवादन	compliment, salutation
अभिवादनपर	complimentary
अभिवृत्त	record
अभिवृत्ती	aptitude
अभिवेदन	representation
अभिव्यक्त	actual
अभिसंगत असणे	conform
अभिसंगती	conformity
अभिसंच	suite
अभिसंधान	conditioning
अभिसंधित	conditioned
अभिसरण	circulation
अभिसारिता	convergence
अभेद्य	invulnerable, non-vulnerable
अभ्यंतर	inside
अभ्यास	exercise
अभ्याससाहित्य	tutorial
अमलात आणणे	implement
अमान्य	invalid
अमार्गदर्शित	unguided
अमूर्त	abstract
अमूर्तकरण	abstracting
अयशस्वी	unsuccessful
अयशस्वी होणे	fail
अयुक्त	absurd
अयुक्तता	absurdity
अरचित	unstructured
अरिक्त	non-blank
अरीय	radial
अरोचकता	monotony (feeling)
अर्थकारण	financing
अर्थमिती	econometry
अर्थमितीय	econometric
अर्थविज्ञान	semantics
अर्थव्युत्पत्ती श्रेणी	semantic scale
अर्थशास्त्र	economics
अर्ध वलय	semi ring
अर्धआच्छादन	overlap
अर्धपारदर्शक	translucent
अर्धवाहक	semiconductor
अर्धविराम	semicolon
अर्धसंवाहक	semiconductor
अर्पणवृत्ती	involvement
अर्बुद	tumor
अर्वाचीनता	recency
अर्वाचीनतेचा दोष	recency error
अर्हता	qualification
अर्हताप्राप्त	qualified
अलग करणे	disconnect, segregate
अलीकडील	latest, recent

अलोपन	unblank
अल्पकालिक	short-term
अल्पकालीन	short-term
अल्पजीवी	transient
अल्पतम	least, minimum
अल्पमात्र	moderate
अल्परोध	hesitation
अल्पवयीन	minor
अल्पविराम	break, pause, snooze
अल्पसंख्य समाज	minority community
अल्पसंख्यता	minority
अल्पसुप्ती	snooze
अल्पिष्ट	minimal
अल्पोक्त	underest-imated
अवकंप	squeal
अवकंपन	squealing
अवकलक	differentiator
अवकलन	integration
अवक्रमी	descending
अवगुंठन	encap-sulation
अवगुंठित	encap-sulated
अवछिद्रण	perforation
अवतरण उतारा	pull quote
अवतरण चिन्ह	quotation mark

अवतरणातील माहिती	pull quote
अवधान	attention
अवधारणचिन्ह	underlining
अवधी	duration, period
अवनत	lowered
अवनती	degradation
अवपात	bias
अवभारण	unloading
अवमंदन	damping
अवमुख	convex
अवमूल्यन	write-down
अवरक्त	infrared
अवरुद्ध	restrained
अवरोध	block
अवरोध करणे	block
अवरोधन	blocking
अवरोधित	blocked
अवरोहक	descender
अवलंब	hanging
अवलंब उपसमास	hanging indent
अवलंबन	dependency
अवलोकन	view
अववेष्टण	unwrapping
अवशिष्ट	remainder, residual, salvage
अवशेष	residue
अवसर	occasion
अवस्था	mode,

	stage, state
अवस्थित	positioned
अवस्थिती	environment
अवांछनीय	undesirable
अवांतर	extras
अविखंड करणे	defrag
अ-विखंडक	defragger
अविखंडन	defragmentation
अविचल	immovable
अविचल चक्रिका	fixed disk
अवितरित	massed
अविभाज्य	integrated
अविभेद्य	non-vulnerable
अविरत	continuous
अविवक्षित	unspecified
अविश्वसनीय	untrusted
अविहित	unwarranted
अवेक्षण	estimation
अवेध्य	invulnerable
अवैध	illegal, invalid
अव्यवस्थित	cluttered
अव्याहत	uninterrupted
अशक्त	weak
अशक्य	impossible
अशा प्रकारे धारिका करणे	file as
अश्मलेखन	lithography

अश्लील	porn
अष्टकोन	octagon
अष्टप्रती	octaplicate
अष्टभुज	octagon
अष्टमान	byte, octal
अष्टमान एकक	byte
अष्टांकी	octet
अष्टाधारी	octal
असंगती	inconsistency
असंतत	discrete
असंबद्ध	irrelevant, non-coherent
असंसक्त	non-coherent
असंस्कारित	raw
असक्त करणे	undock
असत्य	false
असफल	unsuccessful
असफल होणे	fail
असफलता	failure (general sense)
असममित	asymmetric
असममिती	asymmetry
असमर्थ	incapable, unable to
असमर्थित	unsupported
असमाकारता	asymmetry

असमानता	asymmetry
असहमत असणे	unsubscribe
असहमती दर्शविणे	unsubscribe
अस्तरित	untratified
अस्ताव्यस्त	cluttered
अस्थायी	temporary, transient
अस्थिर	transient
अस्पष्ट	fuzzy
अस्वीकार	rejection
अस्वीकार करणे	disclaim
अस्वीकृत	rejected
अस्वीकृत करणे	reject
अस्सल	authentic
अस्सलपणा	authenticity
अहवाल	report
अहेतुक	unintentional
आंतर प्रवृत्त	inner directed (oriented)
आंतरक्रिया	interaction
आंतरजाल	internet
आंतरजाल प्रवेश प्रदाता	internet access provider
आंतरपृष्ठ	interleave
आंतरभाषिक	interlingua, lingua franca
आंतरिक	interior
आंशिक	partial
आकडेमोड	calculation
आकडेमोड करणे	calculate

आकडेवारी	statistics
आकलन	perception, under-standing
आकल्पन	designing
आकस्मिकता	contingency
आकार	shape, size
आकार कमी करणे	scale down
आकार ऱ्हसन	zoom out
आकार वर्धन	zoom in
आकारणी	charging
आकारणे	charge
आकारनियंत्रक बिंदू	sizing handle
आकारबदल करणे	distort
आकारबिंदू	anchor point
आकारमान	amount, size, volume
आकारमान बदलणे	resize
आकारमान बिंदू	resizing handles, sizing handle
आकारमानानुसार	by size
आकारमानीय	sizable
आकारिक	formal
आकाशक	antenna
आकाशगंगा	galaxy
आकाशीय	antenna
आकुंचन पावणे	shrink
आकुंचित	condensed

आकुंचित करणे/होणे	shrink
आकृतिबंध	form, pattern
आकृती	figure, shape
आक्रमक	offensive
आक्रमण	aggression
आखणी करणे	organise
आखणी केली	scheduled
आखलेले	planned
आखूड	short
आखूड करणे	shorten
आगमन	check in
आगामी	incoming
आगामी अंदाज	projection
आगुटिका	cartridge
आघात करणे	hit
आच्छद	mask
आच्छादन	surjection
आच्छादित	overlaid
आजीव	lifetime
आज्ञा	command
आज्ञावली	program, software
आज्ञावली संहिता	software program
आटे	threads (of a screw etc.)
आठवण करणे	remind
आडकमाई	side business

आडनाव	last name
आडवी ठेवण	landscape
आडव्या दिशेत	across, horizontal
आढळ	occurrence
आढळणे	occur
आणखी	more
आतमध्ये	inside
आता	no longer
आतील	inside
आत्मपर्याप्त	self-sufficient
आत्मसात करणे	grasp
आदर्शमूल्य	norm
आदान	input,output
आदान संपात	input focus
आदिप्ररूप	prototype
आदिम	preliminary, premitive
आदेश	command, menu item
आदेश सूची	menu, table of commands
आद्यटीप	front note
आद्याक्षरे	initials
आद्योपांत	thorough
आधार-पुस्तिका	manual
आधारप्रत	backup
आधारप्रतन	back up
आधारभूत	basic

आधारी	basic
आधिक्य	crowd, excess
आधी	first
आधीच	already
आधीची कृती रद्द करणे	undo
आधीपासूनच	already
आनयन	fetch
आनुक्रमिक	successive
आपत्-उपयोगी	standby
आपत्कालीन	emergency disk, backup
आपत्कालीन पुनर्प्राप्ती	crashed recovery
आपद्ग्रस्त	crashed
आपद्ग्रस्त होणे	crash
आपातिक	fortuitous
आपूर्ती	compliance, fulfil
आपोआप	automat-ically
आबद्ध	bound
आभासी	virtual
आभासी अवयव	fantom limb
आभासी व्यग्रता	make busy
आमंत्रण	invitation
आमनेसामने	one to one
आयत	rectangle
आयतन	volume
आयनावरण	ionosphere
आयात करणे	import
आयात केलेले	imported
आयुधिका	kit
आयोजक	convenor, host
आरंभ	start, start-up
आरंभ करणे	launch
आरंभण	initiation, launch
आरंभबिंदू	starting point
आरंभसूचक ध्वनी	start-up tone
आरंभाची वेळ	start time
आरंभिक	startup
आरक्षण	booking, reservation
आरक्षण एकक	allocation unit
आरक्षित	reserved
आरक्षित एकक	allocation unit
आराखडा	layout, plan
आरी	spoke
आरूप	version
आरेखक	draftsman
आरेखन	drawing
आरेखन क्षेत्र	drawing canvas
आरेखन वस्तू	drawing object
आरोपण	mounting

आरोह	mount
आरोहक	ascender
आरोही	ascendant, ascending
आर्थिक	economic, financial
आर्थिकेतर	non-financial
आर्द्रता	humidity
आलुंठन	tumbling
आलेख	chart, graph
आलेखन	plotting
आलेखिकी	graphics
आलेखित्र	plotter
आलेखी	graphic
आळीपाळी	rotation
आळीपाळीने	alternately
आवक पेटी	inbox
आवधिक	periodic
आवरण	cladding, cover, overlay, sphere
आवर्जून	specifically
आवर्त	loop
आवर्तकीय	cyclic
आवर्तन	cycle, recursion
आवर्तन समय	turnaround time
आवर्ती	recursive
आवर्ती क्रिया	looping action
आवर्ती संदर्भ	circular reference
आवाका	span
आवाक्याबाहेर	out of reach
आवाज	sound, voice
आवाजाची पट्टी	pitch
आवार	area
आविष्कार	discovery, expression (general)
आविष्कार्य	discoverable
आवीक्षण	reconnaiss-ance
आवृत्त	encapsu-lated, overlaid
आवृत्तता	mode
आवृत्ती	edition, version
आवेग	impulse
आवेगशीलता	impulsive-ness
आवेगी	impulsive
आवेधक	driller
आवेष्टक	packer
आवेष्टन	frame
आव्यूह	matrix
आशय	content
आशयघन	substantive
आसंधी	node
आस्थगित	deferred

आस्थापना	establish-ment
आस्थापित करणे	establish
इंग्रजी	english
इच्छासूची	wishlist
इच्छुक	interested, requesters
इतर	other
इतिवृत्त	report
इतिशेष	closing balance
इतिहास	history
इन्कार करणे	refuse
इयत्तीकरण	calibration
इशारा	alert, warning
इष्टतम	optimum
इष्टस्थान	destination
इष्टांक	target
उंच	high
उंचसखल रेखा	high-low lines
उंची	height
उंबरठा	threshold
उकलन	unpack
उगम पावणे	originate
उगवता	rising
उघड करणे	expose, reveal
उघडमीट	blink
उघडीक	exposure
उघडीक प्रतिपूर्ती	exposure compen-sation
उचलणे	pick
उचललेले	raised
उचित	correct, proper
उच्च	high
उच्चतम	highest
उच्चार	voice
उच्चार अभिज्ञान	voice recognition
उच्चार ओळख	speech recognition
उच्चार परिचय	voice recognition
उच्चारघटक	syllable
उच्चारण	voice
उच्चारण अभिज्ञान	voice recognition
उच्चारण परिचय	voice recognition
उच्चारबंध	syllabifi-cation
उच्चारानुसारी	phonetic
उजळ	bright
उजळणी	refreshing
उजवा	right
उजवीकडून डावीकडे	right-to-left
उजवीकडून डावीकडे समर्थन	right-to-left support

उजवीकडे सरेषित	right aligned
उजाळा	brightness
उठाव प्रभाव	emboss effect
उतरंड	cascade, hierarchy, ramp
उतरंडी	cascading
उतरती	diminishing
उतरती क्रमवारी	sort descending
उतरत्या रेषा	drop lines
उतरवणे	download
उतरवून घेणे	download
उताणा	face up
उतारा	extract
उतावीळ	hasty
उतावीळपणे	hastened
उती अनुरूपता	histocompatibility
उत्कंठावर्धन	suspense
उत्कारक	engraver
उत्कीर्ण प्रभाव	engraved
उत्केंद्रित	eccentric
उत्क्रम	ascend
उत्क्रमी	ascendant
उत्क्रांत	evolved
उत्क्रांती	evolution
उत्क्षेप	spurt
उत्तर	answer, reply
उत्तर देणे	reply
उत्तरदायित्व	accountability
उत्तरेकडील	northern
उत्तल	convex
उत्तेजन सिद्धान्त	activation theory
उत्तेजनपर	complimentary
उत्तेजना	stimulation, warming up
उत्तेजना काल	warming-up period
उत्थान	rise
उत्थानी	rising
उत्थापन	rising
उत्पन्न करणे	generate
उत्परिवर्तन	mutation
उत्पादकता	productivity
उत्पादन	production
उत्पादन ओळखचिन्ह	product id
उत्पादन संकेतवर्ण	product key
उत्पादनक्षमता	productivity
उत्पादनखर्च	cost
उत्पादनमान	production norm
उत्पादनवस्तू	product
उत्पादित(ते)	product(s)
उत्संभर	push-up
उत्सर्ग	radiation
उत्सर्जनमापक	radiometer

उत्स्फूर्त	spontaneous		version
उत्फूर्त कृती	initiative	उन्नयक	elevator
उदग्र	vertical	उन्नयन	elevation
उदा.	e.g.	उप प्ररचना	subsystem
उदासीन	indifferent,	उपअहवाल	subreport
	neutral,	उप-आज्ञासंच	submenu
	passive	उपकरण	device,
उदाहरण	example		instrument
उद्गम पटल	mother	उपकरणशास्त्र	instrumenta-
	board		tion
उद्गारचिन्ह	exclamatory	उपकरणी	instrumenta-
	mark !		tion
उद्ग्रहण	pick up	उपकरणे	accessories,
उद्ग्राहक	picker		components
उद्घोषणा	announce-	उपकलम	rider
	ment	उप-कलाप्रकार	sub-genre
उद्दिष्ट	objective	उपकार्य	subtask
उद्दिष्टदर्शित	goal directed	उपक्रम	initiative
उद्दिष्टान्वेषी	goal directed	उपक्रमशीलता	entrepren-
उद्देश	aim		eurship
उद्धरण	citation	उपक्रमिक	subroutine
उद्भवणे	originate	उपगमन	approach
उद्भारण	uploading	उपघटक	component
उद्भावक	originator	उपघटन	aliasing
उद्यम	enterprise	उपज	child,
उद्योग	industry		descendant,
उद्योगपती	industrialist		output,
उद्योजक	entrepreneur		output
उन्नत	advanced,	उपज आज्ञावली	child menu
	raised	उपज आज्ञासूची	child menu
उन्नत आवृत्ती	enhanced	उपज आदेशसूची	child menu

उपज निदेशसूची	child menu
उपज सारणी	child menu
उपटसुंभ मिळवणी	upstart collection
उपतंत्र	subsystem
उपदान	gratuity
उपधान	buffer, equipment
उपधारक	subfolder
उपपद	article
उपपाठ्य	subtext
उपपादक	inductive
उपपादन	induction
उपप्रपत्र	subform
उपप्रभाव	side effects
उपप्रमेय	rider
उपभोक्ता	consumer
उपमार्ग	bypass
उपयुक्त	useful
उपयुक्तता विश्लेषण	usage analysis
उपयुक्ततावादी	pragmatic
उपयोक्ता	user
उपयोक्तानुकूल	user friendly
उपयोक्ता-हितैषी	user friendly
उपयोग	use
उपयोगिता	utility
उपयोगितावादी	pragmatic
उपयोजक	user
उपयोजक-हितैषी	user friendly
उपयोजकानुकूल	user friendly
उपयोजित	applied
उपयोजिता	utility
उपरज्जू	substring
उपरिमुखी	upward
उपरिशायी	overlay
उपलक्षित	implied
उपलब्ध	available
उपलब्ध करणे	provide
उपलब्ध स्मृती	free memory
उपलब्धक	provider
उपलब्धता	availability
उपलब्धी	achievement
उपवाक्य	clause
उपशाखा	node
उपशीर्षक	subhead, sub-title
उपसंच	subset
उपसंहिता	script, subroutine
उपसंहिता भाषा	scripting language
उपसमास	indent
उपसमासयुक्त	indented
उपसर्ग	prefix
उपसाधन	instrument
उपसाधने	accessories
उपस्थित	attended
उपस्थित राहणे	attend
उपस्थिती	presence
उपस्मृती	cache
उपांग	component

उपांतीय	peripheral
उपांत्य चाचणी	beta test
उपाख्य	alias
उपाख्यान	episode
उपाधी	title
उपाययोजना	solution, solution
उपारुण	infrared
उपार्जन	accrual
उपार्जित	accrued
उपासमार होणे	starvation, starve
उपेक्षित	ignored
उबवणी	incubator
उभयज	thue
उभी ठेवण	portrait
उभ्या दिशेत	down
उरावा	surplus
उर्फ	alias
उर्वर	fertile
उर्वरित	left over, remaining
उलगडणे	unfold
उलगडती आदेश सूची	drop-down menu
उलट लपेटणे	rewind
उलटमोजणी	countdown
उलाढाल	turnover
उल्लंघन	violation
उल्लंघ्य	non-modal
उल्लेख करणे	name
उल्लेखनीय	significant
उल्लोळ	surge
उल्लोळ संदमक	surge suppressor
उल्लोळ संरक्षक	surge protector
उष्णकटिबंधीय	tropical
उष्णता-विनिमयप्रक्रिया	heat-exchange process
उष्णतेसंबंधी	thermal
उष्णार्द्र	sultry
उसळी	bounce, genre
ऊर्जा	energy
ऊर्जाशक्ती	energy power
ऊर्ध्वगामी	ascending, upward
ऊर्ध्वदिश बाण	up arrow
ऊर्ध्वमूल्यन	over-estimation
ऊर्ध्वाक्षर	superscript
ऊर्मिका	ripple
ऋण	negative
ऋणगामी	cathode
ऋणाग्र	cathode
ऋणात्मक	negative
एक थर मागे	backward
एकक	unit
एककेंद्रीभवन	convergence

एकजिनसी unitary, homogenous
एकतर्फी unilateral
एकतानता harmony
एकत्र करणे combine
एकत्रित combined
एकत्रीकरण grouping, pooling
एकदिक one way, mono-directional
एकदिश one way, one-directional, unidirectional
एकदिश प्रक्षेपण unicast
एकनिष्ठा fidelity
एकपरिवर्तनीय univariate
एकबंध bond
एकबंधित करणे bond
एकबद्ध bundled
एकबद्ध करणे bond
एकभुजीय univalent
एकमितिक one dimensional
एकमितीय unidimensional
एकमुखी unidirectional
एकमेव unique
एकरंगी monochromatic, one-color
एकरेषीय linear
एकल single
एकल रंग spot color
एकवर्णी monochromatic
एकवाक्यता reconciliation
एकवेष्टित bundled
एक-संकेतन simplex
एकसंध करणे reconcile
एकसंधपण homogeniety
एकसमयी simultanously
एकसमयी कृती synchronize
एकसमान uniform
एकसमान संसाधन शोधक URL
एकसमानता uniformity
०एकसमानी uniformly
एकसुरी monotonous
एकसुरीपणा monotony
एकसूत्रित synchronized
एकसूत्रित करणे reconcile
एकस्थितिक monostable
एकस्व patent
एकांगी arbitrary
एकांतरित alternate

एकांतरित कळ	alternate key
एकांतरितपणे	alternately
एकाआड एक	alternate
एकाकी	isolated
एकाकीकरण	isolation
एकाचवेळी	simultaneously
एकात एक	nested
एकात्मता	integrity
एकात्मिक	integrated
एकाधार	monolithic
एकाधिकार	exclusive right
एकाधिकार	monopoly
एकाधिकारी प्रवेश	exclusive access
एकाभ	monoiod
एकार्धभाषिक	sesquilingual
एकीकडे	aside
एकीकडे छपाई	background printing
एकीकडे जतन	background save
एकीकडे मुद्रण	background printing
एकीकरण	consolidation, integration
एकीकृत	consolidated
एकीकृत करणे	integrate
एकीभूत	aggregate
एकूण	total
एकेरी	single
एकेरी अधोरेखा	single underline
एकेरी अवतरणचिन्ह	single inverted comma '
एकैकी	one to one
एन अंतर	en space
एम अंतर	em space
ऐकिक	unitary
ऐच्छिक	optional
ओघ	flow, stream
ओघवतेपण	flow
ओघात	inline
ओघातील चित्रालेख	inline graphic
ओघातील प्रतिमा	inline image
ओघामध्ये	inline
ओढ माध्यम	pull media
ओतमुद्रा टंकक	stereotyper
ओतशाळा	foundry
ओलावा	humidity
ओळ	string
ओळ (मजकुरात)	line (in text)
ओळख	id, identity
ओळख पटवणे	identify, identification
ओळख पटविलेला	identified
ओळख-घटक	credentials
ओळखचिन्ह	id

ओळखतपास	identification
ओळखपटणी	recognition
ओळीचा ओघ	line wrap
ओळीची लांबी	line width
औचित्य	propriety
औपचारिक	formal
औष्णिक	thermal
कंकण	ring
कंकणाकृती	doughnut
कंपन	blur
कंपनाद	vibe
कंपमात्रा	amplitude
कंपित्र	vibrator
कंप्रक	trembler
कंप्रता	frequency
कंप्रताप्रसर ध्वनिक्षेपण	FM
कंप्रताप्रसर ध्वनिसंयमन	FM
कंप्रताप्रसर स्वरसंक्रम	FM
कंस	arc, parenthesis
कक्ष	cell (of a table)
कक्ष पत्ता	cell address
कक्ष संदर्भ	cell address
कक्षरचना	spreadsheet
कक्षा	span
कचरा	trash
कचरापेटी	recycle bin
कच्चा	raw
कच्ची आवृत्ती	beta version
कट	intrigue

कड	edge
कडक	strict
कडे	doughnut, ring
कण	grain, granule, particle
कथन	narration, statement
कथनचित्र	illustration
कथा	story
कथाखंड	episode
कथानुभाग	segment
कथाफलक	story-board
कथाभाग	episode
कधी कधी	gage, occasionally
कपात	reduction
कमकुवत	weak
कमजोर	weak
कमतरता	inadequacy
कमान	arch
कमाल	max, peak, maximum
कमी	less, low
कमी केलेला	reduced
करण	operand
करतल	palmtop
करतल संगणक	handheld pc
करमणूक	entertain-ment, recreation

करार	agreement
करू देणे	allow
करून पाहणे	try
कर्णश्रवणी	earphone
कर्णा	megaphone
कर्णिका	pencil
कर्तन	crop, scissoring
कर्तन खूण	crop mark
कर्ता	subject
कर्तृत्व	achievement
कर्तृत्व प्रेरण	achievement motivation
कर्बशलाका	pencil
कर्मचारी	personnel
कर्षकत्व	valence
कर्षण	dragging
कल	aptitude, tendency, trend
कलनविधी	algorithm
कलनित्र	calculator
कलम	article, clause
कल–रेखा	trendline
कला	art
कलाकार	artist
कलाखंड	clip
कलाप्रकार	genre
कलावंत	artiste
कलुषित	corrupt, malicious
कल्पक	original
कल्पना	idea
कल्पनारती	fantasy
कळ	button, key
कळ पटल	keypad
कळआघात	key stroke
कळफलक	keyboard
कळफलक आराखडा	keyboard layout
कळशब्द	keyword
कळी	keys
कळींचे एकत्रिकरण	key combination
कसब	skill
कागद	paper, sheet
कागदी प्रत	hard copy
काचपट्टी	slide
काट मारणे	strikeout
काटकसरी	economical
काटकोन त्रिकोण	right triangle
काटेकोर	strict
काढणे	extract
काढून टाकणे	delete, discard, dismiss, remove
काताकाना	katakana
कात्रण	clipping
कात्रण फलक	clipboard
कात्रणवही	scrapbook
काप	slice

कापणे	cut
कापलेले अंतर	mileage
काम	job, work
कामकाज	transaction, working
कामगिरी	task, performance
कामचलाऊ	passable, working (adj)
कामबंदी	lay-off
कामाचा दिवस	weekday
कामाचे शीर्षक	job title
कायम आदेश	absolute order
कायम कालावधी	lifetime
कायम राहणारा	persistent
कायम राहणे	persist
कायमचे	permanent
कारक	operator
कारणसंबंध	attribute
कारवाई	action
कारवाईयोग्य	actionable
कारस्थान	intrigue
कार्य	factor, function, job, operation, task, work
कार्य करणे	perform

कार्य गुणोत्तर	activity ratio
कार्य नियुक्तक	employer
कार्य परिरक्षण	job maintenance
कार्य विवरण	job specification
कार्यकक्षा	scope
कार्यकारिता	functionality
कार्यकारी	executable
कार्यकारी सुटे भाग	consumable parts
कार्यकुटुंब	job family
कार्यकौशल्य	efficiency
कार्यक्रम पत्रिका	agenda
कार्यक्षम	capable
कार्यक्षमता	capability, efficiency
कार्यचक्र	job cycle
कार्यचालन	functioning
कार्यचौकट	framework
कार्यनिपुणता	job proficiency
कार्यपट	workspace
कार्यपट्टी	taskbar
कार्यपत्रक	worksheet
कार्यपथ	road map
कार्यपद्धती	algorithm, procedure
कार्यपुस्तक	workbook
कार्यपूर्व मार्गदर्शन	previewing direction

कार्यप्रणाली	algorithm
कार्यभाग	role
कार्यभार	workload
कार्यभावी	functional
कार्यभूत घटक	job content
कार्यमग्न	busy
कार्यमनोरेखांकन	job psychograph
कार्यमात्रा	batch
कार्यमान	performance
कार्यमूल्यमापन	job evaluation
कार्यरत	active, on, working
कार्यवाही	execution, implementation
कार्यवाही करणे	execute
कार्यविभाग	job unit
कार्यशाळा	shop, workshop
कार्यशील	working
कार्यशीलता	functionality
कार्यसमूह	workgroup
कार्यसिद्धी	performance
कार्यसूची	agenda
कार्यस्थान	workplace, workstation
कार्यहीन समय	off time
कार्यांग	task
कार्यांतर्गत संक्रमण	intra-task transfer
कार्यांशीकरण	fractionation
कार्यानुक्रम	agenda
कार्यान्वयन	activation
कार्यान्वित	activated, active
कार्यान्वित करणे	activate
कार्याभिमुख	job oriented, job-oriented
कार्याभिमुखीकरण	functionalization
कार्याभ्यास	ergonomics
कार्यालय	office
कार्यावर्तन	rotation
कार्यावली	agenda
कार्ये	tasks
कार्योत्पादन	output
काल	duration, time
कालद	clock, timer
कालबद्ध	timed
कालबाह्य	obsolete
कालमापक	clock
कालांतर, कालांतरण	interval
कालांशन	time quantization
कालानुक्रम	chronology
कालानुक्रमी	chronological

कालानुक्रमे	chronologically
कालावधी	duration, period
कालिक	temporal
काळ	duration
काळा	black
काही नाही	none (no one)
कितीतरी	too many
किमान	minimum
किरकोळ अपघात	minor accident
किरणसंपात	focus
कुंठित	hanged
कुंठित होणे	hang
कुंदोष्ण	sultry
कुकबुक	cookbook
कुकी	cookie
कुतूहल-वाचन	lurk
कुपी	capsule
कुभरण	misfeed
कुशलता	tact
कुसमायोजन	maladjustment
कूटचिन्हविरहित	decrypt
कूटचिन्हविरहित करणे	decryption
कूटचिन्हांकन	encryption
कूटचिन्हित	encrypted
कूटचिन्हित करणे	encrypt
कूटलिखित	cryptographic
कूटलिपी तंत्र	cryptography
कूटवाचन	decipher, decoding
कूटालेखी	cryptographic
कृतक	dummy
कृतिचक्र	activity cycle
कृतिप्रवणता	mobilization
कृतिबंध	action
कृतिशून्यता	inactivity
कृती	act, action
कृत्रिम पंक्तिखंड	manual line break
कृत्रिम पृष्ठखंड	hard pagebreak, manual page break
कृष्णधवल	black and white
केंद्र	center, station
केंद्रगामी	centripetal
केंद्रांतर	focal length
केंद्रीकरण	focussing
केंद्रीय	radial
केंद्रोत्सारी	centrifugal, radial
केवळ मजकूर	text only

केवळ लेखनीय	write-only
केवळ वनयोग्य जमीन	absolute forest soil
केवळ वाचनीय	read only
केवळ-उत्तर मोडेम	answer-only modem
कॉल ध्वनी	call tone
कोंडी	blockade, blockage, congestion
कोंडी होणे	jam
कोटर	socket
कोठी	chamber
कोडांतरक	assembler
कोडांतरण	assembly
कोडांतरण भाषा	assembly language
कोणस्तूप	pyramid
कोणी नाही	none (no one)
कोन	angle
कोनफळी	fuchsia
कोनाकार कंस	angle brackets
कोपरा	corner
कोर	edge
कोरक	engraver
कोरी जागा	blank space
कोरीव प्रभाव	engraved effect
कोरे	blank
कोलाहल	noise
कोश	capsule, case, housing
कोष्टक	chart, table
कोष्टकरूप	tabular
कोष्ठिका	cell
कोष्ठिकीय	cellular
कोसळणे	collapse
कौशल्य	skill
क्रम	order, string, sequence
क्रमगणित	enumerated
क्रमगुणाकार	factorial
क्रमचय	factorial
क्रमचयन	polling
क्रमजोड	concatenate
क्रमबद्ध	graduated
क्रमरचना	array, ordering
क्रमवरण	polling
क्रमवर्धी	graduating
क्रमवाचक	ordinal
क्रमवार लावणे	sort
क्रमवारी	sorting
क्रमवारी लावणे	sort
क्रमवारीचा क्रम	sort order
क्रमवीक्षक	scanner
क्रमवीक्षण	scanning
क्रमांक	number
क्रमांकन	numbering

क्रमांकित सूची	numbered list
क्रमागत	consecutive
क्रमादेश	program
क्रमादेशन	progra-mming
क्रमावर्तन	rotation
क्रमिक	routine, serial
क्रय	purchase
क्रिया	activity, function
क्रिया करणे	perform
क्रियाचक्र	activity cycle
क्रियापद	verb
क्रियाबिंदू	hotspot
क्रियाविधी	mechanism
क्रियाशील	active, functional
क्रियाशीलता	activity, functionality
क्रियासमूह	operations
क्रीडा	game, sports
क्लिष्ट	complex
क्लृप्ती	trick
क्वचित	rarely
क्वचित प्रसंगी	occasionally
क्षणचित्र	snapshot
क्षणिक	transient
क्षमता	ability, capacity
क्षरण	leakage
क्षीण	attenuated
क्षीणशक्तीक	attenuated
क्षीणीकरण	attenuation
क्षुद्र	trivial
क्षुद्रीकरण	trivilization
क्षुल्लक	trivial
क्षुल्लकीकरण	trivilization
क्षेत्र	area, field
क्षैतिज	horizontal
क्षैतिज बिंबित करणे	flip horizontal
क्षैतिज सरकदंड	horizontal scroll bar
क्षैतिज सरकपट्टी	horizontal scroll
खंड	break, volume (book)
खंड बिंदू	break point
खंडक	block
खंडकन	blocking
खंडन	breaking, disconnec-tion
खंडबिंदू	breakpoint
खंडविराम	ellipsis
खंडशः	fragmental
खंडित करणे	disconnect

खडबडीत	matte
खरडणे	scribble
खरा	genuine
खराब	bad
खराब चक्रमार्ग	bad track
खराब परि मार्ग	bad track
खराब प्रभाग	bad sector
खराब स्मृती-भाग	bad block
खरे	true
खरेदी	purchase, shopping
खळगा	galley
खळगे	gaps
खाच	slot
खाते	account
खात्री करणे	confirm
खात्रीने	positively
खात्रीलायक	trustworthy
खानदानी	elegant
खालचा	lower
खाली	down
खालील	following
खास	special
खुणा	markings
खुलासा	explaination
खुलासा करणे	explain
खुलासेवजा	explanatory
खूण	landmark, mark, sign
खूण केलेले	marked
खूणचिठ्ठी	tag
खूणशब्द	keyword
खूणस्थान	anchor
खेचणे	capture
खेचत जाणे	tugging
खेचले जाणे	snap
खेचा व ठेवा	drag and drop
खेळ	game
खोडणे	erase
खोडरबर	eraser
खोबण	slot, socket
खोली	depth
ख्यातिमूल्य	goodwill
ख्यातिस्व	goodwill
गंतव्य स्थान	destination
गंभीर चूक	critical error
गंभीरतर	grave
गजर	alarm
गजर पुनरावर्तन	alarm repetition
गजरध्वनी	alarm tone
गजराचा ध्वनी	alarm tone
गजराची वेळ	alarm time
गजराचे घड्याळ	alarm clock
गट	block
गठन	constitu-tation
गठन करणे	constitute
गडद	dark
गडद रंग	dark color

गडदपणा	tone
गणक	calculator, counter
गणकयंत्र	calculator
गणती	counting, enum
गणन	calculation
गणन करणे	calculate
गणनविधी	algorithm
गणना	count
गणना करणे	count
गणनीकृत	calculated
गणिती कारक	mathematical operator
गणित्र	counter
गतिक	dynamic
गतिकतेने	dynamically
गतिकवर्तन	dynamics
गतिकी	dynamics
गतिमान	dynamic
गतिमान सरासरी	moving average
गतिवर्धक	accelerator
गतिवर्धन	acceleration
गतिवर्धित	accelerated
गतिशील	dynamic, fast
गती	motion, pace, rate, speed
गती वाढविणे	accelerate
गप्पा	chat
गप्पा विवरण	chat history
गमन	reach
गमनशीलता	mobility
गमागम	swap
गमावणे	loose
गम्यता	reachability
गरजेनुसार करणे	customize
गर्दी	crowd
गर्भित	implied
गलका	noise
गळती	leak, leakage
गवाक्ष	window
गवाक्षन	windowing
गहाळ	missing
गाईड	guides
गाईडरेषा	guideline
गाठ	tumor
गाठणे	reach
गाभा	core, memory
गायब	missing
गाळा	galley
गिगाबाईट	gigabyte
गीत	track
गीते	lyrics
गुंतणे	involve
गुंतलेले	involved
गुंतवणूक	investment
गुंतवणे	involve
गुंतागुंतीचे	complex
गुंफण	nesting

गुच्छ	cluster
गुणक	coefficient
गुणता	quality
गुणद	minterm
गुणदर्शक	characteristic, qualitative
गुणधर्म	attribute, properties
गुणधर्म पत्रक	property sheet
गुणधर्म पृष्ठ	property page
गुणन	multiplication
गुणनफल	product
गुणफलक	score board
गुणमूल्यन	appraisal
गुणमूल्यांकन	rating
गुणवत्ता	quality
गुणवत्ता श्रेणी	rating
गुणवर्धके	add-ins
गुणविशेष	attribute, characteristic
गुणसंवर्धके	enhancements
गुणांक	rating, score
गुणांकन	rating
गुणाकलन	appraisal
गुणात्मक	qualitative
गुणानुक्रम	order of merit
गुणोत्तर	ratio
गुप्त प्रत	bcc
गुप्तता	privacy
गुप्तपणे	quietly
गुरुत्व चिन्ह	greater than sign
गुरुत्वदर्शक चिन्ह	greater than sign
गुरुवर्णशैली	uppercase
गूढलिपित	cryptographic
गूढलिपी तंत्र	cryptography
गृहीतक	hypothesis
गैर टपाल पत्ता	bad mail address
गैरलागू होणे	revoke
गोंगाट	noise
गोठवणे	freeze
गोपनीय	private
गोपनीयता	privacy
गोल	sphere
गोल कंस ( )	parenthesis ( )
गोलक	capsule
गोलकोन	round/ rounded corners

गोलकोन चौकोन	rounded rectangle
गोलीय	spherical
गोषवारा	abstract, extract, summary
गोष्ट	story
गौण	minor
गौण	subsidiary
गौण दर्जाचे	substandard
गौण शीर्ष	minor head
गौणता	minority
ग्रंथ	book
ग्रंथखूण	bookmark
ग्रंथबंधन	book binding
ग्रंथसूची	bibliography
ग्रस्त	affected
ग्रहण	reception
ग्रहण करणे	grasp
ग्रहणशक्ती	capacity
ग्राहक	recipient, subscriber
ग्राहकाग्र	antenna
ग्राही	grabber, receptor
ग्राह्य	valid
ग्राह्यता	validity
ग्राह्यता तपासणी	validation
ग्राह्यता देणे	validate
ग्रीनिच माध्य वेळ	gmt
घंटा	bell
घंटाध्वनी	ring tone
घंटानाद	ring
घंटी	ring
घट	abatement
घटक	element, factor, item, member
घटणे	abate
घटना	event
घटना नियंत्रक	event handler
घटविणे	decrease
घट्ट	tight
घडणे	occur
घडामोड	activity
घड्याळ	clock
घन	cube
घनता	density
घनत्व	density, mass
घर	housing
घरगुती	domestic
घरचा फोन	home phone
घर्षक	grinder
घाई	hurry
घाईची कृती	hurried
घाईने	hurriedly
घाट	form
घात	power (in maths)

घातक	fatal, hazardous	चक्रावर्ती	rotation
		चक्रावून जाणे	intrigue
घातांक	exponent, logarithm	चक्रिका	disk
		चक्रीय	cyclic
घातांक गणित	logarithm	चढणे	mount
घातांक गणितीय	logarithmic	चढता	long and loud
घातांक प्रमाण	log scale		
घातांकीय	exponential	चढती क्रमवारी	sort ascending
घालणे	insert		
घिरट्या घालणे	hover	चढत्या क्रमाने	ascending
घूर्णक	rotor	चढविणे	mount
घूर्णी	rotary	चतुः	quad
घूसखोर	intruder	चतुर्थांश मध्यमान	quartile
घोकंपट्टी	iteration	चतुर्थांश विचलन	quartile deviation
घोकणे	iterate		
घोडचूक	blunder	चतुर्प्रती	quadrap- licate
घोषित करणे	declare		
चकती	slice	चतुर्मुख बाण	four-headed arrow
चकविणे	trick		
चकाकी	glare	चतुष्प्रती	quadrup- licate
चकारी	track		
चक्र	wheel	चपखल	fit
चक्रगती	rotary	चमक	glare
चक्रण	spin	चमकदार	bright
चक्रमार्ग	track	चयक	buffer
चक्रमार्गी संदर्भ	circular reference	चयक स्मृती	annex memory
चक्रवाढ व्याज	compound interest	चरणलेख	footer
		चरणशः	step by step
चक्राकार गती	rotary	चरित्र	character
चक्रावणे	intrigue	चर्चा	discussion

चर्चा करणे	confer
चर्चासत्र	conference, seminar
चर्मपत्र	parchment
चल	variable
चल बिंदू	floating point
चलचित्र	movie
चलचित्र खंड	movie clip
चलत्व	mobility
चलत्संख्या	differential
चलन	currency, motion
चलनशीलता	variability
चलसाधन	actuator
-चा अंतर्भाव करणे	insert
चाक	wheel
चाक्षुक	visual
चाक्षुष	optical
चाचणी	test, trial
चाचणी आवृत्ती	trial version
चाचणी घेणे	test
चाचणी प्रत	test release
चाचणी स्थळ	beta site
चाणाक्ष	smart
चातुर्य	tact
चाप	arc, clip
चाप कोज्या	arc cosine
चालक दांडा	joystick
चालना	momentum
चालना देणे	trigger
चालविणे	play, run
चालू	current, in progress, on, ongoing, running
चालू करणे	power up, turn on
चालू राहणारा	persistent
चालू राहणे	persist
चालू स्थितीत	working
चिकटविणे	paste
चिकित्सा	diagnostics
चिकित्सा करणे	diagnose
चिटणीस	secretary
चितारी	painter
चिती	stack
चित्र	picture
चित्र दर्शक	picture viewer
चित्र-कथा	story-board
चित्रकथा फलक	story-board
चित्रखंड	clip art
चित्रग्रहणी	picture receiver
चित्रचालन करणे	render
चित्रचौकट	picture frame
चित्रण साधक	render device

चित्र-पट	canvas
चित्रपरिचय	caption
चित्रफलक	canvas
चित्रफीत	filmstrip
चित्रबंध	clip
चित्रबिंदू	bit, pixel
चित्रबिंदू घनता	screen pitch
चित्रमय	graphical
चित्रमय आलेख	pictograph
चित्रमय प्रपटल	splash screen
चित्ररूप कथानक	story-board
चित्रलिपी	idography
चित्रलिपी चिन्हे	idographic symbols
चित्रलिपीयुक्त	ideographic
चित्रवर्णित	illustrated
चित्रसज्जा	gallery
चित्रालेख	graphic
चिन्ह	character, icon, mark, symbol, token
चिन्हरेखांकित	schematic
चिन्हसूची	legend
चिन्हसूची विवरणी	legend key
चिन्हात्मक	semiotic
चिन्हित द्वयंक	dirty bit
चिरांकन	inscribe
चुंबक	magnet
चुंबकीय	magnetic
चुंबकीय तबकडी	disk
चुकीचा टपाल पत्ता	bad mail address
चुकीचे	wrong
चूक	error
चेंबटणे	jam
चेंबटलेला	jammed
चेक करणे	check (in checkbox)
चौकट	frame, framework, window
चौकटसंच	frameset
चौकशी	inquiry, query
चौकशी करणे	enquire
चौकोनी कंस	brackets, square, brackets
चौथरा	platform
चौरंगी	four-color
चौरस	square
छज्जा	gallery
छटा	hue, shade
छटांकन	shading
छद्म	pseudo
छद्म-अनुप्रयोग	pseudo-application
छपाई	printing
छपाई क्षेत्र	print area

छपाई चालू आहे	printing
छपाई पूर्वदृश्य	print preview
छपाई पूर्वावलोकन	print preview
छपाई रांगेत लावणे	spool
छपाईयोग्य	printable
छाट निशाणी	crop mark
छाट बिंदू	crop points
छाटणे	crop, truncate
छाटले जाणे	truncate
छाटलेले	truncated
छानक	filter
छाननी करणे	filter
छाननीचे पर्याय	filter options
छाननीचे विकल्प	filter options
छाप	brand
छापणे	print
छापण्याचे क्षेत्र	print area
छापण्यायोग्य	printable
छापत आहे	printing
छापला न जाणारा वर्ण	nonprinting character
छापले न जाणारे	non printing
छापलेले	printed
छापील प्रत	handout, hard copy
छाया	shadow
छायांकन	shadowing
छायांकित	shadowed
छिद्र	aperture
छिद्रन	punching
छिद्रांक टंकक	punch operator
छिद्रित्र	punch machine
छिन्नाग्र	truncated
छिन्नाग्र करणे	truncate
छुपा	stealth
छुपे	hidden
छेद	cross
छेदक	clause
छेदकोन	bevel
छेदणे	cross
छेदित	crossed
जंत्री	inventory
जंबुपार	ultraviolet
जग	world
जटिल	complex
जटिलता	complexity
जड-भार	heavy-weight
जतन	preservation
जतन करणे	save
जनक	parent
जनकीय धारक	parent folder
जनकीय नियंत्रण	parental control
जनकीय वेब	parent web
जनित	generated

जनित्र	generator
जनुक संकेत	genetic code
जन्मवर्ष	year of birth
जपणूक	preservation
जपलेले	preserved
जपून ठेवणे	preservation
जपून ठेवलेले	preserved
जमावाजमव	mobilization
जलचिन्ह	watermark
जलद	express
जलद प्रस्थापना	express installation
जलद संस्थापन	express setup
जलदजोड	hyperlink
जलवायुमान	climate
जलव्याल	hydra
जवळ जवळ	about
जवळचा	intimate
जवळीक	affinity
जागरूक	watcher
जागरूकता	alertness, vigilance
जागल्या	watcher
जागा	location, place, placement
जागी बसविणे	placement
जाड	thick
जाड-बारीक	thick-thin
जाणारे टपाल	outgoing mail
जाणून घेणे	learn
जाणे	go
जातिगत	generic
जाती	species
जादा	excess, extra
जारी करणे	enforce
जालबंध	network
जालरक्षक	proxy
जालरक्षी समायोजक	proxy server
जालरचना	network
जाळी	grid
जाळीरेषा	gridlines
जावक पेटी	outbox
जास्त	exceed
जाहिरात	promotion
जुपणी करणे	collate
जुळणारा	matching
जुळणी	configura-tion
जुळणे	match
जुळवणे	assemble, compose, match
जुळवून घेणे	adjust
जुळारी	composer, compositer
जोखीम	risk
जोड	bridge, link
जोड अनुप्रयोग	bridge application
जोडक्षमता	connectivity

जोडणी	connection link, tagging, juxtaposition
जोडणी-साधन	docking-station
जोडणे	bridge, connect, dock
जोडपत्र	appendix, attachment, enclosure
जोड-सुविधा	add-in(s)
जोडीदार	spouse
जोडून घेणे	map, mapping
जोडून घेतलेले ज्ञापन	mapped memo
ज्येष्ठ	senior
ज्येष्ठता	seniority
ज्येष्ठताक्रम	hierarchy, seniority
झंपक	jumper
झंपन	jumping
झडप	hatch, shutter
झडप वेग	shutter speed
झाकळ	mist
झिलईबाज	polished
झोपाळा	infant swing

टंक	type
टंकघनता	pitch
टंकलिखित करणे	type
टक्केवारी	percentage
टपाल	mail
टपाल पेटी	mailbox
टपाल विलय	mail merge
टपाल-विलीनीकरण	mail merge
टपालाने पाठविणे	post
टपालाने पाठविलेले	posted
टप्पा	stage, step
टप्प्याटप्प्याने	step by step
टाकाऊ	discarded
टाळणे	prevent, skip
टिकली	chad
टिपण	annotation
टिप्पणी	comment
टिप्पणी करणे	annotate
टीप	note
टीपा देणे	annotate
टोक	terminal
टोपणनाव	nickname
ठराविक	fixed, standard, typical
ठराविक आराखडा तालिका	fixed-layout table
ठराविक कालांतराने	periodically
ठळक	bold

ठाम प्रतिपादन	strong argument
ठाम विधान	strong statement
ठिकाण	place
ठीक करणे	fix
ठेका	rhythm
ठेव	deposit
ठेवण	set
ठोकळा	block
ठोकळ्या आलेख	block diagram
डाक संकेत	postal code
डावपेच	intrigue
डावीकडून उजवीकडे	left-to-right
डावीकडे संरेषित	left aligned
डावे	left
डिस्कवरील रिक्त जागा	free disk space
डोकावता मेनू	pop-up menu
ढकलणे	push
ढाल	shield
ढालक्षेत्र	shield
ढोबळ	gross
तंतुरहित	cordless
तंतुहीन	cordless
तंतू	cord
तंतोतंत	exact, exactly
तंत्रज्ञान	technology
तंत्रविद्या	technology
तकलादू	false
तक्ता	chart, matrix, table
तज्ज्ञ	expert
तटस्थ	indifferent, neutral
तडजोड	compromise
तणाव	stress
तत्काळ	immediate, instant
तत्त्व	element
तत्पर	ready
तत्प्राप्त	derived
तत्सम	identical
तथ्यांश	datum
तदर्थ	ad hoc
तद्भव	derivative
तन्निर्मित	derived
तन्निर्मित अक्षर	derived font
तन्निर्मित वर्ग	derived class
तपशील	details, particulars
तपशील संचिका	detail file
तपावरण	thermo-sphere
तपास	investigation
तपासणी	auditing, inspection
तपासणी करणे	inspect
तप्तमुद्रक	burn

तप्तमुद्रण	burn
तप्तलेखन	blowing
तप्तलेखन करा	blow
तफावत	gap
तबक	tray
तयार	ready
तयार करणे	create, customize, generate
तयार केलेला	custom
तयारी	preparation
तयारी करणे	prepare
तरंग	wave
तरंग पथक	wave guide
तरंग लांबी	wave length
तरंगती साधनपट्टी	floating toolbar
तरता	floating
तरता करणे	undock
तरबेज	expert
तरल	fluid
तरीही	anyway
तर्क	reasoning
तर्कसंगत	boolean, algebra, logical
तर्कसिद्धान्त	theorem
तल्प	cushion
तळटीप	footnote
तळलेख	footer
तसेच ठेवणे	leave
तसेच सोडलेले	left over
तस्करी	piracy
तहकूब करणे	adjourn
तहहयात	lifetime
तांत्रिक	technical
ताकद	strength
ताडून पाहणे	tally
ताण	stress
ताणणे	stretch
तातडी	urgency
तातडीचे	urgent
तात्कालिक	instant, temporary
तात्त्विक आस्था	academic interest
तात्पुरता	temporary
तापक	heater
ताब्यात घेणे	occupy
तारकाचिन्ह	asterisk
तारखेनुसार	by date
तारण	gage
तारमार्ग	line
तारमार्गी	online
तारयुक्त	wired
तारांक	asterisk
तारीख	date
तारेतर	offline
तार्किक	boolean, logical
ताल	rhythm
तालकन	locking

तालकित	locked
तालिका	matrix, table
तालिका कक्ष	table cell
तालीम	rehearsal
तावदान	pane
तास	hour
तिरंगी	three-color
तिरीप	glare
तिर्यक	italic
तिर्यककोन	bevel
तीक्ष्णता	sharpness
तीनपदरी	threefold
तीर	arrow
तीरपुच्छ	arrowtail
तीराग्र	arrowhead
तीव्र	strong
तीव्र भावना	strong feelings
तीव्र रंगभेद	high contrast
तीव्रता	intensity, strength
तीव्रीकरण	intensification
तुकडा	fraction
तुकडेतुकडेपण	fragmentation
तुटकरेषा	dashed line
तुरळक	sporadic
तुलनक	comparator
तुलना	comparison
तुलना करणे	compare
तुलनित्र	comparator
तुल्यकालन	synchronization, synchronize, synchronizing
तुल्यकालिक	synchronous
तुल्यकालित	synchronized
तूर्तातूर्त	ad hoc, tentative
तूर्तास	tentative
तृतीय पक्षी	third party
तोंडी	verbal
तोडगा	solution
त्यजन	rejection
त्याज्य	discarded
त्रय	triad
त्रयस्थ	third party
त्रयी	ternary
त्रिगुण	triple
त्रिज्य	radial
त्रिज्य अंतर	radial distance
त्रिज्या	radius
त्रिधा	three-way
त्रिप्रती	triplicate
त्रिमात्री	stereo
त्रिमात्री ध्वनी	stereo sound
त्रिमिती	3-d

त्रिमितीय	3-dimensional	दक्षिणदिश बाण	right arrow
त्रिविकर्णी	tridiagonal	दक्षिणावर्ती	clockwise
त्रिसूत्री	trilogy	दडपणे	suppress
त्रुटि-मुक्त	foolproof	दडविणे	suppress
त्रोटक	too short	दबाव	constraint
त्वरक	accelerator	दमटपणा	humidity
त्वरण	acceleration	दमन	repression, suppression
त्वरित	immediate	दमन करणे	suppress
त्वरेने	quickly	दर	rate
थर	layer, stack	दर आठवड्यास	every week
थांबणे	stop	दरमहा	every month
थांबविणे	halt, stop	दररोज	every day
थेंब, बिंदू	drop	दरवर्षी	every year
थेट	live	दरवाजा	shutter
थेट जाणे	jump	दरसाल	every year
थेट दुवा	absolute link	दर्जा	quality, status
थेट संपर्कवाहिनी	hot line	दर्जानिश्चयन	grading
थोपविणे	pause	दर्श	sight
थोपविलेले	blocked	दर्शक	pointer
दंड	bar, fine	दर्शक तीर	arrow pointer
दंडगोल	cylinder	दर्शक फाईल	metafile
दंडगोल (आकार)	can (shape)	दर्शक साधन	video
दंडगोलाकार	cylindrical	दर्शकचिन्ह	legend
दंतचक्र	sprocket	दर्शनी	optical, video
दंतुर ओळ	jagged line	दर्शनी नियंत्रक	dashboard
दंतुरता	aliasing	दर्शनी प्रत	soft copy
दक्षता	alertness, caution	दर्शने	videos
दक्षता संदेश	caution		
दक्षता सूचना	caution		

दर्शविणे	display, show, represen-tation
दर्शविलेले	shown
दर्शिका	slide
दर्शिका प्रदर्शन	slide show
दर्शिका प्रधान	slide master
दर्शित्र	video
दशमान	decimal, metric
दशमान संख्या	decimal numbers
दशांश चिन्ह	decimal place
दशांश विभाजक	decimal separator
दशांश स्थान	decimal point
दस्तऐवज	document
दस्तऐवज विंडो	document window
दस्तऐवज स्वरूपण	document formatting
दाक्षिणात्य	southern
दाखला	certificate
दाखविणे	show, return
दाखविलेले	shown
दाता	donor, giver, issuer
दाद देणे	acknowledge
दाबणे	press
दाबून टाकणे	suppress
दाबून ठेवणे	hold
दायित्व	respon-sibility
दार्ष्टिक	visual
दार्ष्टिक सेवा	visual service
दालन	suite
दावा	claim
दिक् स्थापन	orientation
दिक्संबंध	spatial relations
दिग्दर्शक कळी	arrow keys
दिन	day
दिनक्रम	schedule
दिनदर्शिका	calendar
दिनप्रकाश बचत समय	daylight saving time
दिनप्रकाश समय	daylight time
दिनांक	date
दिनांक स्वरूपण	date format
दिनांकानुसार	by date
दिवस	day
दिशा	direction
दिशादर्शक कळी	arrow keys, cursor keys, direction keys
दिशाहीन	undirected
दीप्त	bright
दीप्ती	brightness, illumination
दीप्ती परिणाम	halo effect

दीर्घ	long
दीर्घ रजा	vacation
दीर्घकालिक	long-term
दीर्घकालीन	long-term
दीर्घकाळ	long
दीर्घनिद्रा	hibernate
दीर्घवियोगचिन्ह	em dash
दीर्घवृत्त	ellipsis
दीर्घिका	galaxy
दु.नं. (दुपारनंतर)	p.m.
दु.पू. (दुपारपूर्व)	a.m.
दुजोरा	confirmation
दुजोरा देणे	confirm
दुप्पट	double
दुभागणे	split
दुभाजन	splitting
दुभाजित	split
दुमडपत्रक	folder
दुय्यम	lower, minor, secondary, subsidiary
दुय्यम जाळीरेषा	minor gridlines
दुरंगी	two-color
दुरुत्तर करणे	insubordination
दुरुस्त करणे	repair
दुरुस्ती	correction
दुरुस्तीकार	repairer
दुर्नम्य	stiff

दुर्भावपूर्ण	malicious
दुर्मीळ	rare
दुर्लक्ष	negligence
दुर्लक्ष करणे	ignore, neglect, skip
दुर्लक्षित	ignored
दुर्लभ	rare
दुर्वाहक	insulator
दुवा	connector
दुसरा (अनुक्रमे)	second
दुहेरी	double
दुहेरी अधोरेखन	double underline
दुहेरी अवतरणचिन्ह	double inverted comma (")
दुहेरी क्लिक	double-click
दुहेरी मध्यरेखित	double strike-through
दुहेरी रेखा	double line
दूर	off
दूर करणे	remove
दूर दृश्य	zoom out
दूरदर्शक	telescope
दूरध्वनी	telephone
दूरध्वनी नोंदवही	telephone book
दूरध्वनी यंत्रचालक	telephone operator

दूरभाष	telephone
दूरभाष नोंदवही	telephone book
दूरमुद्रक	teleprinter
दूरसंचार	telecommunication
दूरसंमेलन	teleconferencing
दूरस्थ	remote
दूरस्थिती	remoteness
दूषित	corrupt
दूषित वीजपुरवठा	dirty power
दूषितक	pollutant
दृक्	visual
दृक् चित्रण	visualization
दृग्गोचर	visual
दृग्गोचर करणे	visualize
दृग्गोचरता	visibility
दृढ धारणा	absolute conviction
दृढपणे	closely
दृश्य	display, view
दृश्य संक्रमणे	video transitions
दृश्यउठाव	highlighting
दृश्यखंड	video
दृश्य-खंड	video clips
दृश्यपट	scenario
दृश्यपटल	display
दृश्यपट्टी	slide
दृश्यबंध	video

दृश्यबंध प्रभाव	video effects
दृश्यमान	visible
दृश्यमानता	visibility
दृश्यरूप	visible
दृश्यांकन	visualization
दृष्टिकोन	perspective, approach, way
दृष्टिक्षेप	overview
देखभाल	maintenance
देखभाल करणे	maintain
देखरेख करणे	monitor
देणे	issue
देय	due
देय दिनांक	due date
देयक बनवणे	billing
देयकविषयी माहिती	billing information
देवघेव	exchange
देवाणघेवाण	share, exchange, sharing
देश	country
देशी	native
दैनंदिन	daily
दैनिक	daily
दैशिक	spatial
दोलनविस्तार	amplitude
दोष	bug, error
दोषमार्जक	debugger

दोषमार्जन	debug	द्विपंचक	biquinary, quibinary
दोषशोधक	debugger	द्विप्रती	duplicate
दोषशोधन	debug	द्विप्रस्थ	diode
द्योतक	token	द्विबिंदूचिन्ह	colon
द्रव पदार्थ	fluid	द्विभुज	bivalent
द्रुत	fast, quick, rapid	द्विमान	binary
द्रुत दृश्य	quick view	द्विमान अंक	binary digit
द्रुत सुरुवात	quick launch	द्विमानित्र	flipflop
द्रुतगती	rapid	द्विमार्गी	two-way
द्रुतशृंखला	hyperlink	द्विमिती	2-d
द्रुतान्वेषी	hash	द्विमितीय	2-dimensional
द्वयंक	bit	द्वि–मुखी	double-pointed
द्वयंक ऱ्हास	drop out		
द्वयंक वर्धन	drop in	द्वियुज	bivalent
द्वादशमान	duodecimal	द्विविधोपयोगी	dual purpose
द्वारक	aperture	द्विशाख	fork
द्वारा	via	द्विशाखन	bifurcation
द्वि–अष्टमान अक्षरसंच	double-byte font	द्विशाखन करणे	bifurcate
		द्वीपकल्प	peninsula
द्वि–अष्टमान वर्ण	double byte character	द्वैध	dual
		द्वैभाषिक	bilingual
द्विगुणी	double	धंदा	trade
द्विघाती	quadratic	धक्का माध्यम	push media
द्वितीयक	secondary	धडाडी	enterprise
द्विदिश	bidirectional	धन संख्या	positive number
द्वि–दिश लिपी	bi-directional language	धनकर्षकत्व	positive valence
द्विधा	duplex, two-way		
द्विध्रुवी	bipolar	धनाग्र	anode

धनात्मक	positive
धन्यवाद देणे	acknowledge
धरणे	hold
धरित्र	capacitor
धरून ठेवणे	hold
धागा	thread
धारक	bearer, folder
धारक धारिका	metafile
धारकता	capacity
धारकपट्टी	console
धारकसक्त	on board
धारकारूढ	on board
धारण करणे	occupy
धारणा	cache, capacity, memory
धारा	current
धारिका	file
धारिका आणि छपाई सहभागी	file and print sharing
धारिका आणि धारकाची कार्ये	file and folder tasks
धारिका नामविस्तार	file extension
धारिका संबद्धता	file association
धारिका सहभागी	file sharing
धारिकानाम	filename
धारिकानाम पटल	filename box
धारिकेचा प्रकार	file type
धारिकेचे आकारमान	file size
धारिकेचे नाव	file name
धारिकेचे व्यवस्थापन	file management
धारिकेचे स्वरूपण	file format
धारित	cached
धोका	threat
धोरण	policy
धोरण निर्णायक	policy maker
धोरण निर्धारक	policy maker
धोरणाचा भाग	policy module
धोरणी	smart
ध्यान	attention
ध्यास	pursuit
ध्येय	goal
ध्येयाकांक्षा	goal expectancy
ध्रुवी	polar
ध्वज	flag
ध्वजांकित	flagged
ध्वजांकित करणे	flag
ध्वनि फलक	sound canvas
ध्वनिक	acoustic, acoustic coupler, sonic
ध्वनिकारी	ringer

ध्वनिक्षेपक	speaker, loudspeaker
ध्वनिखंड	sound clip
ध्वनिग्राहक	microphone
ध्वनित	implied
ध्वनितीव्रता	volume
ध्वनि-पातळी	volume (audio)
ध्वनिपूरक इशारा	soundsentry
ध्वनिमुद्रण	recording
ध्वनिमुद्रित	recorded
ध्वनिरूपांतरण	rip
ध्वनिरोधक	silencer
ध्वनिरोधित	soundproof
ध्वनिवर्धक	amplifier
ध्वनिशोषक	silencer
ध्वनी	sound, tone, voice
ध्वनी चालू	unmute
ध्वनी बंद	mute
ध्वनी सराव	voice training
न चुकता	without fail
न जुळणारा	mismatch
न वाचलेले	unread
न वाचलेले अशी खूण करणे	mark as unread
नंतर	after
नंतर या निकषाने	then by
नकली	imitation
नकार देणे	refuse

नकारक्रिया	negate
नकारवृत्ती	negativism
नकारात्मक	negative
नकाशा	map
नको असलेले	unwanted
नक्कल	imitation
नगर	town
नताक्षर	drop cap
नमुना	form, model, sample, specimen
नमुना आवृत्ती	demo version
नम्य चक्रिका	floppy disk
नम्यता	flexibility
नम्यिका	floppy
नवजीवित करणे	charging, refresh
नवतारा	nova
नवरचना	reform
नवशिका	beginner
नवीन	new
नवीन काय आहे	what's new
नवीनतम	latest
नवे कोरे	out of the box, outside the box
नव्याने	newly
नष्ट	lost
नष्ट करणे	abolish

नाकबूल करणे	refuse
नाकारणी	rejection
नाकारणे	decline, refuse, reject
नागमोडी	wavy, zigzag
नादुरुस्त	down
नादुरुस्त होणे	breakdown
नाभिकीय	nuclear
नामक	named
नामगण	nomenclat-ure
नाममात्र	minimal
नामशेष	extinct
नामसंच	namespace
नामांकन	assignment
नामांकन करणे	assign name
नामिका	lable
नामित	lablled
नाव	name
नाव काढून घेणे	unsubscribe
नाव देणे	assign name
नाव नोंदविणे	sign up
नाव बदलणे	rename
नावनोंदणी करणे	sign up
नावानुसार	by name
नावाने	named
नाही	no
निःशक्त व्यक्ती	disabled
निःशुल्क	toll-free

निकट	intimate
निकटता	affinity
निकटवर्ती	adjacent, intimate
निकड	urgency
निकडीचे	urgent
निकष	norm, test
निकृष्ट	poor
निक्षिप्त	discarded
निक्षेप	deposit, discard
निगडित	associated
निगडित असणे	association
निगडित करणे	associate
निघून जाणे	quit
निचालन तंत्र	sifting technique
निजी	private
नितांत श्रद्धा	absolute faith
नित्यक्रमिक	routine
नित्यस्थापित	default
नित्यस्थिती	default
नित्यस्थिती स्थापित करणे	set default
नित्यस्थितीत	by default
निदर्श	model
निदर्शक	indicator
निदर्शनास येणे	encounter
निदान	diagnosis
निदानिकी	diagnostics

निदानी क्रमादेश	diagnostics-tic program
निदेश	command
निद्रावस्था	sleep mode
निनावी	anonymous
निपज	output
निपात	dump
निपुणता	proficiency
निबंधने	coordinates
निमंत्रक	convenor, inviter
निमंत्रित	attendee
निम्न	low, lower
निम्नतापिकी	cryogenics
निम्नदर्शी बाण	drop-down arrow
निम्नरूप	downsample
निम्नवर्ण	lowercase
निम्नस्तरीय	substandard
नियंत-धारक	console
नियंतवाटप	allotment, quota
नियंत्रक	controls, handler
नियंत्रण	control
नियंत्रण कक्षा	span of control
नियंत्रण पटल	control panel
नियंत्रणे	controls
नियत	fixed, regular, restrained
नियत आकार	regular shape
नियत रूपांतर	coercion
नियतकालिक	periodical
नियतन	allocate, fixing
नियतरीती	algorithm
नियतांक	constant
नियम	rule
नियमन	regulation
नियमन करणे	monitor
नियमावली	protocol
नियमित	regular
नियमित आकार	regular shape
नियमितपणे	regularly
नियामक	coercive, monitor, server
नियुक्त	posted
नियुक्ती	placement, assignment, appointment
नियोक्ता	employer
नियोजक	planner
नियोजन	planning
नियोजित	planned
नियोजित कार्य	scheduled task
निरंक (निर् + अंक)	nil

निरंकुश सत्ता	absolute power
निरंतर	analog, continual, continuous
निरंतरता	continuation
निरपवाद नियम	absolute rule
निरपेक्ष	independent
निरपेक्ष (सापेक्षच्या उलट)	absolute
निरर्थक	absurd
निरर्थकता	absurdity
निरसन	clear
निरस्त करणे	abort
निरस्त होणे	abort
निराकरण	resolution
निराकरण करणे	resolve
निराकारक	resolver
निराकृत	resolved
निराधार	unsupported
निरावलंबी	independent
निरास करणे	abolish
निरीक्षण	inspection
निरीक्षण करणे	inspect
निरुद्ध	blocked
निरुपयोगी	out of order
निरूपक	descriptor
निरोधन	blocking
निर्गतिक	static
निर्गमन	check out, departure, exit
निर्गमांक	fan out
निर्णयी	judge
निर्णायक	critical
निर्णायक चूक	critical error
निर्दिष्ट	specific
निर्देश	directive, point
निर्देश करणे	indicate
निर्देशांक	index
निर्देशांक सेवा	indexing service
निर्देशिका	directory
निर्देशिका सेवा	directory services
निर्देशित	specified
निर्दोष	foolproof
निर्धारक	assessor, determinant
निर्धारक यंत्र	engine
निर्धारण	assessment
निर्धारण करणे	assess, define, rate
निर्धारित क्षमता	rated capacity
निर्धोक	safe
निर्बंध	restriction
निर्बंधित	restricted
निर्माण करणे	create, generate
निर्माणशील	creative
निर्माता	creator

निर्यात	export
निर्यात करणे	export
निर्यातित	exported
निर्वचक	interpreter
निर्वचन	interprete
निर्वर्ण (निर् + वर्ण)	null
निर्वाचक	selector
निर्वाध क्रमादेश	blue ribbon program
निर्वाहक	manipulating
निर्वाहण	manipulation
निर्विवाद बहुमत	absolute majority
निर्वेध	safe, seamless
निर्वेध करणे	secure
निलंबन	suspension, adjournment
निलंबित	suspended
निलंबित करणे	suspend
निवड	choice, selection
निवड करणे	choose, select
निवड रद्द करणे	deselect
निवडक	selective
निवडकर्ता	chooser
निवडणे	select
निवडलेले	preferred
निवर्तन	cancellation
निवर्तन करणे	cancel
निवारक	solver
निवारण	mitigation
निवारण करणे	mitigate
निवासी	resident
निविष्ट डेटा	input data
निवृत्तिलाभ	gratuity
निवृत्ती वेतन	pension
निवेदक	narrator, voice-over
निवेदन	declaration, narration, statement
निवेश	access, input, investment
निवेश संपात	input focus
निवेशन	insertion
निवेशांक	fan in
निवेशित	accessed
निवेशी क्षेत्र	input area
निवेश्य	accessible
निशाण	flag
निशाण लावणे	flag
निशाणी	mark
निशाण्या	markings
निश्चल	still
निश्चिंत करणे	secure
निश्चितपणे	positively
निश्चिती	affinity
निष्कर्ष	extract
निष्कर्षक	extracter

निष्काळजीपणा	negligence
निष्कासन	ejection, extrusion
निष्कासित	extruded
निष्कासित करणे	eject
निष्क्रिय	deactivated, idle, inactive, passive
निष्क्रिय करणे	deactivate
निष्क्रिय केलेले	deactivated
निष्ठा	loyalty
निष्पंद	quiescent
निष्प्रभ	ineffective
निहित	embedded, inherited
निहित करणे	embed
नीचतम	lowest
नीट करणे	fix
नीडन	nesting
नीडित	nested
नीतिधैर्य	morale
नीरव	silent
नीरवपणे	quietly
नुकतेच केलेले बदल	recently made changes
नुकत्याच केलेल्या दुरुस्त्या	recently made corrections
नूतनीकरण करणे	renew
–ने पुरोगत	preceded by
–ने पूर्वगत	preceded by
ने वाढली	exceeded by
नेणे	move
नेत्रसुखद प्रभाव	eye candy effect
नेम	aim
नेम धरणे	aim
नेमकेपणा	specificity
नेमकेपणाने	specifically
नेमणूक	appointment
नेमणे	assign
नेहमी	always
नेहमी समोर	always on top
नेहमीचे	common, usual
नेहमीसाठी निश्चित करणे	set as default
नैपुण्य	proficiency
नोंद	entry, log, reading
नोंद करणे	enter
नोंदणी	registration
नोंदणी करणे	register
नोंदणी प्रक्रिया	recording
नोंदणी रद्द करणे	unregister
नोंदणीकृत उपयोजक	registered user
नोंदणीकृत	

व्यापारचिन्ह	registered trademark
नोंदबदल	mutation
नोंदवही	log, note book, register
न्यस्त	embedded
न्यस्त करणे	embed
न्याय्य	legitimate
न्यूनतम	lowest, minimum
न्यूनांकन	underesti-mation
पंक्तिखंड	line break
पंक्तिबंध	row band
पंक्ती	row
पंक्ती अंतर	leading
पंचकोन	pentagon
पंचतय	quintet
पंचप्रती	quintuplet
पंचमान	quinary
पक्का	fast
पक्षकार	client
पक्षपात	bias
पक्षपाती	biased
पक्षांतरण	transposition
पट	chart, screen
पट दर्शन	screen display
पट रक्षक	screen saver
पटचित्र	wallpaper
पटल	box, membrane, pane, panel
पटल दर्शन	screen display
पटल रक्षक	screen saver
पटलदृश्य	onscreen
पटलबाह्य	offscreen compositing
पटलिका	chip
पटसूचना	screentips
पटावर	onscreen
पट्टविस्तार	bandwidth
पट्टा	band
पट्टिका	banner, plates, slip
पट्टी	bar
पट्टेरी	stripped
पठडी	form, genre
पठनमात्र	read only
पठित्र	reader
पडणे	drop
पडताळणारा	verifier
पडताळणी	verification
पडताळणी केलेले	verified
पडताळणे	verify
पडताळलेले	verified
पडदा	screen
पडद्यावरील सूचना	screentip
पणन	marketing

पणनीय	saleable
पतन	falling
पताका	banner, flag, sentinel
पत्नी	spouse
पत्ता	address
पत्र	letter
पत्रक	flyer, sheet
पथ	path
पथ प्रदीर्घ आहे	path is too deep
पथक	team
पथक्रमण	transversal
पदच्छेद करणे	parse
पदच्छेदक	parser
पदत्यजन	abdication
पदत्याग	abdicate
पदनियमन	pacing
पदविस्तार आलेख	organization chart
पदानुक्रम	hierarchy
पदावली	expression (in maths)
पदोन्नती	promotion
पद्धत	method, practice, system
परंपरा	tradition
परत आणणे	retrieve
परत करणे	return
परत बोलावणे	recall
परत मिळवणे	retrieve, regain
परतणे	return
परतीचा पत्ता	return address
परमप्रसर ध्वनिक्षेपण	am (amplitude modulation)
परमप्रसर स्वरसंक्रम	am (amplitude modulation)
परमाज्ञा	mandate
परमाधिकार	Prerogative
परवानगी	permission
परवानग्या	permissions
परवाना	licence, pass, permit
परवाना देणे	permit
परवानाधारक	licensee
परवानाप्राप्त	licensed
परस्पर	each other, reciprocal
परस्पर संवाद	interaction
परस्परविरोधी	contradic-tory
परस्पर-व्यतिरेकी	mutually exclusive
परस्पर-संदर्भ	cross-referrence
परस्परसंवादी	interactive

पराकर्षण	retraction
परागती	regress
परागमन	regression, withdrawal
परावर्तन	rebound, reflection
परावर्ती	reflective
परिकलक	calculator
परिकलन	calculation, manupu-lation
परिकलन करणे	calculate
परिकलित	calculated
परिकलित करणे	manupulate
परिक्षिप्त	dispersed
परिक्षेत्र	range, realm
परिक्षेपण	dispersion
परिघांश	arc
परिघीय	peripheral
परिचय-घटक	credentials
परिचयचिन्ह	id
परिचर्चा	symposium
परिचर्या करणे	attend
परिचायक	identifier
परिचायन	identification
परिचालक	operator
परिचालन	operation
परिचित	recognised
परिचितता	habituation
परिच्छेद	paragraph
परिच्छेद खंड	paragraph break
परिच्छेदाची निशाणी	paragraph mark
परिच्छेदाचे स्वरूपण	paragraph formatting
परिणत	affected
परिणमन	variance
परिणाम	effect
परिणाम होणे	affect
परित्यजन	rejection
परिदर्शनी	perspective
परिपथ	circuit
परिपाठ	convention, practice
परिपालन	preservation
परिपालन करणे	preserve
परिपालित	preserved
परिपीडन	twisting
परिपूरके	peripherals
परिपूर्ण	foolproof
परिप्रेक्ष्य	perspective
परिभाषा	definition
परिभाषा कोश	glossary
परिभाषित करणे	define
परिभ्रमण	rotation
परिभ्रमी	rotary
परिमंडळ	zone
परिमाण	measure, parameter, quantity

परिमाणदर्शक	quantitative
परिमाणबद्ध	calibrated
परिमाणबद्ध करणे	calibrate
परिमाणात्मक	quantitative
परिमाणिक	quantitative
परिमाणे	dimensions, parameters
परिमापन	parameter
परिमापने	parameters
परिमार्ग	track
परिमित	finite
परिमिती	parameter
परियोजना	plan
परिरक्षण	maintenance
परिरक्षण करणे	maintain
परिरोधन	confinement
परिलुंठन	scroll
परिलेख	layout
परिवर्णी शब्द	acronym
परिवर्त	transpose
परिवर्तक	converter
परिवर्तक कळ	modifier key
परिवर्तक(के)	modifier(s)
परिवर्तन	change, recursion, modification
परिवर्तन करणे	convert
परिवर्तन करणे	modify
परिवर्तनशीलता	variability
परिवर्तनस्थान	hookswitch
परिवर्तित	modified,
	routed
परिवर्तित्र	converter
परिवर्ती	recursive, variable
परिवर्त्य	variable
परिवर्धक बटण	maximize button
परिवर्धन	enlargement
परिवर्धन करणे	enlarge
परिवर्धित	enlarged
परिवलक	spinner
परिवलन	rotation, spinning
परिवहन	transport, transportation
परिवहनी	transportable
परिवार	family
परिवाह	channel
परिविस्तार करणे	expand
परिविस्तार प्रतीक	expand icon
परिवेश	pack, environment
परिवेशी	ambient
परिवेष्टन	wrap
परिशिष्ट	annexure, appendix
परिशुद्ध	accurate, precise
परिशुद्धता	accuracy,

	precision
परिषद	conference
परिषद पाचारण	conference call
परिष्करण	finishing, reconditioning, refinement
परिष्करणी	refinery
परिष्कृत	reconditioned
परिसंचार	circulate
परिसंचारण	circulation
परिसंचारी	circulating
परिसंवाद	seminar
परिसर	area
परिसीमक	delimiter
परिसेवक	server
परिस्तर	housing
परिस्थितिकीविज्ञ	ecologist
परिस्थिती	ssituation
परिस्थित्यात्मक	situational
परिहार	removal
परीक्षण	trial
परीक्षणसंख्या	checksum
परोक्ष	indirect
पर्ची	slip
पर्ण	sheet
पर्ण भरक	sheet feeder
पर्यंत	to
पर्यवेक्षक	supervisor
पर्यवेक्षण	supervision
पर्यवेक्षण करणे	supervise
पर्याप्त	enough, sufficient,
पर्याय	alternative (noun), choice, option, substitute
पर्यायकोश	thesaurus
पर्यायमार्ग	bypass
पर्यायसूची	list box
पर्यायी	alternative (adj.)
पर्यावरणधार्जिणे	ecofriendly
पर्यावरणानुकूल	ecofriendly
पर्व	chapter
पलीकडे	across
पल्ला	range
पल्ल्याबाहेर	out of range
पश्च	backward
पश्च संपादन	postedit
पश्चगामी	backward
पश्चगामी पुनर्प्राप्ती	backward recovery
पश्चगामी लिंक	backward link
पश्चपोषण	feedback
पश्चप्रभाव	after-effect
पश्चात्-प्रभाव	after-effect
पश्चान्त	back-end

पश्चान्त-संसाधक	back-end processor
पसंत न केलेल्या	non-preferred
पसंती	choice, preference
पसंतीचिन्ह	bookmark
पसंतीचे	preferred
पहाट	dawn
पाचारक	pager
पाचारण	call
पाचारण करणे	call
पाचारण प्रतीक्षेत	call waiting
पाझर	leakage
पाझरणे	leak
पाठपुरावा	follow up, pursuit
पाठराखण	persuation, support
पाठवणी	shipment
पाठविणे	send, sending, streaming
पाठविलेले	sent
पाठिंबा	support
पाठ्य मात्रा	text size
पाठ्यमात्र	text only
पातळी	level
पात्र	bin, tray
पात्रता	qualification
पादाक्षर	subscript
पान	page
पायका	pica
पायरी	step
पायस	emulsion
पाया	base
पायाभूत	basic, fundamental
पायारेषा	baseline
पारंपरिक	traditional
पारक	pass
पारख	trial
पारण अनुदेश	pass instruction
पारदर्शक	clear, transparent
पारदर्शकता	transpar-ency
पारन	pass
पारशब्द	password
पारशब्दाने संरक्षण	password protection
पारिभाषित	defined
पारेषण	transmission
पार्थिव	physical
पार्श्वक	profile
पार्श्वध्वनी	playback
पार्श्वप्रकाश	backlight
पार्श्वभागी कार्यरत	working in background
पार्श्वभागी छपाई	background

	printing
पार्श्वभागी जतन	background save
पार्श्वभागी प्रचालन	background operation
पार्श्वभागी संसाधन	background processing
पार्श्वभूमी	background
पार्श्वसंगीत	background music
पालक	parent
पालट	rotation
पालथा	face down
पावती	receipt
पाश्चात्त्य	western
पाश्चिमात्य	western
पाहणे	view
पुंज	cluster
पुढचा	front
पुढाकार	initiative
पुढाकार घेणे	initiate
पुढील	following, next
पुढे	forward, next
पुढे चालू ठेवणे	continuation
पुढे जाणे	advance
पुढे नेणे	advance
पुढे पाठविणे	forward
पुनःप्रारंभ	warm boot
पुनःप्रेरक	reinforcer
पुनःप्रेरण	reinforcement
पुनःसमेकन	recompilation
पुनःसमेकन करणे	recompile
पुनरादेश	reorder
पुनरानुभाषण	recompilation
पुनरानुभाषण करणे	recompile
पुनरारंभ	restart
पुनरावर्तन	recurrence, recycling, repetition
पुनरावर्ती	recurring, repetitive
पुनरावलोकन	review
पुनरावृत्ती	repeat, repetition
पुनरावृत्ती करणे	repeat
पुनरीक्षण	review
पुनरुक्ती	iteration
पुनरुच्चार करणे	iterate
पुनरुज्जीवित करणे	charging
पुनरुत्थान	reboot
पुनर्क्रम	reorder
पुनर्क्रिया	redo
पुनर्गणन करणे	recalculate
पुनर्घटन	rebuilding, reconciliation
पुनर्चक्रण	recycle

पुनर्चालन	playback, rerun
पुनर्जनन	regeneration
पुनर्जनन करणे	regenerate
पुनर्जात	regenerated
पुनर्जोडणी	reconnection
पुनर्निर्माण	regeneration
पुनर्निर्माण करणे	regenerate
पुनर्निर्मित	regenerated
पुनर्निर्मिती	recreation
पुनर्प्रयास करणे	retry
पुनर्प्रयोग	reuse
पुनर्प्रयोज्य	reusable
पुनर्प्राप्त	recovered
पुनर्प्राप्त करणे	recover
पुनर्प्राप्ती	recovery, regain, retrieval
पुनर्प्रेषण	redirection, resending
पुनर्प्रेषित	redirected
पुनर्प्रेषित करणे	redirect
पुनर्भारित करणे	recharge
पुनर्भाव	regeneration
पुनर्भाव होणे	regenerate
पुनर्भावी	regenerative
पुनर्भूत	regenerated
पुनर्भेट	reunion
पुनर्मांडणी	rearrangement
पुनर्मांडणी करणे	rearrange
पुनर्यत्न करणे	retry
पुनर्योजन	regeneration
पुनर्योजित	regenerated
पुनर्योजी	regenerative
पुनर्रंगीकरण	resaturate
पुनर्रचना	redesign, reform
पुनर्रचनेनंतरचा	post-reform
पुनर्लपेटन	rewind
पुनर्लाभ	regain
पुनर्वर्गीकरण	reclassification
पुनर्वसन	rehabilitation
पुनर्वसन करणे	reinstate
पुनर्वापर	recycle
पुनर्संसाधन	reprocessing
पुनर्स्थापना	reinstallation
पुनर्स्थापना करणे	reinstall
पुनर्स्थापित	reinstalled
पुनर्स्थित	reset
पुनर्स्थित करणे	reset
पुनश्चर्या	refresh
पुनस्संघटन	rationalization
पुनस्संचारी	recirculating
पुन्हा उपयोग करणे	reuse
पुन्हा करणे	redo, repeat
पुन्हा चालवणे	rerun
पुन्हा चालू	restart

पुन्हा चालू करणे	resume
पुन्हा टंकलिखित करणे	retype
पुन्हा तपासणे	review
पुन्हा प्रयत्न करणे	retry
पुन्हा वापर करणे	reuse
पुन्हा वापरण्याजोगा	reusable
पुन्हा वापरण्यायोग्य	reusable
पुन्हा सुरू	restart
पुरवणी कलम	rider
पुरवणी प्रश्न	rider
पुरविणारा	supplier
पुरविणे	provide
पुरस्कार	recommendation
पुरस्कृत	recommended
पुरालेख	archive
पुरालेख संग्रहालय	archive
पुराश्म	fossil
पुरेसा	enough, sufficient
पुरोभूमी	foreground
पुष्कळ	abundant
पुष्टिपत्र	confirmation
पुष्टी	support, confirmation
पुष्टी देणे	confirm
पुष्टीप्राप्त	supported
पुष्टीविरहित	unsupported
पुसणे	wipe
पुसून टाकणे	erase, wipe out
पुस्तक	book
पुस्तक बांधणी	book binding
पुस्तकखूण	bookmark
पुस्तिका	booklet
पूरक	auxiliary, complementary supplemental
पूरण	feed
पूर्ण	complete, done, full reached, whole
पूर्ण करणे	complete
पूर्ण पथ	absolute path
पूर्ण वळण	u-turn
पूर्ण वहिवाटीचा अधिकार	absolute occupancy
पूर्ण विस्तृत	maximized
पूर्ण होणे	reach
पूर्णपट	full screen
पूर्णपट करणे	maximize
पूर्णपटल	full screen
पूर्णपटल दृश्य	full screen view
पूर्णरूप	maximized
पूर्णरूप करणे	maximize

पूर्णविराम	fullstop
पूर्णांक	integer
पूर्णित्र	carousel
पूर्तता	completion, compliance, satisfaction
पूर्तता करणे	comply
पूर्तिकर प्रत	backup
पूर्व परीक्षण	dry running
पूर्वकथन	prediction
पूर्वकथनात्मक	predictive
पूर्वक्रमी	preorder
पूर्वग	premitive
पूर्वगामी	antecedent
पूर्वतयारी	preparation
पूर्वतयारी करणे	prepare
पूर्वता	precedence
पूर्वत्वकरण	recondi-tioning
पूर्वत्वकृत	recondi-tioned
पूर्वदर्शित	predefined
पूर्वदृश्य	preview
पूर्वदृश्य फलक	preview pane
पूर्वनियोजन	preplanning
पूर्वनियोजित वेळ	scheduled time
पूर्वनियोज्य	progra-mmable
पूर्वनिर्देशित	predefined
पूर्वनिर्धारित	default, predefined
पूर्वप्रक्रिया	initialization
पूर्वप्रक्रिया करणे	initialize
पूर्वप्रवृत्त स्वरूप	predisposi-tional
पूर्वप्रवृत्ती	predisposi-tion
पूर्वप्रस्थापित	preinstalled
पूर्वमूल्यन	estimate
पूर्वरचित	preset
पूर्ववत करणे	restore, undo
पूर्ववर्ती	preceding
पूर्ववृत्ती	aptitude
पूर्वसूत्र	cross-referrence
पूर्वस्थित	preset
पूर्वस्थित करणे	restore
पूर्वस्थित झालेले	restored
पूर्वस्थिती	restoration
पूर्वस्थिती कळ	restore button
पूर्वानुमान	projection
पूर्वानुमानी	predictive
पूर्वानुरूप	backward compatible
पूर्वापार	classic
पूर्वाभ्यास	rehearsal
पूर्वावलोकन	preview
पूर्वावलोकन फलक	preview pane

पूर्वावृत्ती सुसंवादी	backward compatible
पूर्वेतिहास	history
पृच्छा	query
पृथक	distinct, separate
पृथक्करण	analysis, isolation, seperation
पृथक्करणात्मक	analytical
पृथक्कारी	separator
पृथक्कृत	isolated
पृष्ठ	page
पृष्ठ खंड	page break
पृष्ठ फेक	page punt
पृष्ठक	pager
पृष्ठचिन्ह	bookmark
पृष्ठन	paging
पृष्ठनाम	tab
पृष्ठनामिका	tab
पृष्ठप्राप्ती संभ्रम	page fault
पृष्ठभाग	surface
पृष्ठांकन	pagination
पृष्ठात बसवणे	fit to page
पेटिका	cassette
पेटी	box
पोकळ	hollow
पोच	acknowled-gement, receipt
पोच देणे	acknowl-edge

पोचणे	reach
पोचलेला	reached
पोचवणी	delivery
पोचविणे	deliver
पोट-बेरीज	subtotal
पोटवाक्य	clause
पोत	texture
पोषक	tributary
पोषण	nutritition
पौर्वात्य	eastern
प्र/आ	i/o
प्रकट करणे	reveal
प्रकटन	manifest
प्रकरण	article, case, chapter, topic
प्रकलन	manupu-lation
प्रकल्प	plan, project
प्रकार	category, type
प्रकारता	modality
प्रकारानुसार	by type
प्रकार्य	function
प्रकाश	light
प्रकाशझोत	spotlight
प्रकाशतंती	fibreoptic
प्रकाशन	publication, publishing
प्रकाशिक	optical

प्रकाशिक वर्ण परिचायन — OCR (optical character recognision)
प्रकाशित करणे — publish
प्रकाशीय — optical
प्रकाशीय तबकडी — disc
प्रकिरण — scattering
प्रकीर्ण — scatter
प्रकील — spike
प्रकृतिस्वभाव — tempera-ment
प्रक्रम — process
प्रक्रम आलेख — flow chart
प्रक्रियक — processor
प्रक्रिया — process, reaction
प्रक्रिया सामग्री — software
प्रक्रियाकार — processor
प्रक्रियाक्रम आलेख — flow chart
प्रक्रियाचक्र — activity cycle
प्रक्षेत्र — field
प्रक्षेपक — projector, transmitter
प्रक्षेपक चालक — projectionist
प्रक्षेपण — broad-casting, projection, transmission
प्रक्षेपित करणे — transmit

प्रखंड — stroke
प्रखर — bright
प्रखरता — brightness
प्रगत — advanced
प्रगत आवृत्ती — enhanced version
प्रगत कूटलिपी मानक — aes
प्रगती — progress
प्रगती दर्शक — progress indicator
प्रगती निदर्शक — progress indicator
प्रगमन — progression
प्रगामी — progressive
प्रगृहीत — captured
प्रग्रहण करणे — capture
प्रग्राहक — client
प्रघात — practice, system
प्रचंड — huge
प्रचय — batch
प्रचयन — batching
प्रचार — propaganda
प्रचारण — circulation
प्रचालक — operator
प्रचालन — operation
प्रचालन दोष — run-time error
प्रचालन समय — run-time
प्रचालेख — log
प्रच्छन्न — stealth

प्रच्छादन	masking
प्रजनक	breeder
प्रणाल	channel
प्रणाली	system
प्रणाली-संवाद	shell
प्रत	copy, quality
प्रतल	planes, surface
प्रतवारी	grading
प्रतवारी करणे	grading
प्रताधिकार	copyright
प्रति	to
प्रतिकरण	replication
प्रतिकर्षण	retraction
प्रतिकार	resistance
प्रतिकृती	replica
प्रतिक्रमित	reversed
प्रतिक्रमी	reversible
प्रतिक्रमी प्रणाल	reverse channel
प्रतिक्रिया	reaction
प्रतिक्षमता यंत्रणा	immune system
प्रतिगणना	countdown
प्रतिगमन	return
प्रतिगामी	backward
प्रतिगामी लिंक	backward link
प्रतिचित्रण	mapping
प्रतिचित्रणात्मक	representational
प्रतितोलन	counter-balancing
प्रतिदर्शित करणे	return
प्रतिदिन	every day
प्रतिदीप्तशील	fluroscent
प्रतिधारण	retention
प्रतिधारण करणे	retain
प्रतिधारित	retained
प्रतिध्वनी	echo (related to sound)
प्रतिनिधित्व करणे	representation
प्रतिनिधी	delegate, proxy
प्रतिनिधी मंडळ	delegation
प्रतिपतन	fall back
प्रतिपाचारण	callback
प्रतिपादन	argument
प्रतिपूर्ती	reimbursement
प्रतिपूर्ती काल	makeup time
प्रतिप्रमाणन	cross certification
प्रतिप्रेष	echo
प्रतिफल	reward
प्रतिबंध	bar, prevention
प्रतिबंध करणे	barring, prevent
प्रतिबंधक	preventive

प्रतिबंधित	barred
प्रतिमत	feedback
प्रतिमा	image
प्रतिमाकरण	imaging
प्रतिमाग्रहण	scanning
प्रतिमाग्राहक	scanner
प्रतिमान	model, pattern
प्रतिमामुद्रण	imaging
प्रतिमाह	every month
प्रतियोगी	reciprocal
प्रतिरक्षा	immuno
प्रतिरक्षा यंत्रणा	immune sysem
प्रतिरूप	replica, skin, skin mode
प्रतिरूप निर्वाचक	skin chooser
प्रतिरूप मुद्रण	offset printing
प्रतिरूपके	simulators
प्रतिरूपण	modulation, replication
प्रतिरोध	interception
प्रतिरोध करणे	intercept
प्रतिरोधक	resistant
प्रतिरोधी	interceptive
प्रतिलाभ	return
प्रतिलिपी	cc, copy
प्रतिलोम करणे	invert
प्रतिवर्तन	turnaround time
प्रतिवर्तन करणे	reverse
प्रतिवर्तित	reversed
प्रतिवर्ती	reflexive, reversible
प्रतिवर्ती प्रणाल	reverse channel
प्रतिवाद	argument
प्रतिवृत्त	feedback
प्रतिवेदन	reporting
प्रतिवेदन करणे	report
प्रतिष्ठा	status
प्रतिष्ठान	establish-ment
प्रतिष्ठापन	installment
प्रति-संदर्भ	cross reference
प्रतिसाद	answer, reaction, reply, response
प्रतिसाद क्रमांक	answering number
प्रतिसाद देणे	reply
प्रतिसाद यंत्र	answering number
प्रतिसादक यंत्र	answering machine
प्रतिसादप्रेषक	transponder
प्रतिसादहीन	catatonic
प्रतिस्थापना	substitution, replacement
प्रतीक	icon, token

प्रतीकवाद	symbolism
प्रतीक्षा करणे	wait
प्रतीक्षादालन	foyer
प्रतीक्षेत ठेवणे	keep on hold
प्रतीत करणे	return
प्रत्यंग	module
प्रत्यक्ष	actual
प्रत्यक्षीकरण	perception
प्रत्यय	suffix
प्रत्याख्या	disclaimer
प्रत्यावर्तन	recursion, revert
प्रत्यावर्ती	recursive
प्रत्यावर्ती प्रवाह	alternating current
प्रत्याशा	anticipation
प्रत्यास्थ	elastic
प्रत्येक	every
प्रत्येक वस्तू	every thing
प्रथम	first
प्रथम पंक्ती उपसमास	first line indent
प्रथम पक्षी	1st party
प्रथमाक्षरे	acronym
प्रथा	convention, practice
प्रदर्श	display
प्रदर्शक	monitor, viewer
प्रदर्शन	display, show
प्रदाता	issuer, provider
प्रदान	input
प्रदान करणे	issue
प्रदान/आदान	input/output
प्रदीपक	illuminant
प्रदीपन	illumination
प्रदूषक	pollutant
प्रदूषण	corruption
प्रदूषित	corrupt
प्रदेश	region
प्रधान	master
प्रधान अभिलेख	master record
प्रधान दस्तऐवज	master document
प्रधान पृष्ठ	master page
प्रधान/अधीन व्यवस्था	master/slave arrangement
प्रपटल	screen
प्रपत्र	form
प्रपत्र जतन करणे	save form
प्रपाश	trap
प्रपाशन	trapping
प्रबल उपयोजक	power user
प्रबलन	reinforcement
प्रबलीकरण	reinforcement
प्रबोधिनी	academy
प्रभाग	sector,

	charge, load
प्रभारक	charger
प्रभारण	charging
प्रभारित	loaded
प्रभारित करणे	charging, load
प्रभाव	effect
प्रभावित	activated
प्रभावी	dominant
प्रमंडळ	company
प्रमाण	amount, degree, scale, standard
प्रमाण वेळ	standard time
प्रमाणन	authentication, proving
प्रमाणपत्र	certificate
प्रमाणबद्ध	proportionate
प्रमाणशीर	proportional
प्रमाणशीर करणे	scale
प्रमाणित	standardised
प्रमाणित अपगमन	standard deviation
प्रमाणित करणे	validate
प्रमाणीकरण	standardization
प्रमाणीकरण प्रयुक्त	standardization applied
प्रमाणीय	scalable
प्रमात्रक	quantifier
प्रमात्रण	quantify
प्रमादनिश्चय	murphy's law
प्रमापक	meter
प्रमापन	metering
प्रमार्ग	channel
प्रमुख	main, major
प्रमेय	theorem
प्रयत्न करणे	try
प्रयुक्त	applied
प्रयुक्त करणे	apply
प्रयोक्ता	user
प्रयोक्तानुकूल	user friendly
प्रयोक्ता-हितैषी	user friendly
प्रयोजन	propriety
प्रचना	system
प्रलंबित	pending
प्रलेख	document, instrument
प्रलेख विंडो	document window
प्रलेख स्वरूपण	document formatting
प्रलेखन	documentation
प्रलेखसूचक	docuterm

प्रवरण	choice
प्रवर्ग	category
प्रवर्तक	initiator, issuer, starter
प्रवर्तक प्रशिक्षण	induction training
प्रवर्तक संकेत	actuating signal
प्रवर्तन	actuation, induction, initialization, represen-tation
प्रवर्तनी	inductive
प्रवर्तनी तर्क	inductive reasoning
प्रवर्तित	represented
प्रवर्तित करणे	issue
प्रवर्तित्र	actuator
प्रवासन	migration
प्रवाह	current, stream
प्रवाह गळती	stream loss
प्रवाहिनी	channel
प्रवाही	fluid
प्रवृत्ती	aptitude, tendency
प्रवेश	access
प्रवेश करणे	enter, step in

प्रवेशद्वार	gateway
प्रवेशप्राप्ती	login
प्रवेशयोग्य	accessible
प्रवेशित	accessed
प्रवेश्य	accessible
प्रशंसापर	complimen-tary
प्रशासक	administ-rator
प्रशासकीय	administra-tive
प्रशासकीय व्यवस्था	administra-tor setup
प्रशासन करणे	administer
प्रशिक्षण	training
प्रशुल्क	tariff
प्रश्नमालिका	queston-naire
प्रश्नार्थक	questioning
प्रश्नावली	question-naire
प्रश्नचिन्ह	question-mark
प्रषित्र	transmitter
प्रसंकेतक	cursor
प्रसंग	instance
प्रसंभाव्य	stochastic
प्रसंवादी	harmonic
प्रसर्पण	glide / gliding
प्रसर्पी विमान	glider

प्रसार	spread
प्रसारण	broad-casting, circulation
प्रसारित करणे	broadcast
प्रसिद्धी	release
प्रसिद्धी टिप्पण्या	release notes
प्रसुप्ती काल	latency time
प्रसूची	pyramid
प्रसृत करणे	upload
प्रस्ताव	proposal
प्रस्तावित	proposed
प्रस्तुत	relevant
प्रस्तुती	propriety, relevance, presentation
प्रस्थापक	installer
प्रस्थापना	installation
प्रस्थापना करणे	install
प्रस्थापित	installed
प्रस्थापित होणे/करणे	establish
प्रस्फुरक	fluorescent
प्रांत	domain, realm
प्राकृत	native
प्राक्कथन	prediction
प्राक्कथनी	predictive
प्राचल	parameter
प्राचलिक	parametric
प्राज्ञ	smart

प्रातिनिधिक वर्ण	wildcard character
प्रात्यक्षिक	demo, demonstra-tion
प्रात्यक्षिक आवृत्ती	demo version
प्राथमिक	preliminary, primary
प्राधान्य	preference, priority
प्राधिकरण	authority, authorisation
प्राधिकार	authority
प्राधिकारक	authority
प्राधिकृत	authorized
प्राधिकृत करणे	authenticate
प्रानुकूलन	conditioning
प्रापण	procurement
प्राप्त करणे	derive, get, receive
प्राप्तकर्ता	recipient
प्राप्तांक	reading
प्राप्ती	receipt
प्राप्य	available
प्राप्यता	availability
प्रामाणिक	genuine
प्रायिकता	probability
प्रायोगिक आवृत्ती	beta version
प्रायोगिक वेब	staging web
प्रारंभ	start

प्रारंभ करणे	begin, initiate
प्रारंभन	beginning, initialization
प्रारंभन करणे	initialize
प्रारंभिक	startup
प्रारंभिक धारक	startup folder
प्रारण	radiation
प्रारणमापक	radiometer
प्रारूप	design, draft, template
प्रावरण	housing
प्रावस्था	mode, environment
प्राश्वासन	warranty
प्राश्वासित करणे	warrant
प्रिंटरस्थित फाँट	printer resident fonts
प्रेरक	incentive, starter
प्रेरण	motivation
प्रेरणा	actuation, force, motivation
प्रेषक	from, sender, transmitter
प्रेषक-पत्ता	signature
प्रेष-ग्राही	trans-receiver
प्रेषण	sending, streaming
प्रेषवर्धक	booster
प्रेषवर्धन	boosting
प्रेषवर्धन करणे	boost
प्रेष-वेष्टण	tunnel
प्रेषित	posted, sent
प्रेषित करणे	forward
प्रोत्कर्ष	surge
प्रोद्भूत	accrued
प्रोसेस रंग	process color
फट	gap
फटकारा	stroke
फरक	difference
फल	result
फलक	banner, pane
फलक आलेख	block diagram
फलक कमान	block arc
फलक बाण	block arrow
फलनिष्पत्ती, फल	result
फलित	outcome
फसवा	hoax
फाँट समकरण	font smoothing
फाँटची शैली	font style

फाँटच्या कडा सफाईदार करणे	font smoothing
फारशी	persian
फावला वेळ	off time
फिकट	light
फिका	light
फिरकी	spin
फिरते	mobile, revolving
फिरविणे	rotate
फीत	ribbon
फुली-दर्शक	cross hairs
फुल्लन	blowing
फेरप्रयत्न करणे	retry
फेरप्रयत्नाने पाठविणे	retry sending
फेरफटका	tour
फेरफटका मारणे	take a tour
फेरफार	alteration
फेरफार करणे	alter, manipulate, modify
फेरफार केलेले	modified
फेरफार होणे	alter
फेरवापर	reuse
फोन बंद करणे	hang up
बंद	off, shutdown
बंद करणे	close, closing, shut down,
	turn off switch off
बंदचा ध्वनी	tone
बंध	band, pattern
बंध काम	pattern making
बंधक	binder
बंधन	bind, binding
बंधनकारक	binding, mandatory
बंधमुक्त	unlocked
बंधमुक्त करणे	undock, unlock
बटण	button
बटण पट्टी	button bar
बटण प्रतल	button face
बटवडा	delivery
बढती	progression
बदल	change
बदल करणे	change, modify
बदल दिनांकानुसार	by modified
बदलणे	replace
बदलता	variable
बदलांचा मागोवा घेणे	track changes
बदली	substitute, transfer
बदली करणे	replace,

	substitution
बदलून टाकणे	replace, replacement
बदाम (आकार)	heart (shape)
बद्दल	about
बद्ध	locked
बनवणे	make
बरोबर	correct, right
बरोबर चिन्ह	equal sign
बर्हिवेशन	deletion
बल	force
बलकर्षण	valence
बलपूर्वक कृती	force (an action)
बलाघात	emphasis
बळेच	forced
बहिःपात	drop out
बहिःशाल	outdoor
बहिर्गमन	swap out
बहिर्गामी	outbound
बहिर्दिश	outer directed
बहिर्प्रवृत्त	outer directed
बहुउद्देशी माहितीजाल टपाल विस्तारण	MIME
बहु-उद्देशीय	multi-purpose
बहुउपयोक्ता	multiuser

बहुउपयोगी	multipur-pose
बहुउपयोजक	multiuser
बहुकेंद्री	multi-centred
बहुकोन	polygon
बहुकोनाकृती	polygon
बहुजिनसी	heteroge-nous
बहुदिश	multi-directional
बहुपदरी	manifold
बहुपदी	polymial, polynomial
बहुपेडी	multiple
बहुप्रयोक्ता	multiuser
बहुभाषिक	multilingual
बहुभुजाकृती	polygon
बहुमाध्यमी	multimedia
बहुलीकरण	polymeri-zation
बहुविध	multiple
बहुविधता	diversity
बहु-संकेत	multiplex
बहु-संकेतक	multiplexer
बहु-संकेतन	multiplexing
बहुसंख्य	numerous
बहूआवाजीपणा	polyphony
बांधणी	binding
बांधणीकार	book binder
बांधणे	bind
बाकी	balance

बाज	form
बाजू	sides
बाण	arrow
बाण पुच्छ	arrowtail
बाणाग्र	arrowhead
बातमी	news
बाध आणणे	prevent
बाधा	infection
बाधित	affected
बाध्यता	obligation
बाब	item
बाबी	items
बाहेर काढणे	eject
बाहेर जाणे	exit, quit, step out
बाहेर पडणे	exit
बाहेर पडलेला	exited
बाह्य	external, outdoor
बाह्यगामी	outgoing
बाह्यरूप	exterior
बाह्यरेखा	outline
बाह्यांबर	outer space
बिंदियुक्त सूची	bulleted list
बिंदी	bullet
बिंदीवर्ण	dingbat
बिंदुघनता	resolution
बिंदुजोडणी	plotting
बिंदुजोडणी करणे	plot
बिंदुमिश्रण	dithering
बिंदुरचना	bit block
बिंदुरचित	bitmap
बिंदुरेखा	dotted line
बिंदुशः	point to point
बिंदू	dot, point
बिंदू प्रति इंच	dots per inch (dpi)
बिंबित करणे	flip
बिघाड	failure, malfunction
बिनतारी	cellular
बिनतारी जोडणी	wireless connection
बिनबोभाट	quiet, quietly
बिनशर्त अभिहस्तांतर	absolute conveyance
बिलगून	tight
बिल्ला	badge
बीजकोश	capsule
बीजगणित	algebra
बीजगणिती	algebric
बीजातीत	transfinite
बीजीय	algebric
बीभत्स	obscene
बुद्धिमत्ता	intelligence
बुद्धिमान	intelligent
बुद्‌बुद आलेख	bubble chart
बृहत	bulk
बृहत् अक्ष	major axis
बेकायदेशीर	illegal
बेरजेची पंक्ती	total row

बेरीज	sum, total
बैठक	meeting
बोटांचे चातुर्य	finger dexterity
बोधक	callout
बोधगम्य	intelligible
बोधचिन्ह	brand, logo
बोधवाक्य	tag line
बोलावणे	call
बोली	call
भंग	break
भंगणे	breaking
भंगबिंदू	breakpoint
भंगशील	breakable
भंगुर	fragile
भंजन	crash
भंडारण	storage
भग्न	crashed
भग्न होणे	crash
भडक रंग	bright color
भत्ता	allowance
भर	addition
भर घालणे	add to
भरक	feeder
भरण	feeding, fill
भरण प्रभाव	fill effects
भरण(रंग)	fill (color)
भरणे	enter, fill
भरती	recruitment
भरपूर	abundant
भरमसाठ	too much
भरलेले	full
भरवसा	trust
भरीव	filled/ solid
भरीव लंबगोल	filled ellipse
भरीव लंबवर्तुळ	filled ellipse
भरीव लंबवृत्त	filled ellipse
भरून काढणे	bridge
भविषनीयता	predictibility
भविष्यझलक	flash forward
भांडार	store
भाकीत	forecast
भाग	quota
भागधेय	predicament
भागवाटप	allotment
भाजक	devisor
भार	load, weight
भार (विद्युत्भार)	charge
भारण	loading
भारणे	charge
भार–युग्मित साधन	charge-coupled device (ccd)
भारित	loaded
भारित सरासरी	weighted average
भारी	heavy
भावचिन्ह	emoticon
भावनात्मक ऐक्य	rapport
भावप्रतीक	emoticon

भाषण	address, speech
भाषा	language
भाषांतर	interpret-ation
भाषांतर करणे	compile
भाषांतरकार	compiler
भाषिक	verbal
भासमान	virtual
भिंगाची बाहुली	lens aperture
भिडणे	snap
भित्तिचित्र	wall paper
भिन्न	different
भिन्नता	difference
भूतझलक	flashback
भूमिका	role
भूर्जपत्र	papyrus
भू-स्थिर	geo-stationary
भेट	meeting, appointment
भेट देणे	visit
भेद	variants
भेद्य	vulnerable
भेद्यता	vulnerability
भोक	aperture
भौतिक	physical
भौतिक कळ	hardkey
भौतिकरीत्या	physically
भ्रंश	fault
भ्रम	delusion
भ्रमंती करणे	take a tour
भ्रमण	mobile
भ्रमणध्वनी	mobile phone
भ्रमणशीलता	mobility
भ्रष्ट	corrupt
भ्रष्टता	corruption
मंच	forum, platform
मंजुलता	melody
मंजूषा	box
मंडल	circuit
मंडलपथ	circuit
मंडळ	bureau
मंद	dim, slow
मंद आदेश	grayed command
मंदकरण	slow down, decelaration
मंदगति टपाल	snail-mail
मंदगमन	glide, gliding
मंदन	decelaration
मंदप्रभ	dimmed
मंदायक	modulator
मंदायन	slow down
मंदी	slack
मजकुराचा ओघ	text wrap
मजकुराची दिशा	text direction
मजकुराचे आकारमान	text size
मजकुराचे स्वरूप	text format

मजकुराचे स्वरूपण	text formatting
मजकूर	text
मजकूर अंश	text block
मजकूर ओघ	wrapping
मजकूर क्षेत्र	text area
मजकूर धारिका	text file
मजकूर पटल	text box
मजकूर बसवणे	fit text
मजकूर मात्रा	text size
मजकूर संपादक	text editor
मजकूर सरेषण	text alignment
मजकूर सुधार साधने	proofing tools
मजबूत	strong
मजूर	labour
मतदान करणे	vote
मथळा	caption
मथळे सूची	table of captions
मदत	help
मदत आणि समर्थन	help and support
मदतनीस	helper
मधले	middle
मध्य	center, middle
मध्य सरेषित	center aligned
मध्यंतरी	meantime
मध्यक	mean, median
मध्यप्रत्यय	infix
मध्यम	medium
मध्यम-द्वयंकी	middle-endian
मध्यमान	mean
मध्यमार्गी	compro-mising
मध्यरेखित	striketh-rough
मध्यवर्ती प्रक्रियाकार	cpu (central processing unit)
मध्यस्थ	arbitrator
मध्यांतर	interval
मध्यान्त	abortion
मध्यावधी	intermediate
मध्ये बसवणे	fit to
मनःपूत	arbitrary
मनपसंत	favourite
मनाई केलेला	forbidden
मनोधैर्य	morale
मनोरंजन	recreation, entertain-ment
मर्गझ	jade
मर्यादक	qualifier
मर्यादातिक्रम	over-stepping

मसुदा	draft
महत्तम	highest
महत्त्व	importance
महत्त्वपूर्ण	crucial, important
महा	high
महाकाय	giagantic, giant
महादेश	mandate
महामंडळ	corporation
महिना	month
महिरपी कंस	braces
महोर्मी	surge
मांडणी	arrangement
मांडणी करणे	arrange
मागणी	call, claim, request
मागणी करणे	order
मागवणे	order
मागील	back, preceding, previous
मागील स्थितीला नेणे	rollback
मागे	back, backward, return
मागोवा	history, track
मागोवा घेतलेले बदल	tracked change
मात्रक	resolution
मात्रा	amount, degree, quantity
माधुर्य	melody
माध्य	mean
माध्य वेळ	mean time
माध्यम	device
माध्यम निरपेक्ष वस्तू	device independent object
माध्यमी	media
मानक	standard
मानक साधनपट्टी	standard toolbar
मानकीकरण	standardi-zation
मानदंड	standard
मानयोजित	value added
मानांक	norm
मान्य	ok
मान्य करणे	accept, acknowl-edge
मान्यकरण	validation
मान्यता	acceptable, acceptance, recognition
मापदंड	norm
मापन	measure-ment
मापनयंत्र	instrument

मापनी	ruler	माहिती जमवणे	populate
मापांक	module	माहिती पेढी	data bank
मापांकी	modular	माहिती प्रसारक	bulletin-
माफक	moderate		board
मायना	salutation	माहिती-कट्टा	blog
माया	allowance	माहितीकोश	database
मार्ग	way	माहितीजाल	internet
मार्गक	router	माहितीजाल अभिगम	
मार्गक्रमण	routing	प्रदाता	internet
मार्गचयन	routing		access
मार्गदर्शक	guide		provider
मार्गदर्शित	guided	माहितीजाल चलन	digital cash
मार्गदर्शी	pilot	माहितीजाल प्रवेश	
मार्गबाह्य	offline	प्रदाता	internet
मार्गस्थ करणारा	router		access
मार्गस्थ करणे	route		provider
मार्जन	clear	माहितीपत्रक	brochure
मालक	owner	माहितीपूर्ण	informative
मालकी	ownership,	माहितीप्रसारक प्रणाली	bbs
	title	माहितीवजा	informa-
मालप्रेषण	shipping,		tional
	shipment	मितव्ययी	economical
मालसंचय	inventory	मिती	dimension
मालसाठा	inventory	मित्र	buddy
मालिका	series	मिथक	myth
मावळती	dusk	मिथ्या	false
मासिक	monthly	मिनिट	minute
माहिती	data,	मिळणे	occur
	information,	मिळवणे	get,
	profile		derive
माहिती आयात करणे	populate	मिश्रकर्षक	ambivalent

मिश्रण	mixture
मिश्रण करणे	mix
मिश्रित	mixed
मिसळणे	mix
मींडवक्र	spline
मुक्त	free
मुक्त अभिगम	free access
मुक्त करणे	unfreeze
मुक्त प्रवेश	free access
मुक्त स्वरूप	free form
मुक्त/व्यग्र	free/busy
मुक्तहस्त	freeform
मुक्तहस्त आकार	irregular shape
मुखद्वार	port
मुखपट	drop, mask
मुखपृष्ठ	home page
मुखवटा	mask
मुख्य भाग	body
मुख्य मजकूर	body text
मुख्यांग	body
मुदत टळून गेलेले	overdue
मुदतबाह्य	expired, time out
मुदतबाह्य होणे	expire
मुद्दा	issue
मुद्रक	printer
मुद्रण	printing
मुद्रण चक्रिका	print wheel
मुद्रणकला	typography
मुद्रण-प्रतीक्षण	spool
मुद्रांकने	prints
मुद्रित	printed
मुद्रितशोधन साधने	proofing tools
मुद्रिते	prints
मुद्रित्र	printer
मुलाखतकार	interviewer
मूक	dumb, mute
मूठ	handle
मूर्धाक्षर	superscript
मूल	base, original
मूल घटक	content
मूल स्थिती	home position
मूलक्षमता	potentiality
मूलतत्त्वे	basics
मूलद्रव्य	element
मूलभूत	basic, core, fundamental
मूलभूत संहिता	core program
मूलस्थान कळ	home key
मूलस्रोत	sources
मूलांक	radix
मूलांक पूरक	nought complement, radix complement
मूल्य	value

मूल्य निर्णय	appraisal	मॅक्रो विषाणू	macro virus
मूल्यकरण	rating	मोकळा	free
मूल्यनिर्धारक	valuator	मोकळी जागा	space, white space
मूल्यनिर्धारण	evaluation		
मूल्यभार	weight	मोकळे करणे	unfreeze
मूल्यभारित सरासरी	weighted average	मोक्याची	critical
		मोजणी	counting
मूल्यमापक	assessor	मोजणी करणे	count
मूल्यमापन	assessment, evaluation	मोजमाप	measure-ment
मूल्यमापन करणे	assess	मोठ्या आकाराचे	sizable
मूल्यवर्धन	write-up	मोफत	complimen-tary
मूल्यवर्धित	value added		
मूल्यसंच	scenario	मोफत	free
मूल्यांकन	evaluation, valuation	मोफत वस्तू	free stuff
		मोहीम	mission
मूल्यांकन करणे	evaluate	मौन	silence, silent
मूल्यानुसार	ad valorem	मौलिक	basic
मूळ	original	यंत्रक्रम	mechanism
मूळ उत्पादक	oem	यंत्रणा	mechanism
मूळ निर्देशिका	root directory	यंत्रविशारद	engineer
		यंत्रसाधन	equipment
मूळ पृष्ठ	home page	यंत्रसामग्री	hardware
मूळ स्थिती	default	यंत्रावयव	fittings
मूळचा	original	यंत्रावली	mechanism
मूळचा धारक	root folder	यजमान	host
मूळस्थान	home	यथाकार	best fit, fit
मूषक	mouse		
मूषक दर्शक	mouse pointer	यथादर्शन	perspective
		यथापृष्ठ करणे	fit to page
मृदुकळ	softkey	यथामूल्य	ad valorem

यथायोग्य	appropriate
यथारूप	journal
यथार्थता	validity
यथार्थन	actuation
यथेच्छ योजक	patch
यथोचित	appropriate, optimal
यथोदर्शन	elevation
यमकबद्ध पद्य	rhyming couplets
यशस्वी	successful
यशस्वीरीत्या	successfully
या प्रकारच्या धारिका	files of type
या प्रकारात जतन करणे	save as type
या रूपात चित्र जतन करणे	save picture as
या रूपात जतन करणे	save as
या रूपात प्रतिलिपी जतन करणे	save copy as
यांत्रिकीकरण	mechanisation
याचिका	petition
याच्या सापेक्ष	relative to
यातायात	traffic
यादी	list
यादृच्छ	random
यादृच्छिक	arbitrary, random
याने अनुगत	followed by

याने दर्शित	represented by
याने प्रवर्तित	represented by
यापूर्वीच	already
याप्रमाणे क्रमवारी	sort by
यामध्ये शोधणे	look in
युक्त	proper
युक्तायुक्त विवेक	sensibility
युक्तिवाद	argument
युक्ती	hint, trick
युगल	pair
युग्म तुलना	paired comparison
युग्मक	coupler
युतिप्रभावी	synergetic
युती	synergy
युनिकोड	unicode
ये-जा करणे	switch
येणारा संदेश	incoming message
येणारे पत्र	incoming mail
योग्य	proper, suitable
योग्य रीतीने	properly
योजन	design
योजना	scheme
योजनाबद्ध	planned
योजनाबद्ध कार्यपालट	job rotation

रंग	color
रंग भरणे	fill color
रंग योजना	color model
रंग वेचक	color picker
रंगघनता	saturation
रंगछटा	hue, tint
रंगधानी	palette
रंगपाटी	palette
रंगभरण	fill, shading
रंगभरणे	fills
रंगभरित	filled/ solid
रंगभेद	contrast
रंगलेपन	paint
रंगविहीन करणे	desaturate
रंगसंधी	trap
रंगांतर	gradient
रंगांतर भरण	gradient fill
रंगारी	painter
रंगीत प्रिंटर	color printer
रंगीत मॉनिटर	color monitor
रंजकद्रव्य	dyestuff
रंध्र	aperture
रकाना	field
रक्कम	amount
रक्षक	guard
रक्षण करणे	save
रक्षाकरण	safekeeping
रक्षिततार	cable
रखवालदार	watchdog

रचना करणे	build, compose
रचनाबद्ध	structured
रचनासूची	playlist
रचनाहीन	unstructured
रचयिता	builder, composer
रज्जु	cord
रज्जुरहित	cordless
रज्जुहीन	cordless
रणनीती	strategy
रद्द करणे	cancel
रद्द केलेले	discarded
रद्दसूचना	cancellation
रद्दी	junk
रद्दीयुक्त टपाल	junk mail
रपेट	hiking
रस	interest
रस्ता	street
रहदारी	traffic
रांग	queue
रांगेत लावणे	spooling
राखणे	maintain
राखीव	reserved
राखीव एकक	allocation unit
राखीव करणे	allocate, allocation
राखून ठेवणे	keep
राजभाषा	official language

राज्य/प्रांत	state/ province
राळ	resin
राशी	mass
राशीकरण	aggregation
राशीकृत	aggregate
रास, ढीग	heap
रास्त	due, legitimate, proper
राहिलेले	remaining
राहून गेलेले	left over
रिकामा	empty
रिकामे करणे	empty
रिक्त	blank, empty, hollow
रिक्त करणे	empty, purge
रिक्त जागा	free space
रिक्त समय	off time
रिक्तन	blanking
रिक्तिभरण	unblank
रिक्ती	spacing
रिच टेक्स्ट स्वरूपण	rich text format (rtf)
रीत	algorithm, way
रुंदी	width
रुची	interest
रुपेरी	silver
रूढ	conventional
रूढी	convention
रूप	form
रूपबंध	interface
रूपरेषा	layout, outline
रूपांतर	adaptation, change, conversion,
रूपांतर	interpre-tation
रूपांतर करणे	compile, convert, disassemble, map
रूपांतर कोष्टक	conversion table
रूपांतरक	converter
रूपांतरकार	compiler, converter, disassem-bler
रूपांतरक्रिया	mapping
रूपांतरण	transfor-mation
रूपांतरित	mapped
रूपिम	morpheme
रेखा	stroke
रेखा (छापली जाणारी)	line (printable)
रेखा (दृश्यस्वरूप)	line (visible)
रेखांकित	crossed

रेखाकृती	diagram
रेखाखंड	line segment, segment
रेखाखंड बिंदू	anchor point
रेखाटन	sketch
रेखाबिंदू	node
रेखालेख	diagram
रेखिका	bar
रेखीवपणा	sharpness
रेखेची जाडी	line weight
रेघ	line
रेडार	radar
रेडिओ बटण	radio button
रेषा (अदृश्य)	line (invisible)
रेषा (छापली न जाणारी)	line (non-printable)
रैखिक	linear
रोखणे	block, halt
रोखा	bond
रोचक	interesting
रोजकीर्द	journal
रोजनामा	log
रोजनामा धारिका	log file
रोपण	implant, transplant
रोवणे	anchor
रोहित्र	transformer
ऱ्हसन	decay
ऱ्हास	decrement
ऱ्हासमान	diminishing
लंबगोल	ellipse, oval
लंबवर्तुळ	ellipse, oval
लंबवृत्त	ellipse, oval
लंबवृत्तीय	ellipsoid
लक्ष	attention
लक्ष ठेवणे	monitor, watch
लक्षण	character, characteri-stic
लक्षणीय	significant
लक्षणे	symptoms
लक्षवेधक	highlighter
लक्षवेधी	highlighted
लक्षवेधी करणे	highlight, highlighting
लक्ष्य	target
लक्ष्यित	target
लगत	adjacent
लघु	mini, small
लघु आवृत्ती	miniature
लघुकथन	schema
लघुकळसंच	macro
लघुगणक	logarithm
लघुतम	lowest, smallest
लघुतर	smaller
लघुता चिन्ह	less-than sign

लघुत्व चिन्ह	smaller than
लघु-द्वयंकी	little-endian
लघुपटल	palette
लघुपथ	shortcut
लघुपथ चिकटविणे	paste shortcut
लघुप्रतिमा	thumbnails
लघुप्रयोग	applet
लघु-भार	light-weight
लघुरूप	minimized
लघुरूप करणे	minimize
लघुवर्ण	lowercase
लघुवियोगचिन्ह	en dash
लघुशब्द	abbreviation
लघुसंहिता	script
लघुसंहिता लेखन	scripting
लघ्वक्ष	curtate
लपलेले	hidden
लपवणे	hide
लपविलेला मजकूर	hidden text
लपविलेले	hidden
लय	pace, rhythm, tempo
लयबंध	rhythm, tempo
लयबद्धता	rhythm
ललित	fancy
लवचिक	elastic
लवचिकता	flexibility
लवाद	arbitrator
लहान	small
लहान करणे	reduce
लहान कालवा	minor canal
लहान गट	minor group
लांब	long
लांबणीवर टाकणे	defer, postpone
लांबणीवर टाकलेले	deferred, postponed
लांबी	length
लाक्षणिक	typical
लाक्षणिकपणे	typically
लागू	due
लागू करणे	apply, enforce
लागून	next to
लाघवांक	logarithm
लाडके नाव	friendly name
लादलेला	forced
लिंकसह चिकटविणे	paste link
लिखाण अष्टमान एकक	write byte
लिफाफा	envelope
लिहिणे	write
लीगल (कागदाचा आकार)	legal (paper size)
लुकलुक	shimmer
लेख	article
लेखक	author
लेखणी	pen

लेखन	authoring, write, writing
लेखन-प्रतिबंधित	write-protected
लेखनमात्र	write-only
लेखन-संरक्षित	write-protected
लेखनसामग्री	stationary
लेखनीय	writeable
लेखशाला	registry
लेखा	accounts
लेखा स्वरूपण	accounting format
लेखाकर्म	accounting
लेखाकार	book-keeper
लेखाकार्य	accounting
लेखापालन	accounting
लेखाशास्त्र	accountancy
लेखित्र	writer
लेपित	coated
लोकहितैषी	benevolent
लोपचिन्ह	ellipsis
लोपन	blanking
वंचित करणे	prevent
वक्र अवतरण	curly quotes, smart quotes
वक्र बाण	bent arrow
वक्र रेषा	curve
वक्रालेख	curve
वक्रीभवन	refraction
वगळणूक	exclusion
वगळणे	exclude, omit, skip
वचनबद्ध	committed
वचनबद्धता	commitment
वजन	weight
वजा चिन्ह	minus sign
वर करणे	raise
वर केलेले	raised
वर येणारा	rising
वरकड खर्च	overheads
वरचढ	override
वरचा	upper
वरच्या दिशेने	upward
वरणात्मक	selective
वरीयता	priority
वरीयन	priorita-zation
वरील	top
वरून फिरवणे	hover over
वर्ग	category, class, type
वर्ग (गणितात)	square
वर्ग करणे	pass on
वर्गणी	subscription
वर्गणी देणे	subscribe
वर्गणीदार	subscriber
वर्गणीदार व्हा	subscribe to
वर्गीकरण	classification

वर्चस्ववृत्ती	dominance
वर्जित करणे	exclude
वर्ण	character
वर्ण शैली	character style
वर्ण स्वरूपण	character format
वर्ण–अंतर	character spacing
वर्णन	description
वर्णनचित्र	illustration
वर्णपट	band, spectrum
वर्णमालिका	character string, string
वर्णरचना	spelling, syntax
वर्णरचना चूक	syntactic error
वर्णरचना तपासनीस	spell checker
वर्णरचनेतील चुका	syntax error
वर्णशैली	case
वर्णशैली संवेदी	case-sensative
वर्णसंच	character set
वर्णालेख	character map
वर्णिका	pencil
वर्तणूक	character
वर्तुळ	circle
वर्दळ	traffic
वर्धक घटक	growth factor
वर्धन	extension, upsizing
वर्धित	extended
वर्ष	year
वर्षदिन	anniversary
वर्षासन निधी	annuity
वलन	folding
वलय	ring
वलये	contour
वळण	curve
वळविणे	divert, redirect
वळसा घालणे	bypass
वस्तुतोलन	juglary
वस्तुधर्म	characteri-stic
वस्तुनिष्ठ	actual, objective
वस्तू	content, object
वस्तुप्रेषण	shipping
वहनांतर	hop
वाक्प्रचार	phrase
वाक्य वर्णशैली	sentence case
वाक्यरचना	syntax
वाक्यरचना चूक	syntactic

	error
वाक्यांश	phrase
वाचणे	read
वाचन अष्टमान एकक	read bytes
वाचन पोच	read receipt
वाचन फलक	reading pane
वाचन-लेखन	read-write
वाचनीयता	readability
वाचले अशी खूण करणे	mark as read
वाच्य	voice
वाच्य अभिज्ञान	voice recognition
वाच्य परिचय	voice recognition
वाजवणे	playback
वाजवी	genuine, legitimate, proper
वाटा	quota
वाढ करणे	extend
वाढविणे	increase
वाढावा	surplus
वाढीव	extended, incremental
वाढीव सुविधा	add on
वाणी	voice
वाणी परिचय	voice recognition
वातावरण	ambience, atmosphere
वापर	usage, use, utilization
वापरकर्ता	user
वापरलेले	used
वापरातील स्मृती	commit charge
वामदिश बाण	left arrow
वामावर्ती	anti-clockwise, counter-clockwise
वायुतार	antenna
वायुवाहित	airborne
वायुवीजन	ventilation
वार	day
वारंवार विचारण्यात येणारे प्रश्न	faq
वारंवारता	frequency
वार्ता	news
वार्तापत्रक	bulletin
वार्तालाप	chatting
वार्तालाप करणे	chat
वार्तालाप दालन	chat room
वार्तालाप विवरण	chat history
वार्तालाप स्थान	chat room
वार्तासमूह	newsgroup
वार्धिक	incremental
वार्षिक	yearly
वाळूचे घड्याळ	hourglass
वास्तव	actual,

	factual, real
वास्तववाद	realism
वास्तव–समय	realtime
वास्तवाभिमुख	reality oriented
वास्तुगत	indoor
वास्तुबाह्य	outdoor
वाहतूक	traffic
वाहतूक भाडे	mileage
वाहनचालक	driver
वाहिनी	channel, line
विंडोमध्ये बसवणे	fit to window
विंडोमध्ये बसविणे	wrap to window
विकत घेणे	purchase
विकरण	argument, distortion
विकर्ण	diagonal
विकर्ण अवरोही	diagonal down
विकर्ण आरोही	diagonal up
विकर्षण	distraction
विकलन	differential
विकलांग	disabled
विकल्प	option
विकल्प बटण	radio button
विकल्पचिन्ह	oblique, slash
विकल्पन	alternations
विकल्पसूची	list box
विकसन	evolution
विकासक	developer
विकिर	scatter
विकिरण	radiation, scattering, spread
विकिरणमापक	radiometer
विकृत	corrupted, distorted
विकेंद्रीकरण	branching
विक्रियक	reacter
विक्रीयोग्य	saleable
विक्रेता	vendor
विक्षेत्रक	degausser
विक्षेत्रण	degaussing,
विक्षेपण	deflection
विखंड	fragment
विखंडकन	deblock
विखंडन	fission, fragmentation
विखंडित	fragmented
विखुरणे	spread
विगमन	induction
विघटन	breakdown, breaking
विचयक	browser
विचयन	browsing
विचयन करणे	browse
विचयन दृश्य	browse view

विचयन प्रावस्था	browse mode
विचरक	browser
विचरण	browsing, navigation, variation
विचरण करणे	browse
विचरण दृश्य	browse view
विचरण प्रावस्था	browse mode
विचल चक्रिका	removable disk
विचलन	deviation, differential
विचारणे	consult
विचारविनिमय करणे	consult
विच्छेद	segment
विच्छेद बिंदू	break point
विच्छेदन	cut off
विजातीय वस्तू	foreign bodies
विजेरी	battery, torch
विजेरी आधार	battery backup
विजोड	mismatch
वितरण	delivery, distribution
वितरित करणे	distribute
वितालकन	unlock
वितालकित	unlocked
वित्तीय	financial
विद	expert
विद्यमान	actual, existing
विद्युताग्र	electrode
विद्युत्‌घट	cell
विद्युत्-दाब नियामक	voltage regulator
विद्युत्‌मंडल	circuit
विद्यत्‌वलय	circuit
विद्रावक	solvent
विधा	mode
विधान	statement
विध्वंस	bomb
विध्वंस करणे	bomb
विनंती	request
विनाव्यत्यय	uninterr-upted
विनाश	destruction
विनाशकारी	destructive
विनाशी	destructive
विनिमय	exchange
विनियमन	regulation
विनियमित	regulated
विनियोग	deployment
विनिर्दिष्ट	specific
विनिर्देश	specifica-tions
विनिर्देश करणे	specify
विनिर्देशित	specified
विनिवर्तन	regression

विन्यास	configuration, permutation
विपणन	marketing
विपणी	marketing
विपर्यास	contrast
विपुल	abundant, profuse
विपुलता	abundance
विफल रक्ष	fail safe
विफल होणे	fail
विफलता	failure
विफलता-मुक्त	fail proof
विफलन	abort
विभंग	fault
विभंजन	breakdown
विभक्त	isolated, separate
विभक्त करणे	segregate
विभक्तिकरण	seperation
विभाग	category, division, partition, topic, zone
विभागणे	split
विभाजक	separator
विभाजक चिन्ह	slash
विभाजन	breakdown, division, fragmentation, partition, splitting
विभाजन करणे	divide
विभाजित	fragmented, partitioned, split
विभिन्नता	variation
विभेदक	variants
विभेदन करणे	differentiate
विभेदित	differentiated
विभेदी	differential
विभेदी आधारप्रत	differential backup
विभेद्य	vulnerable
विभेद्यता	vulnerability
विमर्श	negotiation
विमर्श करणे	negotiate
वियुक्त	isolated
वियोगचिन्ह	dash, hyphen
वियोगचिन्हांकन	hyphenation
वियोग-पंक्ती	orphan
वियोग-पंक्ती नियंत्रण	widow and orphan control
वियोगी दीर्घचिन्ह	em dash
वियोगी लघुचिन्ह	en dash
वियोजक	resolver
विरल अवयवी	sparse
विरळ धुके	mist
विरळ होणे	fade

विरळा	rare
विराम	pause
विराम समय	off time
विरामक	stopper
विरामचिन्हांकन	punctuation
विरूपण	distortion
विरूपित	distorted, grotesque
विरोध	resistance
विरोधाभास	paradox
विरोधाभासी	paradoxical
विलंबित	deferred
विलंबित स्थान	deferred address
विलगीकरण	isolation
विलय	merger
विलिनीकरण	merging
विलीन	merged
विलीन करणे/होणे	merge
विलेख	anagram, blank
विलेखन	recording
विवक्षित	specific, specified
विवरण	argument, description, elaboration, statement, specification
विवरणचित्र	illustration
विवरणपत्रक	bulletin
विवरणिका	schema
विवर्ण-संकर	cross-fading
विवर्धक	magnifier
विवर्धन	magnifi-cation, zooming
विवर्धन करणे	magnify
विवर्धित	magnified
विवर्धित करणे	amplify
विवाद	conflict
विविक्त	distinct, partical, particulate
विविक्तकारी	distinctive
विविध	several
विविधमंच सामाईक	cross platform
विविधोपयोगी	multi-purpose
विवृत्तीय	ellipsoid
विवेचक	descriptor, elaborate
विशारद	wizard
विशाल	large
विशालतम	larger
विशालतर	larger
विशाल-द्वयंकी	big-endian
विशिष्ट	specific
विशिष्टके	specifi-cations
विशिष्टलक्ष्यी	particulari-

	stic
विशुद्धी	correction
विशेष	special
विशेष गुण	trait
विशेष प्रकारे चिकटविणे	paste special
विशेष प्रथमाक्षर	drop cap
विशेषक	characteristic
विशेषज्ञ	expert
विशेषाधिकार	privilege
विशेषीकृत	featured, specialized, specific
विशोधक	corrective
विशोधन	rectify
विशोधित	rectified
विश्रम स्थिती	standby
विश्लेषण	analysis
विश्लेषण करणे	analyze
विश्लेषणात्मक	analytical
विश्व	universe
विश्वव्यापी जाल	world wide web
विश्वसनीय	trusted
विश्वसनीयता	reliability
विश्वस्त	trustee
विश्वास	trust
विश्वासपात्र	trusted, trustworthy
विश्वासार्हता	credibility, reliability
विषकारक	toxic
विषम	odd
विषम चतुर्भुज	trapezoid
विषमांगी	heterogenous
विषमायोजन	maladjustment
विषमूलक	toxic
विषय	content, subject, theme
विषय पंक्ती	subject line
विषयवस्तू	object, theme
विषयसूची	agenda
विषयी	about
विषाक्त	toxic
विषाणू-चिन्हक	virus signature
विषाणूरोधक	antivirus
विषाणू	virus
विष्कंभक	interlude
विसंकुलन	unpack
विसंगत	incompatible
विसंगती	inconsistancy
विसंदर्भित करणे	dereference
विसंवाद	dissonance
विसंवादी	incompatible

विस्कळीत	cluttered
विसमूहन करणे	ungroup
विसरण	diffusion
विसर्जन करणे	dismiss
विसर्पण	glide / gliding
विसर्पी विमान	glider
विस्तार	elaboration, spread, tree
विस्तार करणे	expand, extend
विस्तारण	extension, widening
विस्तारता मेनू	fly-out menu
विस्तारित	extended
विस्तारित निवड	extended selection
विस्तृत	extensive
विस्तृत करणे	amplify
विस्तृती	span
विस्थापन	shifting
विस्थापन करणे	uninstall
विस्थापना करणे	deinstall
विस्थापित करणे	shift, uninstall
विस्पंद	beat, impulse
विहंगम	arial
विहंगावलोकन	overview
विहरण	roaming

विहार	roaming
विहार करणे	roam
वीक्षक	swatcher
वीक्षण	swatch
वीज	power
वीज वाचविणारा	power saver
वीजकीय	electronic
वीजाणुतंत्र	electronics
वृत्त	circle, news
वृत्त अभ्यास	case study
वृत्तकंस	arc
वृत्तचिती	cylinder
वृत्तांत	history
वृत्तांश	pie
वृद्धिपत्र	addendum
वृद्धी	growth
वृद्धीरूपी	incremental
वृध्दिशील	incremental
वेग	rate, speed
वेगमान	momentum
वेगळा	different
वेगळे करणे	seperation
वेगवर्धित	accelerated
वेगवान	fast
वेचक	picker, selective
वेचणे	pick
वेडीवाकडी ओळ	jagged line
वेढणे	surround

वेध	reading
वेधनीय	vulnerable
वेध्यता	vulnerability
वेब प्रसिद्धी	web publishing
वेब लेखक	web author
वेब स्थळ	web site
वेब-कट्टा	weblog
वेळ (पु./स्त्री.)	time
वेळ-समाप्ती	time-out
वेळापत्रक	schedule
वेष्टन	pack
वेष्टन क्षमता	wrap capability
वेष्टित	packed
वेष्टितप्रेषण	tunnelling
वैकल्पिक	optional
वैकल्पिक वियोगचिन्ह	optional hyphen
वैचारिक भूमिका	rationale
वैध	legal, valid
वैधता	legacy
वैधिक	legitimate
वैयक्तिक	personal
वैयक्तिक माहिती	personal information
वैयक्तिक संगणक	personal computer
वैयक्तीकरण	personalization

वैयक्तीकृ त	personalized
वैयक्तीकृत करणे	personalize
वैविध्य	variety
वैशिष्ट्यपूर्ण	featured
वैशिष्ट्य	characteristic, feature
वैश्विक	global, universal
व्यक्त करणे	unhide
व्यक्तिगत	personal
व्यक्तिगत मालकीचा	proprietory
व्यक्तिगत माहिती	resume
व्यक्तिचल	manual
व्यक्तिचलित	manual
व्यक्तिचलित पुरवठा	manual feed
व्यक्तिचलितपणे	manually
व्यक्तिचे नाव	personal name
व्यक्तित्व	individuality
व्यक्तिनिरपेक्ष	impersonal
व्यक्तिमत्त्व	personality
व्यक्तिविशिष्ट	individualised
व्यक्ती	individual
व्यग्र	busy
व्यतिरेक	contrast, transposition
व्यतीकरण	interference
व्यत्यय	disruption

व्यत्यय येणे	disrupt
व्यत्यासी	inverse
व्यपगत	lapsed
व्यय	cost
व्ययमान सुटे भाग	consumable parts
व्यय-लाभ विश्लेषण	cost-benefit analysis
व्यवच्छेदक	analytical, distinctive
व्यवधान	interference
व्यवसाय	business, occupation, profession
व्यवसाय करणे	practise
व्यवसाय पत्रिका	business card
व्यवस्था	arrangement
व्यवस्थापक	manager
व्यवस्थापन	ordering, management
व्यवस्थापन करणे	manage
व्यवस्थिती	arrangement
व्यवहार	transaction
व्यवहार करणे	negotiate
व्यवहारसापेक्ष भाषा व्यवहार	practical language use
व्यवहार्य	feasible
व्यवहार्यता	feasibility
व्यस्त	inverse
व्याकरण	grammar
व्याख्या	definition
व्याख्याता	lecturer
व्यापक-उद्देशी	general purpose
व्यापकीकृत	generalized
व्यापणे	occupy
व्यापारचिन्ह	trademark
व्यापारचिन्हांकित	proprietory
व्यापारिक रहस्य	trade secret
व्यापारी गुपित	trade secret
व्याप्ती	range
व्यावसायिक	professional
व्यावसायिक मुद्रक	commercial printer
व्यावसायिक साहाय्य सेवा	referral service
व्यासपीठ	forum, platform
व्युत्क्रमी	inverse, reciprocal
व्युत्क्रांत	inverted
व्युत्पन्न	derived
व्यूहनीती	tactics
शंकू	cone
शंक्वाकार	conical
शंक्वाकृती	conical
शक्ती	strength
शक्य	possible

शक्यता	possibility, probability
शणपट	canvas
शतमान	percentage
शतमानक	percentile
शतांश मध्यमान	percentile
शब्द	word
शब्द संख्या	word count
शब्द-ओघ	word wrap
शब्दकोश	lexicon, dictionary
शब्दकोश हल्ला	dictionary attack
शब्दकोशीय क्रमवारी	dictionary sort
शब्दखंडन	hyphenation
शब्दचातुर्य	word fluency
शब्दचित्र	profile
शब्दध्वनी अभिज्ञान	voice recognition
शब्दध्वनी	voice
शब्द-प्रक्रिया	word processing
शब्द-प्रक्रियाकार	word processor
शब्दभांडार	vocabulary
शब्दशः अभिज्ञान	discrete speech recognition
शब्दसंग्रह	glossary
शब्दसंपत्ती	vocabulary
शब्दसाधर्म्य	concordance
शब्दसूचक	indexer
शब्दसूची	index
शब्दसूची आणि तक्ते	index and tables
शब्दसूची सेवा	indexing service
शब्दांधता	word blindness
शब्दिम	lexeme
शब्दोघ	word wrap
शब्दोच्चार	voice
शब्दोच्चार अभिज्ञान	voice recognition
शब्दोच्चार परिचय	voice recognition
शमन	quiesce
शर्त	condition
शलाकन	beam
शलाका	beam
शहर	city
शांत	quiet
शांतपणे	quietly
शाई	ink
शाईच्या टिप्पण्या	ink annotations
शाखाग्र	terminal
शाखात्मक	branching
शाखाविस्तार	branching, tree

	structure
शाखीकरण	branching
शाटक	sorter
शाटित्र	sorter
शाबासकी	compliment
शासकीय पक्ष	official party
शासकीय राजपत्र	official gazette
शासकीय सदस्य	official member
शास्ती	penalty
शास्त्रशुद्ध	scientific
शिथिल	loose, slack
शिफारस	recommend
शिफारसपत्र	recommen-dation
शिरगणती	censorship
शिरोपरि	overhead
शिरोबिंदु	vertex
शिल्लक	balance, remaining
शिवाय	without
शिष्टमंडळ	delegation
शिस्तबद्ध	orderly
शिस्तबद्धता	orderliness
शीघ्र	rapid
शीघ्र कृती	rapid action
शीघ्रक	accelerator
शीघ्रक कळ	hot key
शीघ्रण	acceleration

शीतनिद्रा	hibernate
शीतलक	coolant
शीर्षक	heading, title
शीर्षक पट्टी	title bar
शीर्षक वर्णशैली	title case
शीर्षकविहीन	untitled
शीर्षकानुसार	by title
शीर्षलेख	header
शीर्षसंच	headset
शुद्धलेखन तपासनीस	spellchecker
शुद्धिकरणी	refinery
शुद्धिपत्र	corrigendum
शुद्धी	correction
शुद्धीकरण	refinement
शुभेच्छा	compliment, greetings
शुभ्रता	brightness
शुल्क	charge
शूक	stylus
शूक मुद्रित्र	stylus printer
शून्य	cipher
शून्य अवस्था	nought state
शृंखलन	linkage
शृंखला	catena, chain, link
शृंखलाबंध	linkage
शृंखलित	catenate, linked
शृंगिका	antenna

शेजारी नसलेले कक्ष	non-adjacent cells
शेरा	remark
शेवट	end
शेवट करणे	end
शेवटचा	last
शैली	style, way
शोध	detection, search
शोध काटेकोर करणे	refine search
शोध घेणे	explore, search
शोध जतन करणे	save search
शोध साधन	search engine
शोध साहाय्यक	search engine
शोधक	explorer, seeker
शोधणे	find
शोधून काढणे	detect, locate
श्रम	labour
श्रम आदान	input of labour
श्रम विपणी	labour market
श्रमनिवेश	input of labour
श्रमव्यय	input of labour

श्रमिक विपणी	labour market
श्रवणयंत्र	hearing aid
श्रवणशक्ती	audition
श्रवण-सक्षमीकृत सुविधा	audio enabled enhance-ments
श्रव्यखंड	audio clip
श्रव्यबंध	audio
श्राव्य	audible, audio
श्राव्य संकेत	audible alert
श्राव्य सूचक	audible alert
श्राव्यातीत	supersonic
श्राव्यातीत ध्वनी	ultrasound
श्रुतिमाध्य	harmonic mean
श्रेणि-अवनती	downgrade
श्रेणिक्रम	hierarchy
श्रेणिबद्ध	graduated, hierarchiacal
श्रेणिबद्ध करणे	categorize
श्रेणिसुधार	upgrade, upgrading
श्रेणिस्तर	level
श्रेणी	category, rank
श्रेणीकरण	grading

श्रेणी गुणांकन	scaling
श्रेष्ठता श्रेणी	hierarchy
श्रेष्ठताक्रम	hierarchy
षट्क	sextet
षट्कोन	hexagon
षट्प्रती	hexaplicate
षोडशमान	hexadecimal
षोडशमानचे लघुरूप	hex
संकटावस्था	hazard
संकर्ष	pop
संकर्ष आदेश सूची	pop-up menu
संकलन करणे	compile
संकल्प	projection
संकल्पना	concept
संकल्पनात्मक	conceptual
संकीर्ण	miscell-ancous
संकुचन	compression
संकुचित	collapsed
संकुचित करणे	compress
संकुचित दृश्य	collapsed view
संकुल	complex, package
संकुलन	congestion, pack
संकुलित	packed
संकुलित क्रमादेश	packed array
संकुलित सरणी	packed array
संकेंद्र	concentric
संकेंद्रित	concent-rated
संकेंद्रित्र	concentrator
संकेत	clue, code, convention, prompt
संकेत पृष्ठ	code page
संकेत-उकल	decode, decoding
संकेतक	signal
संकेतक रव अनुपात	signal to noise ratio
संकेतन	notation
संकेतबद्ध	encoded
संकेतबद्ध करणे	encipher, encode
संकेतलेखन	notation
संकेतवर्ण	cipher
संकेतशब्द	passcode, password
संकेतांक	code
संकोच	collapse
संकोष	cartridge
संक्रम स्थानक	relay station
संक्रमण	transfer, transition
संक्रामण	infection, transfusion

संक्षिप्त	compact
संक्षेप	compaction, compression
संक्षेप करणे	compress
संक्षेपचिन्ह	wildcard
संक्षेपदर्शक वर्ण	wildcard character
संक्षेपमुक्त	extracted
संक्षेपमुक्त करणे	extract
संक्षेपविहीन करणे	decompress
संक्षेपित	packed
संक्षेपित करणे	compress
संख्या	number
संख्या कळफलक	number pad
संख्याक्रमाने	numerically
संख्यात्मक	quantitative
संख्यामूल्य	absolute value
संख्यारूप	numeric
संख्यासूची	table of figures
संगणक	computer
संगणन	computing
संगणन करणे	computation
संगणनात्मक	computational
संगत	association
संगलन	fuse
संगलनीय	fusable
संगामी	concurrent
संग्रथित	composite
संग्रह	library
संग्रहिका	album
संग्राह्य	archive
संघकार्य	teamwork
संघटन	integration
संघटन तक्ता	organisational chart
संघटना	organisation
संघटित	integrated
संघटित करणे	organise
संघनित	condensed
संघर्ष	conflict
संघवृत्ती	team spirit
संच	kit, pack packet, set
संच करा आणि न्या	pack and go
संचबंध	package
संचबद्ध करणे	package
संचय	accumulate, stock, storage
संचयक	balloon, bubble
संचयन	storage
संचयन खर्च	storage cost
संचयस्थाने	stores
संचयी	cumulative
संचायक	accumulator
संचार	communication
संचार करणे	navigate

संचारण	charging, navigation
संचारणे	charge
संचारसाधन	navigator
संचालक	director
संचालन	functioning
संचिकरण	accumulation
संचिका	album
संचिका आणि धारकाची कार्ये	file and folder tasks
संचिका नामविस्तार	file extension
संचिका संबद्धता	file association
संचिका सहभागी	file sharing
संचिकानाम	filename
संचिकानाम पटल	filename box
संचिकृत	accumulated
संचिकेचा प्रकार	file type
संचिकेचे आकारमान	file size
संचिकेचे नाव	file name
संचिकेचे व्यवस्थापन	file management
संचिकेचे स्वरूपण	file format
संचित	cumulative
संचित कार्यपद्धती	stored procedure
संज्ञा	concept
संज्ञा	terms
संज्ञाकोश	glossary
संज्ञागण	nomenclature
संज्ञात्मक	conceptual
संज्ञापन	communication
संतत	continuous
संतुलन	balancing, equilibrium
संतुलित	balanced
संतृप्त	concentrated
संतोषवेतन	gratuity
संदमन	inhibit, inhibiting, suppression
संदर्भ	context, reference
संदर्भ कोष	registry
संदर्भ घेणे	refer
संदर्भ देणे	reference
संदर्भ पाहणे	refer
संदर्भचिन्ह	bookmark
संदर्भदर्शी	syndetic
संदर्भ-सापेक्ष	context-sensitive
संदर्भसूची	endnote
संदर्भाकार	frame of reference
संदर्भासाठी पाहणे	look up
संदर्भित करणे	reference

संदूषण	infection	
संदूषित	infected	
संदेश	message	
संदेश अग्रेषित करणे	push message	
संदेश मजकूर	message body	
संदेशवहन	messaging	
संदेशवाहक	bearer, messenger	
संदेशाचार	protocol	
संद्वार	port	
संधाता	adapter	
संधात्री	matrix	
संधान	mapping	
संधायित्र	adapter	
संधायी	adaptive	
संधारक	container	
संधारक वस्तू	container object	
संनिक्षेप	dump	
संनिरीक्षण	surveillance	
संपणे	abort	
संपर्क	contact, link	
संपर्क साधणे	connect, contact	
संपर्कता	connectivity	
संपविणे	abort	
संपात	coincidence,	

	focus
संपादक	editor
संपादन	editing
संपादन करणे	edit
संपादन पटल	edit box
संपीडक	compressor
संपीडन	compression
संपीडित करणे	compress
संपीडित्र	compressor
संपुट	capsule
संपुटकरण	encapsulation
संपुटिका	capsule
संपुटित	encapsulated
संपुटित करणे	encapsulate
संपुष्टी	confirmation
संपूरक	supplemental supplementary
संपूर्ण हक्क	absolute title
संपृक्त	concentrated
संप्रतीक	character
संप्रतीक–आलेख	character map
संप्रेरक	harmone
संबंध	relation, relationship
संबंधक	connector
संबंधन	connection

संबंधित	related
संबंधी	about
संबद्ध	associated, connected, relevant
संबद्ध करणे	associate
संबद्धता	affinity, association
संबोधन	address
संभवतः अपायकारी	potentially unsafe
संभवतः असुरक्षित	potentially unsafe
संभाव्य	potential
संभाव्यता	probability, suscepti- bility
संभाषण	conversation
संमत	allowed, valid
संमत करणे	accept
संमती	acceptance, consent
संमिश्र	mixed
संमिश्रण	blend
संमिश्रण करणे	blending
संमुखता	orientation
संमेलन	convention
संयंत्र	plant
संयुक्त	combined, compound, joint, united,
संयुक्त पटल	combo box
संयोग	join
संयोगचिन्ह	hyphen
संयोगचिन्हांकन	hyphenation
संयोगशक्ती	valency
संयोगी	adaptor, valent
संयोजक	combiner, organizer
संयोजन	coordination
संयोजन करणे	organize
संयोजित	organized
संरक्षण	protection
संरक्षण करणे	protect
संरक्षित	protected
संरचना	configura- tion, structure
संरचना करणे	configure
संरचना कोश	registry
संरचित	configured
संरूपण	format
संरूपण साधनपट्टी	formatting toolbar
संरूपन बटणे	formatting buttons
संरूपित	formatted
संरेषण	alignment
संरेषण करणे	align

संलग्न	attached
संलग्न करणे	attach
संलग्नता	affinity
संलग्नशील कळी	stickykeys
संलयन	coalesce, fuse, fusion
संलयनीय	fusable
संलेखक	author
संलेखन	authoring
संवर्धन	augmentation
संवर्धन करणे	augment
संवर्धित	augmented
संवातन	ventilation
संवाद	communication, dialog
संवाद पटल	dialog box
संवाद माध्यम	interface
संवादन	resonance
संवादित्व	responsiveness
संवादी	interactive
संवाहक	carrier, conductor
संवाहकता	conductivity
संवाहन	communication
संवृत्त	closed
संवेग	velocity
संवेदक	sensor
संवेदनक्षमता	sensitivity
संवेदनशीलता	sensitivity
संवेदना	sensation
संवेदनाग्र	antenna
संवेदित्र	sensor
संवेदी	sensory
संवेद्यता	sensitivity, susceptibility
संवेष्टन	package
संशुद्धी	correction
संशृंखलन	concatenate
संशोधन	research
संश्लेषक	synthesizer
संसक्त	adjacent, coherent
संसक्तन	coherence
संसर्ग	infection
संसर्गबाधित	infected
संसर्पण	glide, gliding
संसर्पी विमान	glider
संसाधक	processor
संसाधन	process, resource, solution
संसाधनांचे नियोजन	resource scheduling
संसूचक	prompt
संस्करण	version
संस्थगन	adjournment

संस्थगित करणे	adjourn
संस्थगिती	adjournment
संस्था	bureau
संस्थाचिन्ह	logo
संस्थापन	setup
संस्थापन चक्रिका	setup disk
संस्थापन संहिता	setup program
संस्पंदन	resonance
संहत	compact
संहतिकृत	integrated
संहती	system
संहनन	compaction
संहिता	code, program
संहिता पृष्ठ	code page
संहितासंच	suite
सकल	entire, gross
सकारात्मक	positive
सक्त	docked
सक्त करणे	dock
सक्तीचे	compulsory
सक्तीने बंद	forced closure
सक्रिय	activated, active
सक्रिय करणे	activate
सक्रियण	activation
सक्षम	able
सक्षम करणे	enable
सक्षमता	fitness
सक्षमीकरण	enabling
सखल	low
सख्य	rapport
सघन	dense
सघनबिंदुता	high resolution, resolution
सचित्र पटकथा	story-board
सचिव	secretary
सचेत	animated
सचेत करणे	animate
सचेतक	alarm
सचेतन	activation, animation
सच्छिद्र कार्ड	punch card
सजग	watcher
सज्ज	ready
सटीप	annotated
सडी ओळ नियंत्रण	widow and orphan control
सतत	constant
सतर्कता	alertness
सत्य	authentic, true
सत्यता	authenticity
सत्यापन	authentication
सत्यापित करणे	authenticate
सत्र	semester,

	session
सत्र निर्गमन	log out
सत्रप्रवेश	log in
सत्रसमाप्ती	logoff, logout
सत्रांत	log off
सत्रारंभ	log on
सत्वर	quick
सदस्य	member, attendee
सदस्यत्व	account, subscription
सदस्यत्व घेणे	subscribe
सदस्यनोंदणी	enrollment
सदिच्छा	complimentary
सदिच्छा समारोप	complimentary closing
सदिश	vector
सदिश चित्राकृती	vector graphic
सदिशित	vectored
सदृश	analogous, similar
सदृशता	analogy
सदैव	always
सदोष	corrupt
सद्य	current
सद्य अनुक्रिया	realtime
सध्याचा	existing
सन्नादी	harmonic
सन्नाल	conduit
सन्निकटन	approximation
सन्मुख पाने	facing pages
सप्तप्रती	heptaplicate
सप्तमान	sentenary
सप्ताहदिन	weekday
सप्ताहांत	weekend
सप्तिका	septet
सफल	successful
सफलतापूर्वक	successfully
सफाई	finishing
सफाईदार	polished
सफेद	bright
सफेद रिक्ती	white space
सबळ	strong
सभा	meeting
सभागृह	conference room
सभासद	member
सभोवतीचा मजकूर	surrounding text
सभोवार	surrounding
सम	even
समंकन	score
समंकित	scored
समकक्ष	coordinate
समकरण	smoothing
समकारक	equalizer
समकारी	equilizer
समकालन	synchroni-

	zation
समकालिक	concurrent, live, synchronous
समकालीन	contempo-rary
समग्र	entire
समतल	flush
समतली	planar
समता	parity
समतुल्य	equivalent
समतोल	balance, equilibrium, matching
समत्वतंत्री	equalitarian
समद्विभुज त्रिकोण	isosceles triangle
समन्वय	coordination
समन्वय	reconcili-ation
समन्वय करणे	reconcile
समन्वयी कृती	synchroni-zation
समन्वित	synergic
समभुज त्रिकोण	isosceles triangle
सममध्यंतर पद्धती	method of equal appearing intervals
सममित	symmetrical
सममिती	symmetry
सममूल्य	equitable
समय	time
समय पंक्ती	timeline
समय प्रक्षेत्र	time zone
समय विभाग	time zone
समय समायोजक	time server
समय सारणी	schedule
समय स्वरूपण	time format
समयक	timer
समयन	timing
समयनियोजक	scheduler
समयबाह्य	time out
समयांकन	time stamp
समयातीत	time out
समरूप	identical
समरेषण	alignment
समरेषण करणे	align
समर्थ	able
समर्थन	rationali-zation, support
समर्थन करणे	support
समर्पकता	propriety, relevance
समर्पकपणा	propriety
समलंब	trapzium
समशाखी	peer to peer
समशाखी संवाद	peer to peer communi-cation

समसरेषण	justification
समसरेषण करणे	justify
सम-सरेषित	justified
समस्तर	peer to peer
समस्तर संवाद	peer to peer communication
समस्या	problem
समस्यानिवारण	trouble-shooting
समस्यानिवारण करणे	troubleshoot
समस्वर	chime
समस्वरण	tuning
समांतर	parallel
समांतरभुज चौकोन	parallelogram
समाकलन	integration
समाकार करणे	superimpose
समाकारता	symmetry
समाक्ष	coaxial
समाचार	news
समादेश	command
समाधान	satisfaction
समाधानक	satisfier
समान	equal, same
समानक	equivalent
समानता	parity
समानयन	reduction
समानांगी	homogenous
समानार्थी शब्द	synonym
समानार्थी शब्दकोश	thesaurus
समापन	finish, termination
समाप्त करणे	end , finish, terminate
समायोग	adjustment
समायोजक	server
समायोजन	adaptation, adjustment
समायोज्य	adjustable
समारोप	closing
समालोचक	reviewer
समालोचन	review
समाविष्ट	involved
समाविष्ट करणे	add
समाविष्ट होणे	involve
समावेश	inclusion
समावेश करणे/असणे	insert, cover
समावेश होणे	involve
समावेशन	coverage
समावेष्टन	package
समावेष्टने	packages
समास	margin
समास-टीपा	sidebar
समीकरण	equation
समीकरण संपादक	equation editor
समीक्षक	reviewer
समीक्षा	review

समीप	intimate
समीप दृश्य	zoom in
समीपस्थिती	synapsis
समुचित	optimum
समुचित करणे	optimize
समुच्चय	mass
समुदाय	community, mass
समूह	group
समूह गतिशीलता	group dynamics
समूह वर्तन	group dynamics
समूहन	blocking, group
समूहालेख	sociogram
समूहीकरण	grouping
समेकक	compiler
समेकन	compilation, consoli-dation
समेकित करणे	compile
समोर आणणे	unhide
समोरासमोर	one to one
सम्मीलन	fusion
सम्यग्दर्शन	overview
सरकता	transverser
सरकता मजकूर	scrolling text
सरकपट्टी	scroll, slider
सरकपट्टी दर्शक	slider indicator
सरकवणे	nudge, slide
सरकारी दुखवटा	official mourning
सरकारी पक्ष	official benches
सरणी	array
सरळ	linear
सरळ अवतरण	straight quotes
सराव	practice
सराव करणे	practise
सरासरी	average
सरेख-बोधक	line callout
सर्जनशील	creative
सर्व गुरुवर्ण	all caps
सर्व वैशिष्ट्यांसह	full featured
सर्व सुविधांसह	full featured
सर्वंकष	overall
सर्वंकष पुनर्स्थिती	master reset
सर्वंकष सफाई	master clear
सर्व-उद्देशीय	all-purpose
सर्वकाही	everything
सर्वग्राही	general purpose
सर्वत्र	across, everywhere
सर्वथैव निषिद्ध	absolute contraband
सर्वसमावेशक	compreh-

	ensive
सर्वसाधारण	general
सर्वसाधारण उपयोगाचा	general purpose
सर्वसाधारणपणे	generally
सर्वसामान्य	average, common, general
सर्वस्वी	exclusively
सर्वांमागे	back
सर्वांसाठी होय	yes to all
सर्वेक्षण	survey, highest, peak
सर्वोच्च अग्रक्रम	high priority
सर्वोच्च भार	peak load
सर्वोपयोगी	all-purpose
सलग	contiguous
सलगता	continuity
सल्लागार	advisor
सल्लामसलत करणे	consult
सवंगडी	buddy
सवलत	facility
सविस्तर	detailed, elaborate
सशर्त	conditional
सशुल्क	nonFree
सहकारी प्रक्रिया	co-operative processing
सहकारी बहुकार्य	co-operative multitasking

सहकार्य	co-operation
सहकार्य करणे	co-operate
सहगतिक	dynamic
सहगामी	concurrent
सहगुणक	coefficient
सहचर	companion
सहचार	association
सहचारी	associated, companion
सहजगुण	attribute
सहपत्र	attachment, enclosure
सहप्रक्रियक	coprocessor
सहप्रक्रियाकार	coprocessor
सहप्रक्रियाकारक	coprocessor
सहभाग	subscription
सहभाग संपविणे	sign out
सहभागी	joined
सहभागी करणे	share
सहभागी धारक	shared folder
सहभागी होणे	join, sharing, sign in
सहभाजन	sharing
सहमार्गी	online
सहमूल्यन	coherence
सहयोग	collabo-ration
सहयोग करणे	collaborate
सहयोजन	accommo-dation

सहवर्ती	associated
सहवर्ती करणे	associate
सहसंबंध	correlation
सहसाधने	accessories
सहस्र विभाजक	thousand separator
सहस्रक	millenium, millennium
सहस्रके	millenia
सहेतुक	purposely
सहोदर	sibling
सह्यता	tolerance
सांकेतन	encoding
सांकेतिक	encoded
सांकेतिक करणे	encode
सांकेतिक भाषा	crypto-graphy
सांख्य	numeric
सांख्यिकी	statistical
सांगाडा	structure
सांगाती	buddy
सांतत्य	continuation
सांतातीत	transfinite
सांधणे	bridge
सांधा	joint
सांधारहित	seamless
सांभाळ	preservation
साकलिक	holistic
साकल्यरूपी	holistic
साकार	physical
साखळी	chain

साखळीजोड	concatenate
साचणे	accumulate
साचेबंद	stereotype, typecast, monotonous
साचेबंदपणा	monotony
साठणे	accumulate
साठविणे	store
साठा	inventory, stock, storage
सातत्य	consistency
सातत्यश्रेणी	continuum
सातत्याने	consistently
साथी	buddy
साथी सूची	buddy list
सादर करणे	submit
सादरण	submittal
सादरीकरण	presentation
साद्यंत	thorough
साद्यंत पथ	absolute path
साधक	device
साधन	device, tool
साधनचालक	driver
साधन-जोड	add-on
साधनपट्टी	toolbar
साधनपट्टी प्रतीक	toolbar icon
साधनपट्टी कळ	toolbar button

साधनसंच	kit, tool box	आदर्शमूल्य	norm
साधनसामग्री	equipment, resources	सामान्यीकृत	generalized
साधनसूचना	tooltip	सामावणे	accommo-date
साधा मजकूर	plain text	सामासिक टीप	marginal note
साधारण	common	सामील	included, joined
साधारणीकृत	generalized	सामील करणे	include
साधे	simple	सामील होणे	join
सानुकूल	custom	सामुदायिक वापर	mass consumption
सानुक्रम	chronolo-gical	सामूहिक स्थलांतर	mass exodus
सान्निध्य	affinity	अंतराळ	cyber
सापडणे	find	सारणी	list, table
सापळा	trap	सारांश	extract, summary
सापेक्ष	relational	सारांशन	abstracting
साप्ताहिक	weekly	सारिणी	chart
साफ	clear	सार्थक	significant
साफ करणे	clear	सार्व	common
सामंजस्य	understan-ding	सार्वत्रिक	global, universal
सामग्री	content, material	सार्वत्रिकपणे	globally
सामर्थ्य	ability, potentiality	सार्वत्रिकृत	generalized
सामाईक	common	सावकाश	slow
सामान्य	normal	सावध करणे	caution
सामान्यतः	generally	सावधानता	alertness, caution
सामान्यपणे	generally, usually		
सामान्यमान	norm		

सावधानता संदेश	caution, warning message
सावधानता सूचना	caution, warning
सावयव	compound
साहचर्य	association
साहाय्य	help, support
साहाय्यकारी	auxiliary
सिद्ध होणे	render
सिद्धान्त	theory
सीडी संकेतवर्ण	cd key
सीमा	boundary
सीमांकक	delimiter
सीमांकन	demarcation
सीमांकित	delimited
सीमाबंध	marquee
सीमारेखा	border
सीमारेषा	boundary, threshold
सीमावर्तित्व	peripherality
सुकाणू	rudder
सुगमता	accessibility
सुगावा	clue
सुघटित	well formed
सुचविणे	suggest
सुज्ञ	smart
सुटसुटीत	compact
सुटा-टी-टे	loose
सुदूर	remote
सुदूर संपर्क	roaming
सुदूरता	remoteness
सुदृढ	robust, strong
सुधार	revision
सुधार संच	service pack
सुधार सूचना	suggestion
सुधारक	corrective
सुधारजोड	patch
सुधारणा	correction, revision
सुधारणा निशाण्या	revision marks
सुधारणे	revise
सुधारप्रती	updates
सुधारस्थान	hookswitch
सुधारित	revised
सुनिर्मित	well formed
सुपूर्द करणे	assign
सुपूर्दगी	assignment
सुप्त	dormant
सुप्तावस्था	sleep mode
सुप्रवाहित	streamlined
सुप्रवाहित करणे	streaming
सुमेलन	matching
सुयोग्य	appropriate
सुयोजन	arrangement
सुयोजित	calculated
सुरक्षा	security
सुरक्षित	safe, secure

सुरचित	structured	सुसंवादी	compatible
सुरुवात	beginning, start	सुसूत्रन	reconciliation
सुरू	on	सुसूत्रित करणे	reconcile
सुरू करणे	begin, launch, start	सुसूत्रीकरण	coordinatation
सुरू ठेवणे	continue	सुसूत्रीकरण करणे	coordinate
सुलेखन	calligraphy	सुस्ती	lethargy
सुलेखविद्या	calligraphy	सुस्वर	melody
सुवर्धन	enhancement	सूक्ष्म	micro, tiny
सुवहन	streaming	सूक्ष्म गति तक्ता	micro-motion chart
सुवहनी	portable		
सुवाच्य	legible	सूक्ष्मतरंग	microwave
सुविधा	facility, feature	सूक्ष्मदर्शक	microscope
		सूक्ष्मप्रक्रियक	microprocessor
सुविधायुक्त	featured		
सुविहित	smoothed, uncluttered	सूचक	index, indicator
सुविहित करणे	unscramble	सूचक-शब्द	descriptor
सुव्यवस्थित	uncluttered	सूचना	notification, prompt, tip
सुव्यवस्थित करणे	organise		
सुसंगत	compatible	सूचनात्मक	informational
सुसंगतता	compatibility		
सुसंगतपणे	consistently	सूचनापत्रक	documentation
सुसंगती	consistency		
सुसंबद्ध	coherent, relevant	सूचनाफलक	bulletin-board
सुसंबद्धीकरण	rationalization	सूचनावली	program
		सूचित	suggested
सुसंवादित्व	compatibility	सूचित करणे	notify

सूचिपत्र	catalog
सूचिपत्रक	catalog
सूचिबद्ध करणे	listing
सूचिस्तंभ	pyramid
सूची	catalog, index, list
सूची विभाजक	list separator
सूचीयन	listing
सूत्र	formula
सूत्र पट्टी	formula bar
सूत्रण	threading
सूत्रधार	coordinator
सूत्रधारक	anchor
सूत्रसंचालन	coordination
सेकंद	second
सेतू	bridge
सेतू-जाल	bridge network
सेतू-संहिता	bridgeware
सेवा	service
सेवाकालीन	in-service
सेवायोजन	employment
सेवाविभाग	service unit
सेवासंच	pool
सेवासाधनसंच	toolkit
सेवेबाहेर	signed out
सैल	loose, slack
सोडून जाणे	quit
सोडून दिलेला	dropped
सोडून देणे	skip
सोपवणी	delegation
सोपवणे	delegate
सोपान	cascade
सोपान गुणक	scale factor
सोपानक	stepper
सोपानित	cascaded
सोपानित प्रारंभ	stepped start
सोपानी	cascading
सोपानी	step by step
सोबत जोडणे	enclose
सोबती	companion
सौजन्य	courtesy
सौजन्यपूर्ण समारोप	complimentary closing
सौम्य करणे	mitigate
सौम्य रंग	pastel color
सौम्य रंगभेद	low contrast
सौम्यीकरण	mitigation
सौहार्द	affiliation
स्तंभ	column
स्तब्ध	hanged, idle, paused, silent
स्तब्ध होणे	hang
स्तब्धता	silence
स्तर	floor, rank, stack
स्तरण	levelling
स्तरण	tratify
स्तरशः निवड	hierarchical

	selection
स्तरानुक्रम	hierarchy
स्तरावनती	demote
स्तरित	stacked, tratified
स्तरोन्नती	promote
स्थल निर्धारक	locator
स्थल निर्धारण	locate
स्थलधारक	placeholder
स्थलनिश्चिती	locate
स्थलशोध घेणे	locate
स्थलांतर	migration
स्थलांतर करणे	shift, shifting
स्थळ	location, site
स्थळप्रत	backup
स्थाता	stator
स्थान	location, point, position, spot
स्थान निश्चिती	positioning
स्थान नोंद	position log
स्थानचिन्ह	anchor
स्थानदर्शक साधन	pointing device
स्थानधारक	anchor
स्थानधारी	placeholder
स्थानबद्ध	locked
स्थानबद्ध करणे	lock
स्थानभ्रंश	displace- ment
स्थानभ्रष्टता	displace- ment
स्थानविनिश्चय	location
स्थानसापेक्ष दर्शक साधन	absolute pointing device
स्थानांतर करणे	move, shift, transfer
स्थानांतर दर	throughput rate
स्थानांतरण	moving, transfer
स्थानानुक्रम	rank order, ranking
स्थानिक	domestic, home
स्थानिक अभिकर्ता	home agent
स्थानिक क्षेत्र जालक्रम	local area network
स्थानिक क्षेत्र जालरचना	local area network
स्थानिक मानक	locale
स्थानियीकरण	localization
स्थानियीकरण करणे	localize
स्थानियीकरणयोग्य	localizable
स्थानीकृत	lumped
स्थानीयरीत्या संपादित	locally edited
स्थापणे	set

स्थापिते	setting
स्थायी	permanent
स्थितिक	constant, static
स्थितिमूलक	positional
स्थितिशील	static
स्थिती	condition, position, stage, state, status
स्थिती निर्धारण	positioning
स्थितीदर्शक क्षेत्र	status area
स्थितीदर्शक पट्टी	status bar
स्थितीनुसार	by status
स्थित्यंतर	transform
स्थिर	constant
स्थिरता	constancy
स्थिरपत्रक	stationery
स्थिरमूल्य	literal
स्थिरांक	constant, constant
स्थिराभासी दर्शन	strobe return
स्थिरीकरण	fixation, freezing
स्थूण	stub
स्थूलमानाचे	typical
स्थूलमानाने	typically
स्थैतिक	static
स्थैर्य	stability
स्नायविक	muscular
स्पंद	pulse
स्पंद गती	pulse rate
स्पंदन	pulsation
स्पंदनशील	impulsive
स्पंदनशीलता	impulsive-ness
स्पर्श ध्वनी	touch tone
स्पर्शरेषा	tangent
स्पष्टता	brightness
स्पष्टीकरण करणे	explain
स्फुरण	flicker
स्मरक	mnemonic
स्मरणपत्र	reminder
स्मृतिवासी	memory resident
स्मृतिसंच	simm
स्मृती	memory
स्मृतिअल्पक	mem delta
स्मृतिमुख	mem delta
स्मृती विभारण	memory dump
स्मृतीचा अत्युच्च वापर	peak memory usage
स्मृतीचा कमाल वापर	peak memory usage
स्मृतीची कमतरता	low memory
स्रवण	bleed
स्रोत	source
स्व	self
स्व-अधिगम	self-learning

स्वकार्य	business
स्व-कालद	self-timer
स्वचल	automata
स्वचालन	automation
स्वचालित	automated
स्वचालित करणे	automate
स्वच्छ	clean
स्वच्छ करणे	cleaning
स्वच्छंदी	arbitrary
स्वच्छता मोहीम	cleanup
स्वतंत्र	discrete, individual, independent
स्वतंत्रपणे	individually
स्वदेश	home country
स्वन	sonic
स्वनसीमी	trans-sonic
स्वनातीत	supersonic
स्वनिधी-कर्ज गुणोत्तर	debt-equity ratio
स्वनिधी-कर्ज प्रमाण	debt-equity ratio
स्वनिम	phoneme
स्व-निष्कर्षी	self-extracting
स्वनीय	phonetic
स्व-पर्याप्त	self-sufficient
स्वपूर्ण	self-sufficient
स्वपूर्ण	standalone
स्वप्रेरित	spontaneous
स्वभाववैशिष्ट्य	trait
स्वयं	auto
स्वयंअंतरण	autospace
स्वयंआकार	autoshapes
स्वयं-कालद	self-timer
स्वयंघटक	module
स्वयंचल	automatic
स्वयंचलन	automation
स्वयंचलित	automatic
स्वयंचलितपणे	automatic-ally
स्वयंपूर्ण	absolute
स्वयंपूर्ण	self-sufficient
स्वयंप्रेरणा	initiative
स्वयंप्रेरित	automotive, proactive
स्वयं-बेरीज	autosum
स्वयंमजकूर	autotext
स्वयंरचना	auto arrange
स्वयं-शिक्षण	self-learning
स्वयंसंच	module
स्वयंसंदर्भ	absolute reference
स्वयं-समयक	self-timer
स्वयं-सुधारकर्ता	auto correct
स्वयंस्थान	absolute address
स्वयंस्पष्ट	self-explanatory
स्वरचिन्हे	diacritics

स्वरतंतु	cord
स्वरनाद	generic, tone, tone (music)
स्वरभेद चिन्हे	diacritical marks
स्वरमात्रा	tone
स्वरमेलन	harmony, tuning
स्वरमेळ	chime
स्वरमेळ	harmony, tune
स्वरलिपी	notation
स्वरलेखन	notation
स्वराघात	accent
स्वरात्मक	phonetic
स्वरूपण	format, formatting
स्वरूपण करणे	format
स्वरूपण बटणे	formatting buttons
स्वरूपण साधनपट्टी	formatting toolbar
स्वरूपांकन	markup
स्वरूपित	formatted
स्वल्पविराम	comma
स्वल्पविराम सीमांकित	comma delimited
स्वल्पांश	trace
स्व-समयक	self-timer
स्वस्थान कक्षबिंदू	absolute address
स्वस्थान संकेतक	absolute coding
स्वस्थान संहिता	absolute coding
स्वस्थान समकक्ष	absolute coordinates
स्व-स्पष्ट	self-explanatory
स्वागत	welcome
स्वागत फलक	welcome screen
स्वागत संदेश	introductory message
स्वानुभविक	heuristic
स्वामित्व	title
स्वामित्व क्रमादेश	proprietory program
स्वामित्व संहिता	proprietory program
स्वामित्व हक्क	copyright
स्वायत्त यूआरएल	absolute URL
स्वायत्त संदर्भ	absolute reference
स्वारस्य	interest
स्वार्जित (स्व+अर्जित)	earned
स्वाश्रयी	stand alone
स्विच	switch

स्वीकार	acceptance
स्वीकारणे	accept
स्वीकाराई	acceptable
स्वीकार्य	acceptable
स्वीकृत	accepted
स्वीय	native
स्वेच्छया	arbitrary
स्वेच्छा	discretion-ary
स्वेच्छाधिकार	discretion-ary power
स्वैर	random
स्वोत्थान	bootstrap
हक्क	right, title
हटविणे	delete
हटविलेले पूर्ववत करणे	undelete
हमी	guarantee
हयगय	negligence
हरवलेले	lost
हर्षयष्टी	joystick
हलका	light
हलती वस्तू	moving object
हलते	mobile
हलविणे (एका जागेवरून दुसरीकडे)	move
हळू	slow
हवाई	arial
हवामान	climate, weather

हस्तक्रिया	manipulation
हस्तक्रिया करणे	manipulate
हस्तक्षेप	interference
हस्तक्षेप करणे	interrupt
हस्तग्रहण	grasp
हस्तपत्रक	handbill
हस्तप्रयोग	manipulation
हस्तलेख	script
हस्तसुकरता	handedness
हस्तांतर करणे	transfer
हस्तांतरण	transfer
हस्ताक्षर	handwriting
हातदांडा	handle
हातात मावणारा	handheld
हाताळणी	handling
हाताळणे	handle, manage
हानिकारक	harmful
हानी	damage, harm, loss
हानी करणे	damage
हालचाल	motion, movement
हास्यचिन्ह	smiley
हास्यमुद्रा	smiley
हिमतुषार	frost
हिरवा	green
हिरागाना	hiragana
हिशेब	accounts
हिशेबनीस	accountant

हुकलेले कॉल	missed calls
हे काय आहे?	what's this?
हेतू	aim, intention, purpose
हेतूपुरस्सर	purposefully
होकायंत्र	compass
होय	yes

◆◆

इंग्रजी – मराठी

1st party	प्रथम पक्षी
2-d	द्विमिती
2-dimensional	द्विमितीय
3-d	त्रिमिती
3-dimensional	त्रिमितीय
3rd party	तृतीय पक्षी
a.m.	दु.पू. (दुपारपूर्व)
abate	घटणे
abatement	घट
abbreviation	लघुशब्द
abdicate	पदत्याग
abdication	पदत्यजन
abend	अपांत (अपसामान्य अंत)
ability	क्षमता, सामर्थ्य
able	सक्षम, समर्थ
abnormal	अपसामान्य
abolish	नष्ट करणे, निरास करणे
abort	निरस्त होणे, निरस्त करणे, विफलन, संपणे,संपविणे
abortion	मध्यान्त
about	जवळ जवळ, बद्दल, विषयी, संबंधी
absolute	निरपेक्ष, स्वयंपूर्ण
absolute address	स्वयंस्थान, स्वस्थान कक्षबिंदू
absolute coding	स्वस्थान संकेतक, स्वस्थान संहिता
absolute contraband	सर्वथैव निषिद्ध
absolute conveyance	बिनशर्त अभिहस्तांतर
absolute conviction	दृढ धारणा
absolute coordinates	स्वस्थान समकक्ष
absolute estate	अबाधित संपदा
absolute faith	नितांत श्रद्धा
absolute forest soil	केवळ वनयोग्य जमीन
absolute link	थेट दुवा
absolute majority	निर्विवाद बहुमत
absolute occupancy	पूर्ण वहिवाटीचा अधिकार
absolute order	कायम आदेश
absolute path	पूर्ण पथ, साद्यंत पथ

absolute pointing device	स्थानसापेक्ष दर्शक साधन
absolute power	निरंकुश सत्ता
absolute reference	स्वयंसंदर्भ, स्वायत्त संदर्भ
absolute rule	निरपवाद नियम
absolute title	संपूर्ण हक्क
absolute URL	स्वायत्त यूआरएल
absolute value	संख्यामूल्य
abstract	अमूर्त, गोषवारा
abstracting	अमूर्तकरण, सारांशन
absurd	अयुक्त, निरर्थक
absurdity	अयुक्तता, निरर्थकता
abundance	विपुलता
abundant	पुष्कळ, भरपूर, विपुल
academic interest	तात्त्विक आस्था
academy	प्रबोधिनी
accelerate	गती वाढविणे
accelerated	गतिवर्धित, वेगवर्धित
acceleration	गतिवर्धन, त्वरण,शीघ्रण
accelerator	गतिवर्धक, त्वरक,शीघ्रक
accent	स्वराघात
accept	मान्य करणे, संमत करणे, स्वीकारणे
acceptable	मान्यता, स्वीकारार्ह, स्वीकार्य
acceptance	मान्यता, संमती, स्वीकार
accepted	स्वीकृत
access	अभिगम, निवेश, प्रवेश
accessed	निवेशित, प्रवेशित
accessibility	सुगमता
accessible	निवेश्य, प्रवेशयोग्य, प्रवेश्य
accessories	उपकरणे, उपसाधने, सहसाधने
accident	अपघात, अनवधान
accidental	अकस्मात, अपघाती, अनवधानी
accidentally	अचानकपणे
accident-prone	अपघात-प्रवण

accident-proneness	अपघात-प्रवणता
accommodate	सामावणे
accommodation	सहयोजन
account	खाते, सदस्यत्व
accountability	उत्तरदायित्व
accountancy	लेखाशास्त्र
accountant	हिशेबनीस
accounting	लेखाकर्म, लेखाकार्य, लेखापालन
accounting format	लेखा स्वरूपण
accounts	लेखा, हिशेब
accrual	उपार्जन
accrued	उपार्जित, प्रोद्‍भूत
accumulate	संचय, साचणे,साठणे
accumulated	संचिकृत
accumulation	संचिकरण
accumulator	संचायक
accuracy	अचूकता, परिशुद्धता
accurate	अचूक, परिशुद्ध
achievement	उपलब्धी, कर्तृत्व
achievement motivation	कर्तृत्व प्रेरण
acknowledge	दाद देणे, धन्यवाद देणे पोच देणे, मान्य करणे
acknowledgement	पोच
acoustic	ध्वनिक
acoustic coupler	ध्वनिक
acronym	परिवर्णी शब्द, प्रथमाक्षरे
across	आडव्या दिशेत, पलीकडे, सर्वत्र,
act	अधिनियम, कृती
action	कारवाई, कृतिबंध, कृती
actionable	कारवाईयोग्य
activate	कार्यान्वित करणे, सक्रिय करणे
activated	कार्यान्वित, प्रभावित, सक्रिय
activation	कार्यान्वयन, सक्रियण, सचेतन
activation theory	उत्तेजन सिद्धान्त
active	कार्यरत, कार्यान्वित, क्रियाशील, सक्रिय

activity	क्रिया, क्रियाशीलता, घडामोड
activity cycle	कृतिचक्र, क्रियाचक्र, प्रक्रियाचक्र
activity ratio	कार्य गुणोत्तर
actual	अभिव्यक्त, प्रत्यक्ष, वस्तुनिष्ठ, वास्तव, विद्यमान
actuating signal	प्रवर्तक संकेत
actuation	प्रवर्तन, प्रेरणा, यथार्थन
actuator	चलसाधन, प्रवर्तित्र
ad hoc	तदर्थ, तूर्तातूर्त
ad valorem	मूल्यानुसार, यथामूल्य
adaptation	रूपांतर, समायोजन
adapter	संधाता, संधायित्र
adaptive	संधायी
adaptor	संयोगी
add	समाविष्ट करणे
add on	वाढीव सुविधा
add to	भर घालणे
added	अतिरिक्त
addendum	अनुबंध, वृद्धिपत्र
add-in(s)	जोड-सुविधा
add-ins	गुणवर्धके
addition	भर
additional	अतिरिक्त
add-on	साधन-जोड
address	पत्ता, भाषण, संबोधन
adjacent	निकटवर्ती, लगत, संसक्त
adjourn	तहकूब करणे, संस्थगित करणे
adjournment	निलंबन, संस्थगन, संस्थगिती
adjust	जुळवून घेणे
adjustable	समायोज्य
adjustment	अनुयोजन, समायोग, समायोजन
administer	प्रशासन करणे
administrative	प्रशासकीय
administrator	प्रशासक
administrator setup	प्रशासकीय व्यवस्था
advance	अग्रदान, पुढे जाणे, पुढे नेणे
advanced	अग्रगत, उन्नत, प्रगत

advisor	सल्लागार
aes	प्रगत कूटलिपी मानक
affect	परिणाम होणे
affected	ग्रस्त, परिणत, बाधित
affiliation	सौहार्द
affinity	जवळीक, निकटता, निश्चिती, संबद्धता, संलग्नता, सान्निध्य
after	नंतर
after-effect	अनु-प्रभाव, पश्चप्रभाव, पश्चात्-प्रभाव
agency	अभिकरण संस्था
agenda	कार्यक्रम पत्रिका
agenda	कार्यसूची, कार्यानुक्रम, कार्यावली, विषयसूची
agent	अभिकर्ता
aggregate	एकीभूत, राशीकृत
aggregation	राशीकरण
aggression	आक्रमण

agreement	करार
aim	उद्देश, नेम, हेतू, नेम धरणे
airborne	वायुवाहित
alarm	गजर, सचेतक
alarm clock	गजराचे घड्याळ
alarm repetition	गजर पुनरावर्तन
alarm time	गजराची वेळ
alarm tone	गजरध्वनी, गजराचा ध्वनी
album	संग्रहिका, संचिका
alert	इशारा
alertness	जागरूकता, दक्षता, सतर्कता, सावधानता
algebra	बीजगणित
algebric	बीजगणिती, बीजीय
algorithm	कलनविधी, कार्यपद्धती, कार्यप्रणाली, गणनविधी, नियतरीती, रीत
alias	उपाख्य, उर्फ
aliasing	उपघटन, दंतुरता

align	सरेषण करणे, समरेषण करणे
alignment	सरेषण, समरेषण
all caps	सर्व गुरुवर्ण
allocate	नियतन, राखीव करणे
allocation	राखीव करणे
allocation unit	आरक्षण एकक, आरक्षित एकक, राखीव एकक
allotment	नियंतवाटप, भागवाटप
allow	अनुमती देणे, करू देणे
allowance	भत्ता, माया
allowed	अनुमत, संमत
all-purpose	सर्वोपयोगी, सर्व-उद्देशीय
alphabet	अक्षर
alphabetic	अक्षरी
alphabetically	अकारक्रमाने, अकारविल्हे
alphanumeric	अक्षरांकी, अक्षरांकीय
alpha-numeric	अक्षरसांख्यिक
alpha-numerically	अकारसंख्या-क्रमाने, अक्षर-अंक क्रमाने
already	आधीच, आधीपासूनच, यापूर्वीच
alter	फेरफार करणे, फेरफार होणे
alteration	फेरफार
alternate	एकांतरित, एकाआड एक
alternate key	एकांतरित कळ
alternately	आळीपाळीने, एकांतरितपणे
alternating current	प्रत्यावर्ती प्रवाह
alternations	विकल्पन
alternative (adj.)	पर्यायी
alternative (noun)	पर्याय
always	नेहमी, सदैव
always on top	नेहमी समोर
am (amplitude modulation)	परमप्रसर ध्वनिक्षेपण, परमप्रसर स्वरसंक्रम
ambiance	वातावरण
ambient	परिवेशी
ambivalent	मिश्रकर्षक

amount	आकारमान, प्रमाण, मात्रा, रक्कम
amplifier	ध्वनिवर्धक
amplify	विस्तृत करणे, विवर्धित करणे
amplitude	कंपमात्रा, दोलनविस्तार
anagram	विलेख
analog	निरंतर
analogous	सदृश
analogy	सदृशता
analysis	पृथक्करण, विश्लेषण
analytical	पृथक्करणा-त्मक, विश्लेषणा-त्मक, व्यवच्छेदक
analyze	विश्लेषण करणे
anchor	खूणस्थान, रोवणे, सूत्रधारक, स्थानचिन्ह, स्थानधारक
anchor point	आकारबिंदू, रेखाखंड बिंदू
angle	कोन
angle brackets	कोनाकार कंस
animate	सचेत करणे
animated	सचेत
animation	सचेतन
annex memory	चयक स्मृती
annexure	अनुबंध, परिशिष्ट
anniversary	वर्षदिन
annotate	टीपा देणे, टिप्पणी करणे
annotated	सटीप
annotation	टिपण
announcement	उद्घोषणा
annuity	वर्षासन निधी
anode	धनाग्र
anonymous	अनामिक, निनावी
answer	उत्तर, प्रतिसाद
answering machine	प्रतिसादक यंत्र
answering number	प्रतिसाद क्रमांक, प्रतिसाद यंत्र
answer-only modem	उत्तरमात्र मोडेम, केवळ-उत्तर मोडेम
antecedent	पूर्वगामी
antenna	आकाशक, आकाशीय, ग्राहकाग्र, वायुतार, शृंगिका, संवेदनाग्र
anticipation	प्रत्याशा

anti-clockwise	वामावर्ती
antivirus	विषाणुरोधक
anyway	तरीही
aperture	छिद्र, द्वारक, भोक, रंध्र
appendix	जोडपत्र, परिशिष्ट
applet	लघुप्रयोग
application	अनुप्रयोग
applied	उपयोजित, प्रयुक्त
apply	प्रयुक्त करणे, लागू करणे
appointment	नियुक्ती, नेमणूक, भेट
appraisal	गुणमूल्यन, गुणाकलन, मूल्य निर्णय
approach	उपगमन, दृष्टिकोन
appropriate	यथायोग्य, यथोचित, सुयोग्य
approximation	सन्निकटन
aptitude	अभिवृत्ती, कल,पूर्ववृत्ती, प्रवृत्ती
arbitrary	अतार्किक, अनिश्चित, एकांगी, मनःपूत, यादृच्छिक, स्वच्छंदी, स्वेच्छया

arbitrator	मध्यस्थ, लवाद
arc	कंस, चाप परिघांश, वृत्तकंस
arc cosine	चाप कोज्या
arch	कमान
archive	पुरालेख संग्रहालय, संग्राह्य
area	आवार, क्षेत्र, परिसर
argument	प्रतिपादन, युक्तिवाद, विकरण, विवरण, प्रतिवाद
arial	विहंगम,हवाई
arrange	मांडणी करणे
arrangement	मांडणी, व्यवस्था, व्यवस्थिती, सुयोजन
array	क्रमरचना, सरणी
arrow	तीर, बाण
arrow keys	दिग्दर्शक कळी, दिशादर्शक कळी

arrow pointer	दर्शक तीर
arrowhead	तीराग्र, बाणाग्र
arrowtail	तीरपुच्छ, बाण पुच्छ
art	कला
article	उपपद,कलम, प्रकरण, लेख
artist	कलाकार
artiste	कलावंत
ascend	उत्क्रम
ascendant	आरोही, उत्क्रमी
ascender	आरोहक
ascending	आरोही, ऊर्ध्वगामी, चढत्या क्रमाने
aside	एकीकडे
assemble	जुळवणे
assembler	कोडांतरक
assembly	कोडांतरण
assembly language	कोडांतरण भाषा
assess	निर्धारण करणे, मूल्यमापन करणे
assessment	निर्धारण, मूल्यमापन
assessor	निर्धारक, मूल्यमापक
assign	नेमणे, सुपूर्द करणे
assign name	नाव देणे, नामांकन करणे
assignment	नामांकन, नियुक्ती, सुपूर्दगी
associate	संबद्ध करणे, सहवर्ती करणे, निगडित करणे
associated	निगडित, संबद्ध, सहचारी, सहवर्ती
association	निगडित असणे, संगत, संबद्धता, सहचार, साहचर्य
asterisk	तारकाचिन्ह, तारांक
asymmetric	असममित
asymmetry	असममिती, असमाकारता, असमानता
asynchronous	अतुल्य-कालिक
atmosphere	वातावरण
attach	संलग्न करणे
attached	संलग्न

attachment	जोडपत्र, सहपत्र
attend	उपस्थित राहणे
attend	परिचर्या करणे
attended	उपस्थित
attendee	निमंत्रित, सदस्य, निमंत्रित
attention	अवधान, लक्ष, ध्यान
attenuated	क्षीण, क्षीणशक्तिक
attenuation	क्षीणीकरण
attribute	कारणसंबंध, गुणधर्म, गुणविशेष, सहजगुण
audible	श्राव्य
audible alert	श्राव्य सूचक, श्राव्य संकेत
audio	श्राव्य, श्रव्यबंध
audio clip	श्रव्यखंड
audio enabled enhancements	श्रवण-सक्षमीकृत सुविधा
auditing	तपासणी
audition	श्रवणशक्ती
augment	संवर्धन करणे
augmentation	संवर्धन
augmented	संवर्धित
authentic	अस्सल, सत्य
authenticate	प्राधिकृत करणे, सत्यापित करणे
authentication	प्रमाणन, सत्यापन
authenticity	अधिकृतता, अस्सलपणा, सत्यता
author	लेखक, संलेखक
authoring	लेखन, संलेखन
authorisation	प्राधिकरण
authority	अधिकार, अधिकारसत्ता, प्राधिकरण, प्राधिकार, प्राधिकारक
authorization	अधिकरण
authorized	अधिकृत, प्राधिकृत
auto	स्वयं
auto arrange	स्वयंरचना
auto correct	स्वयं-सुधारकर्ता
automata	स्वचल
automate	स्वचालित करणे
automated	स्वचालित
automatic	स्वयंचल,

	स्वयंचलित
automatically	आपोआप, स्वयंचलितपणे
automation	स्वचालन, स्वयंचलन
automotive	स्वयंप्रेरित
autoshapes	स्वयंआकार
autospace	स्वयंअंतरण
autosum	स्वयं-बेरीज
autotext	स्वयंमजकूर
auxiliary	पूरक, साहाय्यकारी
availability	उपलब्धता, प्राप्यता
available	उपलब्ध, प्राप्य
average	सरासरी, सर्वसामान्य
axis	अक्ष
back	मागील, मागे, सर्वांमागे
back up	आधारप्रतन
back-end	पश्चान्त
back-end processor	पश्चान्त-संसाधक
background	पार्श्वभूमी
background music	पार्श्वसंगीत
background operation	पार्श्वभागी प्रचालन
background printing	एकीकडे / पार्श्वभागी छपाई, एकीकडे मुद्रण
background processing	पार्श्वभागी संसाधन
background save	एकीकडे जतन, पार्श्वभागी जतन
backlight	पार्श्वप्रकाश
backup	आधारप्रत, आपत्कालीन, पूर्तिकर प्रत, स्थळप्रत
backward	एक थर मागे, पश्च, मागे पश्चगामी, प्रतिगामी
backward compatible	पूर्वानुरूप, पूर्वावृत्ती सुसंवादी
backward recovery	पश्चगामी पुनर्प्राप्ती
bad	खराब
bad block	खराब स्मृती-भाग
bad mail address	चुकीचा टपाल पत्ता
bad sector	खराब प्रभाग

bad track	खराब चक्रमार्ग, खराब परिमार्ग
badge	बिल्ला
balance	बाकी, शिल्लक, समतोल
balanced	संतुलित
balancing	संतुलन
balloon	संचयक
band	पट्टा, बंध, वर्णपट
bandwidth	पट्टविस्तार
bank	अधिकोष, बँक
banner	पट्टिका, पताका, फलक
bar	अटकाव, दंड, पट्टी, रेखिका, प्रतिबंध
barred	प्रतिबंधित
barrier	अटकाव
barring	प्रतिबंध करणे
base	पाया, मूल
baseline	पायारेषा
basic	आधारभूत, आधारी, पायाभूत, बेसिक संहिता भाषा, मूलभूत, मौलिक,
basics	मूलतत्त्वे
batch	कार्यमात्रा, प्रचय
batching	प्रचयन
battery	विजेरी
battery backup	विजेरी आधार
bbs	माहितीप्रसारक प्रणाली
bcc	गुप्त प्रत
beam	शलाकन, शलाका
bearer	धारक, संदेशवाहक
beat	विस्पंद
begin	प्रारंभ करणे, सुरू करणे
beginner	अननुभवी, नवशिका
beginning	प्रारंभन, सुरुवात
bell	घंटा
benevolent	लोकहितैषी
bent arrow	वक्र बाण
best fit	यथाकार
beta site	चाचणी स्थळ
beta test	उपांत्य चाचणी
beta version	कच्ची

	आवृत्ती, प्रायोगिक आवृत्ती
bevel	छेदकोन, तिर्यककोन
bias	अभिनती, अवपात, पक्षपात
biased	अभिनत, पक्षपाती
bibliography	ग्रंथसूची
bidirectional	द्विदिश
bi-directional language	द्वि-दिश लिपी
bifurcate	द्विशाखन करणे
bifurcation	द्विशाखन
big-endian	विशाल-द्वयंकी
bilingual	द्वैभाषिक
bill	बिल
billing	देयक बनवणे
billing information	देयकविषयी माहिती
bin	पात्र
binary	द्विमान
binary digit	द्विमान अंक
bind	बंधन, बांधणे
binder	बंधक
binding	बंधन
binding	बंधनकारक
binding	बांधणी
bipolar	द्विध्रुवी
biquinary	द्विपंचक
bit	चित्रबिंदू, द्वयंक
bit block	बिंदुरचना
bitmap	बिंदुरचित
bivalent	द्विभुज, द्वियुज
black	काळा
black and white	कृष्णधवल
black recording	अदीप्त अभिलेखन
blank	कोरे, रिक्त, विलेख
blank space	कोरी जागा
blanking	रिक्तन, लोपन
bleed	स्रवण
blend	संमिश्रण
blending	संमिश्रण करणे
blink	उघडमीट
block	अडविणे, अवरोध, खंडक, गट, ठोकळा, रोखणे, अडसर, अवरोध करणे
block arc	फलक कमान
block arrow	फलक बाण
block diagram	ठोकळ्या आलेख,

	फलक आलेख
blockade	कोंडी
blockage	कोंडी
blocked	अवरोधित, थोपविलेले, निरुद्ध
blocking	अडविणे, अवरोधन, खंडकन, निरोधन,समूहन
blog	माहिती-कट्टा
blow	तप्तलेखन करा
blowing	तप्तलेखन, फुल्लन
blue ribbon program	निर्वाध क्रमादेश
blunder	घोडचूक
blur	कंपन
body	मुख्य भाग, मुख्यांग
body text	मुख्य मजकूर
bold	ठळक
bomb	विध्वंस, विध्वंस करणे
bond	रोखा, एकबंध,
bond	एकबंधित करणे, एकबद्ध करणे
book	ग्रंथ, पुस्तक
book binder	बांधणीकार
book binding	ग्रंथबंधन, पुस्तक बांधणी
booking	आरक्षण
book-keeper	लेखाकार
booklet	पुस्तिका
bookmark	ग्रंथखूण, पसंतीचिन्ह, पुस्तकखूण, पृष्ठचिन्ह, संदर्भचिन्ह
boolean	तार्किक, बूलियन
boolean algebra	तर्कसंगत
boost	प्रेषवर्धन करणे
booster	प्रेषवर्धक
boosting	प्रेषवर्धन
bootstrap	स्वोत्थान
border	सीमारेखा
bounce	उसळी
bound	आबद्ध
boundary	सीमा, सीमारेषा
box	पटल, पेटी, मंजूषा
braces	महिरपी कंस
brackets	चौकोनी कंस
branching	विकेंद्रीकरण
branching	शाखात्मक, शाखाविस्तार, शाखीकरण
brand	छाप, बोधचिन्ह

break	अल्पविराम खंड, भंग
break point	खंड बिंदू, विच्छेद बिंदू
breakable	भंगशील
breakdown	नादुरुस्त होणे, विघटन, विभंजन, विभाजन
breaking	खंडन, भंगणे, विघटन
breakpoint	खंडबिंदू, भंगबिंदू
breeder	प्रजनक
bridge	जोड, सेतू, जोडणे, भरून काढणे, सांधणे
bridge application	जोड अनुप्रयोग
bridge network	सेतू-जाल
bridgeware	सेतू-संहिता
bright	उजळ, सफेद चमकदार, दीप्त, प्रखर,
bright color	भडक रंग
brightness	उजाळा, दीप्ती,प्रखरता, शुभ्रता,स्पष्टता
broadcast	प्रसारित करणे
broadcasting	प्रक्षेपण, प्रसारण
brochure	माहितीपत्रक
browse	विचयन करणे, विचरण करणे
browse mode	विचयन प्रावस्था, विचरण प्रावस्था,
browse view	विचयन दृश्य, विचरण दृश्य
browser	विचयक, विचरक
browsing	विचयन, विचरण
bubble	संचयक
bubble chart	बुद्बुद आलेख
buddy	मित्र, सवंगडी, सांगाती, साथी
buddy list	साथी सूची
buffer	उपधान, चयक
bug	दोष
build	रचना करणे
builder	रचयिता
built-in	अंगभूत
bulk	बृहत
bullet	बिंदी
bulleted list	बिंदियुक्त सूची
bulletin	वार्तापत्रक, विवरणपत्रक

bulletin-board	माहिती प्रसारक, सूचनाफलक
bundled	एकबद्ध, एकवेष्टित
bureau	मंडळ,संस्था
burn	तप्तमुद्रक, तप्तमुद्रण
business	व्यवसाय, स्वकार्य
business card	व्यवसाय पत्रिका
busy	कार्यमग्न, व्यग्र
button	कळ
button bar	कळ पट्टी
button face	कळ प्रतल
by date	तारखेनुसार, दिनांकानुसार
by default	नित्यस्थितीत
by modified	बदल दिनांकानुसार
by name	नावानुसार
by size	आकारमाना-नुसार
by status	स्थितीनुसार
by title	शीर्षकानुसार
by type	प्रकारानुसार
bypass	उपमार्ग, पर्यायमार्ग, वळसा घालणे
byte	अष्टमान, अष्टमान एकक
cable	रक्षिततार
cache	उपस्मृती, धारणा
cached	धारित
calculate	आकडेमोड करणे
calculate	गणन करणे, परिकलन करणे
calculated	सुयोजित, गणनीकृत, परिकलित
calculation	आकडेमोड, गणन, परिकलन
calculator	कलनित्र, गणक, गणकयंत्र, परिकलक
calendar	दिनदर्शिका
calibrate	अंशनिश्चित करणे, अंशशोधन करणे, अंशशोधित करणे, परिमाणबद्ध करणे
calibrated	परिमाणबद्ध
calibration	अंशनिश्चिती, अंशशोधन,

	इयत्तीकरण
call	पाचारण, बोलावणे, बोली,मागणी, पाचारण करणे
call tone	कॉल ध्वनी
call waiting	पाचारण प्रतीक्षेत
callback	प्रतिपाचारण
calligraphy	सुलेखन, सुलेखविद्या
callout	बोधक
can (shape)	दंडगोल (आकार)
cancel	निवर्तन करणे, रद्द करणे
cancellation	निवर्तन, रद्दसूचना
canvas	चित्र-पट, चित्रफलक, शणपट
capability	कार्यक्षमता
capable	कार्यक्षम
capacitor	धरित्र
capacity	क्षमता, ग्रहणशक्ती धारकता, धारणा
capsule	कुपी, कोश गोलक, बीजकोश, संपुट, संपुटिका
caption	अग्रनाम, चित्रपरिचय, मथळा
capture	खेचणे, प्रग्रहण करणे
captured	प्रगृहीत
carousel	पूर्णित्र
carrier	संवाहक
cartridge	आगुटिका, संकोष
cascade	उतरंड, सोपान
cascaded	सोपानित
cascading	उतरंडी, सोपानी
case	कोश, वर्णशैली, प्रकरण
case study	वृत्त अभ्यास
case-sensative	वर्णशैली संवेदी
cassette	पेटिका
catalog	सूचिपत्र,सूची, सूचिपत्रक
catatonic	प्रतिसादहीन
categorize	श्रेणिबद्ध करणे
category	प्रकार, प्रवर्ग, वर्ग, विभाग, श्रेणी

catena	शृंखला
catenate	शृंखलित
cathode	ऋणगामी, ऋणाग्र
caution	दक्षता, दक्षता संदेश, दक्षता सूचना, सावधानता, सावधानता संदेश, सावधानता सूचना, सावध करणे
cc	प्रतिलिपी
cell	कोष्ठिका, विद्युत्घट
cell (of a table)	कक्ष
cell address	कक्ष पत्ता, कक्ष संदर्भ
cellular	कोष्ठिकीय, बिनतारी
censorship	शिरगणती
center	केंद्र, मध्य
center aligned	मध्य सरेषित
centrifugal	अपकेंद्रक, केंद्रोत्सारी
centripetal	अभिकेंद्रक, केंद्रगामी
certificate	दाखला, प्रमाणपत्र
chad	टिकली
chain	शृंखला, साखळी
chamber	कोठी
change	परिवर्तन, बदल, रूपांतर, बदल करणे
channel	परिवाह, प्रणाल, प्रमार्ग प्रवाहिनी, वाहिनी
chapter	अध्याय, पर्व प्रकरण
character	अक्षर,चरित्र, चिन्ह, लक्षण, वर्ण, वर्तणूक, संप्रतीक
character format	वर्ण स्वरूपण
character map	वर्णालेख, संप्रतीक-आलेख
character set	वर्णसंच
character spacing	वर्ण-अंतर
character string	वर्णमालिका
character style	वर्ण शैली
characteristic	गुणदर्शक, गुणविशेष, लक्षण वस्तुधर्म, विशेषक, वैशिष्ट्य
charge	भार

	(विद्युत्भार) शुल्क आकारणे, प्रभार भारणे, संचारणे
charge-coupled device (ccd)	भार-युग्मित साधन
charger	प्रभारक
charging	आकारणी, नवजीवित करणे
charging	पुनरुज्जीवित करणे, प्रभारण, संचारण, प्रभारित करणे
chart	आलेख, कोष्टक, तक्ता, पट, सारिणी
chat	वार्तालाप करणे, गप्पा
chat history	गप्पा विवरण, वार्तालाप विवरण
chat room	वार्तालाप दालन, वार्तालाप स्थान
chatting	वार्तालाप
check (in checkbox)	खूण करणे
check box	खूणचौकट
check in	आगमन
check out	निर्गमन
checksum	परीक्षणसंख्या
child	उपज
child menu	उपज आज्ञावली, उपज आज्ञासूची, उपज आदेशसूची, उपज निदेशसूची, उपज सारणी
chime	समस्वर, स्वरमेळ
chip	पटलिका
choice	निवड, पर्याय पसंती, प्रवरण
choose	निवड करणे
chooser	निवडकर्ता
chronological	कालानुक्रमी, सानुक्रम
chronologically	कालानुक्रमे
chronology	कालानुक्रम
cipher	शून्य, संकेतवर्ण
circle	वर्तुळ, वृत्त
circuit	परिपथ, मंडल, मंडलपथ,

	विद्युत्मंडल, विद्यत्वलय
circular reference	आवर्ती संदर्भ, चक्रमार्गी संदर्भ
circulate	परिसंचार
circulating	परिसंचारी
circulation	अभिसरण, परिसंचारण, प्रचारण, प्रसारण
citation	उद्धरण
city	शहर
cladding	आवरण
claim	दावा, मागणी
class	वर्ग
classic	अभिजात, पूर्वापार
classical	अभिजात
classification	वर्गीकरण
clause	उपवाक्य, कलम, छेदक, पोटवाक्य
clean	स्वच्छ
cleaning	स्वच्छ करणे
cleanup	स्वच्छता मोहीम
clear	निरसन, पारदर्शक, मार्जन, साफ, साफ करणे
client	पक्षकार, प्रग्राहक
climate	जलवायुमान, हवामान
clip	कलाखंड, चाप, चित्रबंध
clip art	चित्रखंड
clipboard	कात्रण फलक
clipping	कात्रण
clock	कालद, कालमापक, घड्याळ
clockwise	दक्षिणावर्ती
close	बंद करणे
closed	संवृत्त
closely	दृढपणे
closing	बंद करणे, समारोप
closing balance	अंतशेष, इतिशेष
clue	संकेत, सुगावा
cluster	गुच्छ, पुंज
cluttered	अव्यवस्थित, अस्ताव्यस्त, विसकळीत
coalesce	संलयन
coated	लेपित
coaxial	समाक्ष

code	संकेत, संकेतांक, संहिता
code page	संकेत पृष्ठ, संहिता पृष्ठ
coefficient	गुणक, सहगुणक
coercion	नियत रूपांतर
coercive	नियामक
coherence	संसक्तन, सहमूल्यन
coherent	संसक्त, सुसंबद्ध
coincidence	संपात
collaborate	सहयोग करणे
collaboration	सहयोग
collapse	अधोगमन, कोसळणे, संकोच
collapsed	संकुचित
collapsed view	संकुचित दृश्य
collate	जुपणी करणे
colon	अपूर्णविराम, द्विबिंदूचिन्ह,
color	रंग
color model	रंग योजना
color monitor	रंगीत मॉनिटर
color picker	रंग वेचक
color printer	रंगीत प्रिंटर
column	स्तंभ
combine	एकत्र करणे
combined	एकत्रित, संयुक्त
combiner	संयोजक
combo box	संयुक्त पटल
comma	स्वल्पविराम
comma delimited	स्वल्पविराम सीमांकित
command	आज्ञा, आदेश, निदेश, समादेश
comment	टिप्पणी
commercial printer	व्यावसायिक मुद्रक
commit charge	वापरातील स्मृती
commitment	वचनबद्धता
committed	वचनबद्ध
common	नेहमीचे, सर्वसामान्य, साधारण, सामाईक, सार्व
communication	संचार, संज्ञापन, संवाद, संवाहन
community	समुदाय
compact	संक्षिप्त, संहत, सुटसुटीत
compaction	संक्षेप, संहनन

companion	सहचर, सहचारी, सोबती
company	प्रमंडळ
comparator	तुलनक, तुलनित्र
compare	तुलना करणे
comparison	तुलना
compass	होकायंत्र
compatibility	अनुरूपता, सुसंगतता
compatibility	सुसंवादित्व
compatible	अनुरूप, सुसंगत
compatible	सुसंवादी
compilation	अनुभाषण, समेकन
compile	अनुभाषण / अनुवाद / भाषांतर / रूपांतर / संकलन / समेकित करणे
compiler	अनुभाषक, अनुवादक, भाषांतरकार, रूपांतरकार, समेकक
complementary	अनुपूरक, पूरक
complete	पूर्ण, पूर्ण करणे
completion	पूर्तता
complex	क्लिष्ट, गुंतागुंतीचे, जटिल, संकुल
complexity	जटिलता
compliance	अनुपालन, आपूर्ती, पूर्तता
compliant	अनुपूरक
compliment	अभिवादन, शाबासकी, शुभेच्छा
complimentary	अभिवादनपर, उत्तेजनपर, प्रशंसापर, मोफत, सदिच्छा
complimentary closing	सदिच्छा समारोप, सौजन्यपूर्ण समारोप
comply	पूर्तता करणे
component	उपघटक, उपांग
components	अंगोपांग, उपकरणे
compose	जुळवणे, रचना करणे
composer	जुळारी, रचयिता

composite	संग्रथित	concept	संकल्पना, संज्ञा
compositer	जुळारी		
compound	संयुक्त, सावयव	conceptual	संज्ञात्मक, संकल्पनात्मक
compound interest	चक्रवाढ व्याज	concordance	शब्दसाधर्म्य
comprehensive	सर्वसमावेशक	concurrent	संगामी, समकालिक, सहगामी
compress	संक्षेप करणे, संकुचित करणे संक्षेपित करणे संपीडित करणे	condensed	आकुंचित, संघनित
compression	संकुचन, संक्षेप, संपीडन	condition	शर्त, स्थिती
compressor	संपीडक, संपीडित्र	conditional	सशर्त
		conditioned	अनुकूलित, अभिसंधित
compromise	तडजोड		
compromising	मध्यमार्गी	conditioning	अभिसंधान, प्रानुकूलन
compulsory	अनिवार्य, सक्तीचे	conductivity	संवाहकता
computation	अभिकलन, संगणन करणे	conductor	संवाहक
		conduit	सन्नाल
computational	अभिकलनीय, संगणनात्मक	cone	शंकू
		confer	चर्चा करणे
computer	संगणक	conference	चर्चासत्र, परिषद
computing	संगणन		
concatenate	क्रमजोड	conference call	परिषद पाचारण
concatenate	संशृंखलन, साखळीजोड	conference room	सभागृह
concave	अंतर्गोल	configuration	जुळणी, विन्यास, संरचना
concentrated	संकेंद्रित, संतृप्त,संपृक्त		
concentrator	संकेंद्रित्र	configure	संरचना करणे
concentric	संकेंद्र	configured	संरचित

confinement	परिरोधन
confirm	खात्री करणे, दुजोरा देणे, पुष्टी देणे
confirmation	दुजोरा, पुष्टिपत्र,पुष्टी, संपुष्टी
conflict	विवाद, संघर्ष
conform	अभिसंगत असणे
conformity	अभिसंगती
congestion	कोंडी, संकुलन
conical	शंक्वाकार, शंक्वाकृती
connect	जोडणे, संपर्क साधणे
connected	संबद्ध
connection	जोडणी, संबंधन
connectivity	जोडक्षमता, संपर्कता
connector	दुवा, संबंधक
consecutive	क्रमागत
consent	संमती
consistency	सुसंगती, सातत्य
consistently	सातत्याने, सुसंगतपणे
console	धारकपट्टी, नियंत-धारक
consolidated	एकीकृत
consolidation	एकीकरण, समेकन
constancy	स्थिरता
constant	नियतांक, स्थितिक, स्थिरांक, अचर,अचल, सतत, स्थिर, स्थिरांक
constitutation	गठन
constitute	गठन करणे
constraint	दबाव
consult	विचारणे, विचारविनिमय करणे, सल्लामसलत करणे
consumable parts	कार्यकारी सुटे भाग, व्ययमान सुटे भाग
consumer	उपभोक्ता
contact	संपर्क, संपर्क साधणे
container	संधारक
container object	संधारक वस्तू
contemporary	समकालीन
content	अंतर्घटक, आशय, मूल घटक,

	वस्तू,विषय, सामग्री
context	संदर्भ
context-sensitive	संदर्भ-सापेक्ष
contiguous	सलग
contingency	आकस्मिकता
continual	निरंतर
continuation	निरंतरता, पुढे चालू ठेवणे, सांतत्य
continue	सुरू ठेवणे
continuity	सलगता
continuous	अविरत, निरंतर, संतत
continuum	सातत्यश्रेणी
contour	वलये
contradictory	परस्परविरोधी
contrast	रंगभेद, विपर्यास, व्यतिरेक
control	नियंत्रण
control panel	नियंत्रण पटल
controls	नियंत्रक, नियंत्रणे
convenor	आयोजक, निमंत्रक
convention	परिपाठ,प्रथा, रूढी, संकेत, संमेलन
conventional	रूढ

convergence	अभिसारिता, एककेंद्रीभवन
conversation	संभाषण
conversion	रूपांतर
conversion table	रूपांतर कोष्टक
convert	परिवर्तन करणे रूपांतर करणे
converter	परिवर्तक, रूपांतरक, परिवर्तित्र, रूपांतरकार
convex	अवमुख, उत्तल
cookbook	कुकबुक
cookie	कुकी
coolant	शीतलक
co-operate	सहकार्य करणे
co-operation	सहकार्य
co-operative multitasking	सहकारी बहुकार्य
co-operative processing	सहकारी प्रक्रिया
coordinatation	सुसूत्रीकरण
coordinate	समकक्ष, सुसूत्रीकरण करणे
coordinates	निबंधने
coordination	संयोजन,

	समन्वय, सूत्रसंचालन
coordinator	सूत्रधार
coprocessor	सहप्रक्रियक, सहप्रक्रिया-कार, सहप्रक्रिया-कारक
copy	प्रत, प्रतिलिपी
copyright	प्रताधिकार, स्वामित्व हक्क
cord	तंतू, रज्जु, स्वरतंतु
cordless	तंतुरहित, तंतुहीन, रज्जुरहित, रज्जुहीन
core	मूलभूत
core memory	गाभा
core program	मूलभूत संहिता
corner	कोपरा
corporation	महामंडळ
correct	उचित, बरोबर
correction	दुरुस्ती, विशुद्धी, शुद्धी, संशुद्धी, सुधारणा
corrective	विशोधक, सुधारक
correlation	सहसंबंध
corrigendum	शुद्धिपत्र
corrupt	कलुषित, दूषित, प्रदूषित, भ्रष्ट, सदोष
corrupted	विकृत
corruption	प्रदूषण, भ्रष्टता
cost	उत्पादनखर्च, व्यय
cost-benefit analysis	व्यय-लाभ विश्लेषण
count	गणना, गणना करणे, मोजणी करणे
countdown	उलटमोजणी, प्रतिगणना
counter	गणक, गणित्र
counter-balancing	प्रतितोलन
counter-clockwise	वामावर्ती
counting	गणती, मोजणी
country	देश
coupler	युग्मक
courtesy	सौजन्य
cover	आवरण, समावेश करणे/असणे
coverage	समावेशन

cpu (central processing unit)	मध्यवर्ती प्रक्रियाकार
crash	आपद्ग्रस्त होणे, भंजन, भग्न होणे
crashed	आपद्ग्रस्त, भग्न
crashed recovery	आपत्कालीन पुनर्प्राप्ती
create	तयार करणे, निर्माण करणे
creative	निर्माणशील, सर्जनशील
creator	निर्माता
credentials	ओळख-घटक, परिचय-घटक
credibility	विश्वासार्हता
critical	निर्णायक, मोक्याची
critical error	गंभीर चूक, निर्णायक चूक
crop	कर्तन, छाटणे
crop mark	कर्तन खूण, छाट निशाणी
crop points	छाट बिंदू
cross	छेद, छेदणे
cross certification	प्रतिप्रमाणन
cross fire	अप्रासंगिक संकेत
cross hairs	फुली-दर्शक
cross platform	विविधमंच सामाईक
cross reference	प्रति-संदर्भ
crossed	छेदित, रेखांकित
cross-fading	विवर्ण-संकर
cross-referrence	परस्पर-संदर्भ, पूर्वसूत्र
cross-section	अनुप्रस्थ छेद
crowd	आधिक्य, गर्दी
crowding	अधिसंख्यन
crucial	महत्त्वपूर्ण
cryogenics	निम्नतापिकी
cryptographic	कूटलिखित, कूटालेखी, गूढलिपित
cryptography	कूटलिपी तंत्र, गूढलिपी तंत्र, सांकेतिक भाषा
cube	घन
cumulative	संचयी, संचित
curly quotes	वक्र अवतरण
currency	चलन
current	चालू, धारा, प्रवाह, सद्य
cursor	प्रसंकेतक, अंतर्भाव चिन्ह
cursor keys	दिशादर्शक

	कळी
curtate	लध्वक्ष
curve	वक्र रेषा, वक्रालेख, वळण
cushion	तल्प
custom	अनुकूलित, सानुकूल, तयार केलेला
customizable	अनुकूलन-शील
customize	अनुकूल / अनुकूलित / गरजेनुसार / तयार करणे
cut	कापणे
cut off	विच्छेदन
cyber	अंतराळ
cycle	आवर्तन
cyclic	आवर्तकीय, चक्रीय
cylinder	दंडगोल, वृत्तचिती
cylindrical	दंडगोलाकार
daily	दैनंदिन,दैनिक
damage	हानी, हानी करणे
damping	अवमंदन
dark	गडद
dark color	गडद रंग
dash	वियोगचिन्ह
dashboard	दर्शनी नियंत्रक
dashed line	तुटकरेषा
data	माहिती
data bank	माहिती पेढी
database	माहितीकोष
date	दिनांक, तारीख
date format	दिनांक स्वरूपण
datum	तथ्यांश
dawn	पहाट
day	दिवस,दिन, वार
daylight saving time	दिनप्रकाश बचत समय
daylight time	दिनप्रकाश समय
deactivate	निष्क्रिय करणे
deactivated	निष्क्रिय, निष्क्रिय केलेले
deblock	विखंडकन
debt-equity ratio	स्वनिधी-कर्ज गुणोत्तर, स्वनिधी-कर्ज प्रमाण
debug	दोषमार्जन, दोषशोधन
debugger	दोषमार्जक, दोषशोधक
decay	ऱ्हसन

decelaration	मंदकरण, मंदन
decimal	दशमान
decimal numbers	दशमान संख्या
decimal place	दशांश चिन्ह
decimal point	दशांश स्थान
decimal separator	दशांश विभाजक
decipher	कूटवाचन
declaration	अधिकथन, निवेदन
declare	घोषित करणे
decline	नाकारणे
decode	संकेत-उकल
decoding	कूटवाचन, संकेत-उकल
decompress	संक्षेपविहीन करणे
decompression	संक्षेपविहीन करणे
decrease	घटविणे
decrement	अपक्षय, ऱ्हास
decrypt	कूटचिन्ह-विरहित
decryption	कूटचिन्ह-विरहित करणे
default	नित्यस्थिती, नित्यस्थापित, पूर्वनिर्धारित, मूळ स्थिती
defer	लांबणीवर टाकणे
deferred	आस्थगित, लांबणीवर टाकलेले, विलंबित
deferred address	विलंबित स्थान
define	निर्धारण करणे, परिभाषित करणे
defined	पारिभाषित
definition	परिभाषा, व्याख्या
deflection	विक्षेपण
defrag	अविखंड करणे
defragger	अ-विखंडक
defragmentation	अविखंडन
degausser	विक्षेत्रक
degaussing	विक्षेत्रण
degradation	अपकर्ष, अवनती
degree	अंश, प्रमाण, मात्रा
deinstall	विस्थापना करणे
delegate	प्रतिनिधी, सोपवणे
delegation	प्रतिनिधी मंडळ,

	शिष्टमंडळ, सोपवणी
delete	काढून टाकणे, हटविणे
deletion	बर्हिवेशन
delimited	सीमांकित
delimiter	परिसीमक, सीमांकक
deliver	पोचविणे
delivery	पोचवणी, बटवडा, वितरण
delusion	भ्रम
demarcation	सीमांकन
demo	प्रात्यक्षिक
demo version	नमुना आवृत्ती, प्रात्यक्षिक आवृत्ती
demonstration	प्रात्यक्षिक
demote	स्तरावनती
dense	सघन
density	घनता, घनत्व
departure	निर्गमन
dependency	अवलंबन
deployment	विनियोग
deposit	अनामत, ठेव, निक्षेप
depth	खोली
dereference	विसंदर्भित करणे
derivative	अनुजात, तद्भव
derive	प्राप्त करणे, मिळविणे
derived	अनुमानित, तत्प्राप्त, तन्निर्मित, व्युत्पन्न
derived class	तन्निर्मित वर्ग
derived font	तन्निर्मित फाँट
desaturate	रंगविहीन करणे
descendant	उपज
descender	अवरोहक
descending	अधोगामी, अवक्रमी
description	वर्णन, विवरण
descriptor	निरूपक, विवेचक, सूचक-शब्द
deselect	निवड रद्द करणे
design	अभिकल्प, प्रारूप, योजन
designing	आकल्पन
desired	अपेक्षित
desktop	डेस्कटॉप
destination	इष्टस्थान, गंतव्य स्थान, विनाश
destructive	विनाशकारी, विनाशी

detail file	तपशील संचिका
detailed	सविस्तर
details	तपशील
detect	शोधून काढणे
detection	शोध
determinant	निर्धारक
developer	विकासक
deviation	विचलन
device	माध्यम, साधन, साधक, उपकरण
device independent object	माध्यम निरपेक्ष वस्तू
devisor	भाजक
diacritical marks	स्वरभेद चिन्हे
diacritics	स्वरचिन्हे
diagnose	चिकित्सा करणे
diagnosis	निदान
diagnostics	चिकित्सा, निदानिकी
diagnosticstic program	निदानी क्रमादेश
diagonal	विकर्ण
diagonal down	विकर्ण अवरोही
diagonal up	विकर्ण आरोही
diagram	रेखाकृती, रेखालेख
dialog	संवाद
dialog box	संवाद पटल
dictation	अनुवाचन
dictionary	शब्दकोश
dictionary attack	शब्दकोश हल्ला
dictionary sort	शब्दकोशीय क्रमवारी
difference	फरक, भिन्नता
different	भिन्न, वेगळा
differential	चलत्संख्या, विकलन, विचलन, विभेदी
differential backup	विभेदी आधारप्रत
differentiate	विभेदन करणे
differentiated	विभेदित
differentiator	अवकलक
diffusion	विसरण
digit	अंक
digital	अंकीय
digital cash	माहितीजाल चलन
digital cellular phone	अंकीय बिनतारी फोन
digital certificate	अंकीय प्रमाणपत्र

digital computer अंकीय संगणक
digital signature अंकीय स्वाक्षरी
digital versatile disc (dvd) अंकीय अष्टपैलू चक्रिका, अंकीय दृक्-चक्रिका
digitization अंकरूपण, अंकीकरण
digitize अंकीकरण
dim मंद
dimension मिती
dimensions परिमाणे
diminishing उतरती, ऱ्हासमान
dimmed मंदप्रभ
dingbat बिंदीवर्ण
diode द्विप्रस्थ
direction दिशा
direction keys दिशादर्शक कळी
directive निर्देश
director संचालक
directory निर्देशिका
directory services निर्देशिका सेवा
dirty bit चिन्हित द्वयंक
dirty power दूषित वीजपुरवठा
disability अपंगत्व
disable अक्षम करणे
disabled अक्षम, अपंग व्यक्ती, विकलांग, निःशक्त व्यक्ती
disassemble रूपांतर करणे
disassembler रूपांतरकार
disc प्रकाशीय तबकडी
discard काढून टाकणे, निक्षेप
discarded टाकाऊ, त्याज्य, निक्षिप्त, रद्द केलेले
disclaim अस्वीकार करणे
disclaimer प्रत्याख्या
disconnect अलग करणे, खंडित करणे
disconnection खंडन
discoverable आविष्कार्य
discovery आविष्कार
discreet अज्ञात स्थळी, अज्ञातवासी
discrete असंतत
discrete स्वतंत्र
discrete speech recognition शब्दशः अभिज्ञान
discretionary स्वेच्छा
discretionary power स्वेच्छाधिकार

discussion	चर्चा
disk	चक्रिका, चुंबकीय तबकडी
dismiss	काढून टाकणे, विसर्जन करणे
dispersed	परिक्षिप्त
dispersion	परिक्षेपण
displacement	स्थानभ्रंश, स्थानभ्रष्टता
display	दृश्य, दृश्यपटल, प्रदर्श, प्रदर्शन, दर्शविणे
disrupt	व्यत्यय येणे
disruption	व्यत्यय
dissonance	विसंवाद
distinct	पृथक, विविक्त
distinctive	विविक्तकारी, व्यवच्छेदक
distort	अनियत बदल करणे, आकारबदल करणे
distorted	विकृत, विरूपित
distortion	विकरण, विरूपण
distraction	विकर्षण
distribute	वितरित करणे
distribution	वितरण
dithering	बिंदुमिश्रण
diversity	बहुविधता
divert	अंतरण, वळविणे
divide	विभाजन करणे
division	विभाग, विभाजन
dock	जोडणे, सक्त करणे
docked	सक्त
docking station	जोडणी-साधन
document	दस्तऐवज, प्रलेख
document formatting	दस्तऐवज स्वरूपण, प्रलेख स्वरूपण
documentation	प्रलेखन, सूचनापत्रक
docuterm	प्रलेखसूचक
domain	अधिक्षेत्र, प्रांत
domestic	अंतर्देशीय, घरगुती, स्थानिक
dominance	वर्चस्ववृत्ती
dominant	प्रभावी
done	पूर्ण
donor	दाता
dormant	अप्रकट, सुप्त
dot	बिंदू

dots per inch (dpi)	बिंदू प्रति इंच
dotted line	बिंदुरेखा
double	दुप्पट, दुहेरी, द्विगुणी
double byte character	द्वि-अष्टमान वर्ण
double inverted comma "	दुहेरी अवतरणचिन्ह
double line	दुहेरी रेखा
double strikethrough	दुहेरी मध्यरेखित
double underline	दुहेरी अधोरेखन
double-byte font	द्वि-अष्टमान अक्षरसंच
double-click	दुहेरी क्लिक
double-pointed	द्वि-मुखी
doughnut	कंकणाकृती
doughnut	कडे
down	उभ्या दिशेत, खाली, नादुरुस्त
down arrow	अधोमुख बाण
down link	अध:शृंखला
downgrade	श्रेणि-अवनती
download	उतरवणे, उतरवून घेणे
downsample	निम्नरूप
downtime	अनुत्पादक कालावधी
downward	अधोगामी
downward compatible	अधोमुखी संगतता
downward reference	अधोमुखी संदर्भ
draft	प्रारूप, मसुदा
draftsman	आरेखक
drag	ड्रॅग
drag and drop	खेचा व ठेवा
dragging	कर्षण
drawing	आरेखन
drawing canvas	आरेखन क्षेत्र
drawing object	आरेखन वस्तू
drift	अपवाह
drifting	अपवाही
driller	आवेधक
drive	ड्राईव्ह
driver	वाहनचालक
driver	साधनचालक
drop	थेंब, बिंदू, पडणे, मुखपट
drop cap	अभिनत अक्षर,नताक्षर, विशेष प्रथमाक्षर
drop in	अंत:पात, द्वयंक वर्धन
drop lines	उतरत्या रेषा
drop out	द्वयंक ऱ्हास, बहि:पात

drop-down	अधोकर्षक
drop-down arrow	निम्नदर्शी बाण
drop-down menu	अधोकर्षक आदेश सूची, उलगडती आदेश सूची
dropped	सोडून दिलेला
dry running	पूर्व परीक्षण
dual	द्वैध
dual purpose	द्विविधोपयोगी
due	देय, रास्त, लागू
due date	देय दिनांक
dumb	मूक
dummy	कृतक
dump	निपात, संनिक्षेप
duodecimal	द्वादशमान
duplex	द्विधा
duplicate	अनुप्रत, द्विप्रती
duplicator	अनुलिपित्र
duration	अवधी, काल, कालावधी, काळ
dusk	मावळती
dyestuff	रंजकद्रव्य
dynamic	गतिक, गतिमान, गतिशील, सहगतिक
dynamically	गतिकतेने
dynamics	गतिकवर्तन, गतिकी
e.g.	उदा.
each other	अन्योन्य, परस्पर
earned	स्वार्जित (स्व+अर्जित)
earphone	कर्णश्रवणी
eastern	पौर्वात्य
eccentric	अपकेंद्रित, उत्केंद्रित
echo	प्रतिप्रेष
echo (related to sound)	प्रतिध्वनी
ecofriendly	पर्यावरण-धार्जिणे, पर्यावरणा-नुकूल
ecologist	परिस्थितिकी-विज्ञ
econometric	अर्थमितीय
econometry	अर्थमिती
economic	आर्थिक
economical	काटकसरी, मितव्ययी
economics	अर्थशास्त्र
edge	कड, कोर
edit	संपादन करणे
edit box	संपादन पटल
editing	संपादन
edition	आवृत्ती
editor	संपादक

effect	परिणाम,प्रभाव
efficiency	कार्यकौशल्य, कार्यक्षमता
eject	निष्कासित करणे, बाहेर काढणे
ejection	निष्कासन
elaborate	विवेचक, सविस्तर
elaboration	विवरण, विस्तार
elastic	प्रत्यास्थ, लवचिक
electrode	विद्युताग्र
electronic	वीजकीय
electronic mail	इलेक्ट्रॉनिक मेल
electronics	वीजाणुतंत्र
elegant	खानदानी
element	घटक,तत्त्व, मूलद्रव्य
elevation	उन्नयन, यथोदर्शन
elevator	उन्नयक
ellipse	लंबगोल
ellipse	लंबवर्तुळ, लंबवृत्त
ellipsis	अपूर्णचिन्ह, खंडविराम, दीर्घवृत्त, लोपचिन्ह
ellipsoid	लंबवृत्तीय, विवृत्तीय
elsewhere	अन्यत्र
em dash	दीर्घवियोग-चिन्ह, वियोगी दीर्घचिन्ह
em space	एम अंतर
embed	अंगीकरण, अंगीभवन, निहित करणे,
embed	न्यस्त करणे
embedded	अंगीकृत, अंगीभूत, निहित, न्यस्त
emboss effect	उठाव प्रभाव
emergency disk	आपत्कालीन
emoticon	भावचिन्ह, भावप्रतीक
emphasis	बलाघात
employer	कार्य नियुक्तक, नियोक्ता
employment	सेवायोजन
empty	रिकामा, रिक्त, रिकामे करणे, रिक्त करणे
emulate	अनुकरण करणे
emulated	अनुकृत
emulating	अभिरूप

emulation — अनुकरण, अनुकार, अभिरूपन
emulasion — पायस
en dash — लघुवियोग-चिन्ह, वियोगी लघुचिन्ह
en space — एन अंतर
enable — सक्षम करणे
enabling — सक्षमीकरण
encapsulate — संपुटित करणे
encapsulated — अवगुंठित, आवृत्त, संपुटित
encapsulation — अवगुंठन, संपुटकरण
encipher — संकेतबद्ध करणे
enclose — सोबत जोडणे
enclosure — अनुबंध, जोडपत्र, सहपत्र
encode — संकेतबद्ध करणे, सांकेतिक करणे
encoded — संकेतबद्ध, सांकेतिक,
encoding — सांकेतन
encounter — निदर्शनास येणे
encroachment — अतिक्रमण, अधिक्रमण
encrypt — कूटचिन्हित करणे
encrypted — कूटचिन्हित
encryption — कूटचिन्हांकन
end — अखेर, शेवट, शेवट करणे, समाप्त करणे
end spurt — अंत्यवृद्धी
end user — अंतिम उपयोजक, अंतिम प्रयोक्ता
end user licence — अंतिम उपयोजकाचे अनुज्ञापत्र
end user licence agreement — अंतिम उपयोजक अनुज्ञप्ती करार
endnote — अंत्यटीप, संदर्भसूची
energy — ऊर्जा
energy power — ऊर्जाशक्ती
enforce — अंमल-बजावणी करणे
enforce — जारी करणे, लागू करणे
enforcement — अंमल-बजावणी
engine — निर्धारक यंत्र

engineer	अभियंता
english	इंग्रजी
engraved	उत्कीर्ण प्रभाव
engraved effect	कोरीव प्रभाव
engraver	उत्कारक, कोरक
enhanced version	उन्नत आवृत्ती, प्रगत आवृत्ती
enhancement	सुवर्धन
enhancements	गुणसंवर्धके
enlarge	परिवर्धन करणे
enlarged	परिवर्धित
enlargement	परिवर्धन
enough	पर्याप्त, पुरेसा
enquire	चौकशी करणे
enrollment	सदस्यनोंदणी
enter	नोंद करणे, प्रवेश करणे, भरणे
enterprise	उद्यम, धडाडी
entertainment	करमणूक, मनोरंजन
entire	अखिल, सकल, समग्र
entrepreneur	उद्योजक
entrepreneurship	उपक्रमशीलता
entry	नोंद
enum	गणती
enumerated	क्रमगणित
envelope	लिफाफा

environment	अवस्थिती, परिवेश, प्रावस्था
episode	उपाख्यान, कथाखंड, कथाभाग
equal	समान
equal sign	बरोबर चिन्ह
equalitarian	समत्वतंत्री
equalizer	समकारक
equation	समीकरण
equation editor	समीकरण संपादक
equilibrium	संतुलन, समतोल
equilizer	समकारी
equipment	उपधान, यंत्रसाधन, साधनसामग्री
equitable	सममूल्य
equivalent	समतुल्य, समानक
erase	खोडणे, पुसून टाकणे
eraser	खोडरबर
ergonomics	कार्याभ्यास
erosion	अपरक्षण
error	चूक, दोष
establish	प्रस्थापित होणे/करणे, आस्थापित करणे

establishment	आस्थापना, प्रतिष्ठान
estimate	पूर्वमूल्यन
estimation	अवेक्षण
evaluate	मूल्यांकन करणे
evaluation	मूल्यनिर्धारण
evaluation	मूल्यमापन, मूल्यांकन
even	सम
event	घटना
event handler	घटना नियंत्रक
every	प्रत्येक
every day	दररोज, प्रतिदिन
every month	दरमहा, प्रतिमाह
every thing	प्रत्येक वस्तू
every week	दर आठवड्यास
every year	दरवर्षी, दरसाल
everything	सर्वकाही
everywhere	सर्वत्र
evolution	उत्क्रांती, विकसन
evolved	उत्क्रांत
exact	तंतोतंत
exactly	तंतोतंत
exaggerated	अतिशयित
example	उदाहरण
exceed	जास्त

exceeded by	ने वाढली
exceeding	अत्यधिक
exceedingly	अतिमात्रतेने, अत्यधिकतेने
exception	अपवाद, अपवर्जन
excess	अतिमात्र, अतिमात्रा, आधिक्य, जादा
exchange	अदलाबदल, देवघेव, देवाण-घेवाण विनिमय
exclamatory mark !	उद्गारचिन्ह
exclude	वगळणे, वर्जित करणे
exclusion	वगळणूक
exclusive	अन्यवर्जक
exclusive access	एकाधिकारी प्रवेश
exclusive right	अनन्य अधिकार, एकाधिकार
exclusively	सर्वस्वी
executable	कार्यकारी
execute	कार्यवाही करणे
execution	कार्यवाही
exercise	अभ्यास
existing	विद्यमान, सध्याचा

exit	निर्गमन, बाहेर जाणे, बाहेर पडणे
exited	बाहेर पडलेला
expand	परिविस्तार करणे, विस्तार करणे
expand icon	परिविस्तार प्रतीक
expectancy chart	अपेक्षा तक्ता
expert	तज्ज्ञ, तरबेज, विशारद, विशेषज्ज्ञ
expiration	अंतिम मर्यादा
expire	मुदतबाह्य होणे
expired	मुदतबाह्य
explain	खुलासा करणे स्पष्टीकरण करणे,
explaination	खुलासा
explanatory	खुलासेवजा
explore	शोध घेणे, अन्वेषण करणे
explorer	अन्वेषक, शोधक
exponent	घातांक
exponential	घातांकीय
export	निर्यात
export	निर्यात करणे
exported	निर्यातित
expose	उघड करणे
exposure	उघडीक
exposure compensation	उघडीक प्रतिपूर्ती
express	जलद
express installation	जलद प्रस्थापना
express setup	जलद संस्थापन
expression (general)	आविष्कार
expression (in maths)	पदावली
extend	वाढ करणे, विस्तार करणे
extended	वर्धित, वाढीव, विस्तारित
extended selection	विस्तारित निवड
extension	वर्धन, विस्तारण
extensive	विस्तृत
exterior	बाह्यरूप
external	बाह्य
extinct	नामशेष
extra	अतिरिक्त, जादा
extract	उतारा, गोषवारा, निष्कर्ष, सारांश, काढणे,

	संक्षेपमुक्त करणे
extracted	संक्षेपमुक्त
extracter	निष्कर्षक
extras	अवांतर
extruded	निष्कासित
extrusion	निष्कासन
eye candy effect	नेत्रसुखद प्रभाव
face down	पालथा
face up	उताणा
facility	सवलत, सुविधा
facing pages	सन्मुख पाने, सन्मुख पृष्ठे
facsimile transmission	अनुचित्रप्रेषण
factor	कार्य, घटक
factorial	क्रमगुणाकार, क्रमचय
factual	वास्तव
fade	विरळ होणे
fail	अयशस्वी होणे, असफल होणे, विफल होणे
fail proof	विफलता-मुक्त
fail safe	विफल रक्ष
failure	बिघाड, विफलता
failure (general sense)	अपयश, असफलता
fall back	प्रतिपतन
falling	पतन
false	असत्य, तकलादू, मिथ्या
family	परिवार
fan in	निवेशांक
fan out	निर्गमांक
fancy	ललित
fantasy	कल्पनारती
fantom limb	आभासी अवयव
faq	वारंवार विचारण्यात येणारे प्रश्न
fast	गतिशील, द्रुत, पक्का, वेगवान
fatal	अतिगंभीर, घातक
fault	भ्रंश, विभंग
favourite	मनपसंत
feasibility	व्यवहार्यता
feasible	व्यवहार्य
feature	वैशिष्ट्य, सुविधा
featured	विशेषीकृत, वैशिष्ट्यपूर्ण,

	सुविधायुक्त
feed	पूरण
feedback	पश्चपोषण, प्रतिमत, प्रतिवृत्त
feeder	भरक
feeding	भरण
fertile	उर्वर
fetch	आनयन
fibreoptic	प्रकाशतंती
fidelity	एकनिष्ठा
field	क्षेत्र, प्रक्षेत्र, रकाना
figure	आकृती
file	धारिका, संचिका
file and folder tasks	धारिका आणि धारकाची कार्ये, संचिका आणि धारकाची कार्ये
file and print sharing	धारिका आणि छपाई सहभागी
file as	अशा प्रकारे धारिका करणे
file association	धारिका संबद्धता, संचिका संबद्धता
file extension	धारिका नामविस्तार, संचिका नामविस्तार
file format	धारिकेचे स्वरूपण, संचिकेचे स्वरूपण
file management	धारिकेचे व्यवस्थापन, संचिकेचे व्यवस्थापन
file name	धारिकेचे नाव, संचिकेचे नाव
file sharing	धारिका सहभागी, संचिका सहभागी
file size	धारिकेचे आकारमान, संचिकेचे आकारमान
file type	धारिकेचा प्रकार, संचिकेचा प्रकार
filename	धारिकानाम, संचिकानाम
filename box	धारिकानाम पटल, संचिकानाम पटल

files of type	या प्रकारच्या धारिका, या प्रकारच्या संचिका
fill	भरण, भरणे, रंगभरण
fill (color)	भरण (रंग)
fill color	रंग भरणे
fill effects	भरण प्रभाव
filled ellipse	भरीव लंबवर्तुळ, भरीव लंबवृत्त, भरीव लंबगोल
filled/ solid	भरीव, रंगभरित
fills	रंगभरणे
filmstrip	चित्रफीत
filter	छानक, छाननी करणे
filter options	छाननीचे पर्याय, छाननीचे विकल्प
finalising	अंतिम टप्प्यात
financial	आर्थिक
financial	वित्तीय
financing	अर्थकारण
find	शोधणे, सापडणे
fine	दंड
finger dexterity	अंगुलिचातुर्य, बोटांचे चातुर्य
finish	समापन, समाप्त करणे
finishing	परिष्करण, सफाई
finite	परिमित
first	आधी, प्रथम
first line indent	प्रथम पंक्ती उपसमास
fission	विखंडन
fit	चपखल, यथाकार
fit text	मजकूर बसवणे
fit to	मध्ये बसवणे
fit to page	पृष्ठात बसवणे, यथापृष्ठ करणे
fit to window	विंडोमध्ये बसवणे
fitness	सक्षमता
fittings	यंत्रावयव
fix	ठीक करणे, नीट करणे
fixation	स्थिरीकरण
fixed	ठराविक, नियत
fixed disk	अविचल चक्रिका, अविचल चक्रिका
fixed-layout table	ठराविक आराखडा तालिका

fixing	नियतन
flag	ध्वज, ध्वजांकित करणे, निशाण, पताका, निशाण लावणे
flagged	ध्वजांकित
flash forward	भविष्यझलक
flashback	भूतझलक
flexibility	नम्यता, लवचिकता
flicker	स्फुरण
flip	बिंबित करणे
flip horizontal	क्षैतिज बिंबित करणे
flip vertical	अनुलंब बिंबित करणे
flipflop	द्विमानित्र
floating	तरता
floating point	चल बिंदू
floating toolbar	तरंगती साधनपट्टी
floor	स्तर
floppy	नम्यिका
floppy disk	नम्य चक्रिका,
flow	ओघ, ओघवतेपण
flow chart	प्रक्रियाक्रम आलेख, प्रक्रम आलेख
fluid	तरल, द्रव पदार्थ, प्रवाही
fluorescent	प्रस्फुरक
fluroscent	प्रतिदीप्तशील
flush	समतल
flyer	पत्रक
fly-out menu	विस्तारता मेनू
FM	कंप्रताप्रसर ध्वनिक्षेपण, कंप्रताप्रसर ध्वनिसंयमन, कंप्रताप्रसर स्वरसंक्रम
focal length	केंद्रांतर
focus	किरणसंपात, संपात
focussing	केंद्रीकरण
folder	दुमडपत्रक, धारक
folding	वलन
follow	अनुसरण करणे
follow up	पाठपुरावा
followed	अनुसरित
followed by	याने अनुगत
following	अनुवर्ती, खालील, पुढील
font	अक्षरसंच
foolproof	त्रुटि-मुक्त,

	निर्दोष, परिपूर्ण
footer	चरणलेख, तळलेख
footnote	तळटीप
forbidden	मनाई केलेला
force	प्रेरणा, बल
force (an action)	बलपूर्वक कृती
forced	अपरिहार्य, बळेच, लादलेला
forced closure	सक्तीने बंद
forecast	भाकीत
foreground	अग्रभूमी, पुरोभूमी
foreign bodies	विजातीय वस्तू
fork	द्विशाख
form	आकृतिबंध, घाट, नमुना, पठडी, प्रपत्र, बाज, रूप
formal	आकारिक, औपचारिक
format	संरूपण, स्वरूपण, स्वरूपण करणे
formatted	संरूपित, स्वरूपित
formatting	संरूपन, स्वरूपण
formatting buttons	संरूपन कळ, स्वरूपण कळ
formatting toolbar	संरूपण साधनपट्टी, स्वरूपण साधनपट्टी
formula	सूत्र
formula bar	सूत्र पट्टी
fortuitous	आपातिक
forum	मंच, व्यासपीठ
forward	पुढे पाठविणे, पुढे, प्रेषित करणे
fossil	पुराश्म
foundry	ओतशाळा
four-color	चौरंगी
four-headed arrow	चतुर्मुख बाण
foyer	प्रतीक्षादालन
fraction	अपूर्णांक, तुकडा
fractional numbers	अपूर्णांक संख्या
fractionation	कार्यांशीकरण
fragile	भंगुर
fragment	विखंड
fragmental	खंडशः
fragmentation	तुकडेतुकडे- पण, विखंडन, विभाजन

fragmented	विखंडित, विभाजित
frame	आवेष्टन, चौकट
frame of reference	संदर्भाकार
frameset	चौकटसंच
framework	कार्यचौकट, चौकट
free	मुक्त, मोकळा, मोफत
free access	मुक्त अभिगम, मुक्त प्रवेश
free disk space	चक्रिकेवरील रिक्त जागा
free form	मुक्त स्वरूप
free memory	उपलब्ध स्मृती
free space	रिक्त जागा
free stuff	मोफत वस्तू
free/busy	मुक्त/व्यग्र
freeform	अनियत आकाराचा, मुक्तहस्त
freeze	गोठवणे
freezing	स्थिरीकरण
frequency	कंप्रता, वारंवारता
friendly name	लाडके नाव
from	प्रेषक
front	पुढचा
front note	आद्यटीप
front panel	अग्र पटल
front-end	अग्रान्त
frost	हिमतुषार
fuchsia	कोनफळी
fulfil	आपूर्ती
full	पूर्ण, भरलेले
full featured	सर्व वैशिष्ट्यांसह, सर्व सुविधांसह
full screen	पूर्णपट, पूर्णपटल
full screen view	पूर्णपटल दृश्य
fullstop	पूर्णविराम
function	कार्य, क्रिया, प्रकार्य
functional	कार्यभावी, क्रियाशील
functionality	कार्यकारिता, कार्यशीलता, क्रियाशीलता
functionalization	कार्याभिमुखी-करण
functioning	कार्यचालन, संचालन
fundamental	पायाभूत, मूलभूत
fusable	संगलनीय, संलयनीय
fuse	संगलन, संलयन

fusion	संलयन, सम्मीलन
fuzzy	अस्पष्ट
gage	कधी कधी, तारण
galaxy	आकाशगंगा, दीर्घिका
gallery	चित्रसज्जा, छज्जा
galley	खळगा, गाळा
game	क्रीडा, खेळ
gap	अंतर, तफावत, फट
gaps	खळगे
gateway	प्रवेशद्वार
general	सर्वसाधारण, सर्वसामान्य
general purpose	व्यापक-उद्देशी, सर्वग्राही, सर्वसाधारण उपयोगाचा
generalized	व्यापकीकृत, साधारणीकृत, सामान्यीकृत, सार्वत्रिकृत
generally	सर्वसाधारण-पणे, सामान्यतः, सामान्यपणे
generate	उत्पन्न करणे, तयार करणे, निर्माण करणे
generated	जनित
generator	जनित्र
generic	जातिगत, स्वरनाद
genetic code	जनुक संकेत
genre	उसळी, कलाप्रकार, पठडी
genuine	खरा, प्रामाणिक, वाजवी
geo-stationary	भू-स्थिर
get	प्राप्त करणे, मिळवणे
giagantic	महाकाय
giant	महाकाय
gigabyte	गिगाबाईट
giver	दाता
glare	चकाकी, चमक, तिरीप
glide / gliding	प्रसर्पण, मंदगमन, विसर्पण, संसर्पण
glider	संसर्पी विमान, विसर्पी विमान, प्रसर्पी विमान
global	वैश्विक, सार्वत्रिक

globally	सार्वत्रिकपणे
glossary	परिभाषा कोश, शब्दसंग्रह, संज्ञाकोश
gmt	ग्रीनिच माध्य वेळ
go	जाणे
goal	ध्येय
goal directed	उद्दिष्टदर्शित, उद्दिष्टान्वेषी
goal expectancy	ध्येयाकांक्षा
goodwill	ख्यातिमूल्य, ख्यातिस्व
grabber	ग्राही
gradient	रंगांतर
gradient fill	रंगांतर भरण
grading	दर्जानिश्चयन, प्रतवारी, प्रतवारी करणे, श्रेणीकरण
graduated	क्रमबद्ध, श्रेणिबद्ध
graduating	क्रमवर्धी
grain	कण
grammar	व्याकरण
grand total	अंतिम बेरीज
granule	कण
graph	आलेख
graphic	आलेखी, चित्रालेख
graphical	चित्रमय
graphics	आलेखिकी
grasp	आत्मसात करणे, ग्रहण करणे, हस्तग्रहण
gratuity	उपदान, निवृत्तिलाभ, संतोषवेतन
grave	गंभीरतर
grayed command	मंद आदेश
greater than sign	गुरुत्व चिन्ह, गुरुत्वदर्शक चिन्ह
green	हिरवा
greetings	शुभेच्छा
grid	जाळी
gridlines	जाळीरेषा, जाळीरेषा
grinder	घर्षक
gross	ढोबळ, सकल
grotesque	विरूपित
group	समूह, समूहन
group dynamics	समूह गतिशीलता, समूह वर्तन
group dynamics	समूह गतिशीलता, समूह वर्तन

grouping	एकत्रीकरण, समूहीकरण
growth	वृद्धी
growth factor	वर्धक घटक
guarantee	हमी
guard	रक्षक
guest	अतिथी
guide	मार्गदर्शक
guided	मार्गदर्शित
guideline	गाईडरेषा
guides	गाईड
habituation	परिचितता
halo effect	दीप्ती परिणाम
halt	थांबविणे, रोखणे
handbill	हस्तपत्रक
handedness	हस्तसुकरता
handheld	हातात मावणारा
handheld pc	करतल संगणक
handle	मूठ, हातदांडा, हाताळणे
handler	नियंत्रक
handling	हाताळणी
handout	छापील प्रत
handwriting	हस्ताक्षर
hang	कुंठित होणे, स्तब्ध होणे
hang up	फोन बंद करणे
hanged	कुंठित, स्तब्ध
hanging	अवलंब
hanging indent	अवलंब उपसमास
hard copy	कागदी प्रत, छापील प्रत
hard disk	अनम्यिका
hard pagebreak	कृत्रिम पृष्ठ खंड
hardkey	भौतिक कळ
hardware	यंत्रसामग्री
harm	हानी
harmful	हानिकारक
harmone	संप्रेरक
harmonic	प्रसंवादी, सन्नादी
harmonic mean	श्रुतिमाध्य
harmony	एकतानता, स्वरमेलन, स्वरमेळ
hash	द्रुतान्वेषी
hastened	उतावीळपणे
hasty	उतावीळ
hatch	झडप
hazard	संकटावस्था
hazardous	घातक
header	शीर्षलेख
heading	शीर्षक
headset	शीर्षसंच
heap	रास, ढीग
hearing aid	श्रवणयंत्र

heart (shape)	बदाम (आकार)	hide	लपवणे
heater	तापक	hierarchiacal	श्रेणिबद्ध
heat-exchange process	उष्णता-विनिमय प्रक्रिया	hierarchical selection	स्तरशः निवड
heavy	भारी	hierarchy	उतरंड, ज्येष्ठताक्रम, पदानुक्रम, श्रेणिक्रम, श्रेष्ठता श्रेणी, श्रेष्ठताक्रम, स्तरानुक्रम
heavy-weight	जड-भार	high	उंच, उच्च, महा
height	उंची	high contrast	तीव्र रंगभेद
help	मदत, साहाय्य	high priority	सर्वोच्च अग्रक्रम
help and support	मदत आणि समर्थन	high resolution	अधिक बिंदुघनता, सघनबिंदुता
helper	मदतनीस	highest	उच्चतम, महत्तम, सर्वोच्च
heptaplicate	सप्तप्रती	highlight	लक्षवेधी करणे
hesitation	अल्परोध	highlighted	लक्षवेधी
heterogenous	बहुजिनसी, विषमांगी	highlighter	लक्षवेधक
heuristic	स्वानुभविक	highlighting	दृश्यउठाव, लक्षवेधी करणे
hex	षोडशमानचे लघुरूप	high-low lines	उंचसखल रेखा
hexadecimal	षोडशमान	hiking	रपेट
hexagon	षट्कोन	hint	युक्ती
hexaplicate	षट्प्रती		
hibernate	दीर्घनिद्रा, शीतनिद्रा		
hidden	छुपे, लपलेले, लपविलेले		
hidden text	लपविलेला मजकूर		

hiragana	हिरागाना
histocompatibility	उती अनुरूपता
history	इतिहास, पूर्वेतिहास, मागोवा, वृत्तांत
hit	आघात करणे
hoax	फसवा
hold	दाबून ठेवणे, धरणे, धरून ठेवणे
holistic	साकलिक, साकल्यरूपी
hollow	पोकळ, रिक्त
home	मूळस्थान, स्थानिक
home agent	स्थानिक अभिकर्ता
home country	स्वदेश
home key	मूलस्थान कळ
home page	मुखपृष्ठ, मूळ पृष्ठ
home phone	घरचा फोन
home position	मूल स्थिती
homogeniety	एकसंधपण
homogenous	एकजिनसी, समानांगी
hookswitch	परिवर्तनस्थान, सुधारस्थान
hop	वहनांतर
horizontal	आडव्या दिशेत, क्षैतिज
horizontal scroll	क्षैतिज सरकपट्टी
horizontal scroll bar	क्षैतिज सरकदंड
host	आयोजक, यजमान
hot key	शीघ्रक कळ
hot line	थेट संपर्कवाहिनी
hot link	अन्योन्य दुवा
hotspot	क्रियाबिंदू
hour	तास
hourglass	वाळूचे घड्याळ
housing	कोश, घर, परिस्तर, प्रावरण
hover	घिरट्या घालणे
hover over	वरून फिरवणे
hue	छटा, रंगछटा
huge	प्रचंड
humidity	आर्द्रता, ओलावा, दमटपणा
hurried	घाईची कृती
hurriedly	घाईने
hurry	घाई
hydra	जलव्याल

hyperbole	अपास्त
hyperbolic	अपास्तीय
hyperlink	जलदजोड, द्रुतशृंखला
hypersensitive	अति संवेदनक्षम
hyphen	वियोगन्ह, संयोगचिन्ह
hyphenation	वियोग-चिन्हांकन, शब्दखंडन, संयोग-चिन्हांकन
hypothesis	गृहीतक
i/o	प्र/आ
icon	चिन्ह, प्रतीक
id	ओळख, ओळखचिन्ह, परिचयचिन्ह
idea	कल्पना
identical	तत्सम, समरूप
identification	ओळख पटवणे, ओळखतपास, परिचायन
identified	ओळख पटविलेला
identifier	परिचायक
identify	ओळख पटविणे, ओळख
ideographic	चित्रलिपीयुक्त
idle	निष्क्रिय, स्तब्ध
idographic symbols	चित्रलिपी चिन्हे
idography	चित्रलिपी
ignore	दुर्लक्ष करणे
ignored	उपेक्षित, दुर्लक्षित
illegal	अवैध, बेकायदेशीर
illuminant	प्रदीपक
illumination	दीप्ती, प्रदीपन
illustrated	चित्रवर्णित
illustration	कथनचित्र, वर्णनचित्र, विवरणचित्र
image	प्रतिमा
imaging	प्रतिमाकरण, प्रतिमामुद्रण
imitation	नकली, नक्कल
immediate	तत्काळ, त्वरित
immovable	अविचल
immune sysem	प्रतिरक्षा यंत्रणा
immune system	प्रतिक्षमता यंत्रणा
immuno	प्रतिरक्षा
impersonal	अकर्तृक,

	व्यक्तिनिरपेक्ष
implant	रोपण
implement	अमलात आणणे
implementation	अंमल-बजावणी, कार्यवाही
implied	उपलक्षित, गर्भित, ध्वनित
import	आयात करणे
importance	महत्त्व
important	महत्त्वपूर्ण
imported	आयात केलेले
impossible	अशक्य
impulse	आवेग, विस्पंद
impulsive	आवेगी, स्पंदनशील
impulsiveness	स्पंदनशीलता, आवेगशीलता
in progress	चालू
inactive	अक्रिय, निष्क्रिय
inactivity	अकर्मण्य, कृतिशून्यता
inadequacy	अपुरेपणा, कमतरता
inadequate	अपर्याप्त, अपुरे
inbound	अंतरायामी
inbox	आवक पेटी
incapable	अकार्यक्षम, अक्षम, असमर्थ
incentive	प्रेरक
include	सामील करणे
included	सामील
inclusion	समावेश
incoming	आगामी
incoming mail	येणारी मेल
incoming message	येणारा संदेश
incompatible	विसंगत, विसंवादी
incomplete	अपूर्ण
inconsistancy	विसंगती, असंगती
incorrect	अनुचित
increase	वाढविणे
incremental	वाढीव, वार्धिक, वृद्धीरूपी, वृध्दिशील
incubator	उबवणी
indent	उपसमास
indented	उपसमासयुक्त
independent	निरपेक्ष, निरावलंबी, स्वतंत्र
index	निर्देशांक, शब्दसूची, सूचक, सूची

index and tables	शब्दसूची आणि तक्ते
indexer	शब्दसूचक
indexing service	निर्देशांक सेवा, शब्दसूची सेवा
indicate	निर्देश करणे
indicator	निदर्शक, सूचक
indifferent	उदासीन, तटस्थ
indirect	अप्रत्यक्ष, परोक्ष
individual	व्यक्ती, स्वतंत्र
individualised	व्यक्तिविशिष्ट
individuality	व्यक्तित्व
individually	स्वतंत्रपणे
indoor	वास्तुगत
induction	उपपादन, प्रवर्तन, विगमन
induction training	प्रवर्तक प्रशिक्षण
inductive	उपपादक, प्रवर्तनी
inductive reasoning	प्रवर्तनी तर्क
industrialist	उद्योगपती
industry	उद्योग
ineffective	निष्प्रभ
infant swing	झोपाळा
infected	संदूषित, संसर्गबाधित
infection	बाधा, संक्रामण, संदूषण, संसर्ग
inference	अनुमिती
infinite	अनंत, अपरिमित
infix	मध्यप्रत्यय
informal	अनौपचारिक
information	माहिती
informational	माहितीवजा, सूचनात्मक
informative	माहितीपूर्ण
infrared	अवरक्त, उपारुण
inherent	अंतर्निहित
inherited	निहित
inhibit	संदमन
inhibiting	संदमन
initialization	पूर्वप्रक्रिया, प्रवर्तन, प्रारंभन
initialize	पूर्वप्रक्रिया करणे
initialize	प्रारंभन करणे
initials	आद्याक्षरे
initiate	पुढाकार घेणे
initiate	प्रारंभ करणे
initiation	आरंभण
initiative	अग्रेसरत्व, उत्फूर्त कृती,

	पुढाकार, स्वयंप्रेरणा, उपक्रम
initiator	प्रवर्तक
ink	शाई
ink annotations	शाईच्या टिप्पण्या
inking	अंकन
inline	ओघात, ओघामध्ये
inline graphic	ओघातील चित्रालेख
inline image	ओघातील प्रतिमा
inner directed (oriented)	आंतर प्रवृत्त
input	आदान, निवेश, प्रदान, निवेश
input area	निवेशी क्षेत्र
input data	निविष्ट डेटा
input focus	आदान संपात, निवेश संपात
input of labour	श्रम आदान, श्रमनिवेश, श्रमव्यय
input/output	प्रदान/आदान
inquiry	चौकशी
inscribe	चिरांकन
insert	अंतर्भूत करणे घालणे,

	–चा अंतर्भाव करणे
insert	समावेश करणे
inserted	अंतर्भूत
insertion	अंतर्भाव, अंतर्वेशन, निवेशन
in-service	सेवाकालीन
inside	अंतर्भागी, अभ्यंतर, आतमध्ये, आतील
insight	अंतर्दृष्टी
inspect	निरीक्षण करणे, तपासणी करणे
inspection	निरीक्षण, तपासणी
install	प्रस्थापना करणे
installation	प्रस्थापना
installed	प्रस्थापित
installer	प्रस्थापक
installment	प्रतिष्ठापन
instance	प्रसंग
instant	तत्काळ, तात्कालिक
instruction	अनुदेश
instrument	उपकरण, उपसाधन, प्रलेख, मापनयंत्र

instrumentation	उपकरणशास्त्र, उपकरणी
insubordination	दुरुत्तर करणे
insulator	दुर्वाहक
integer	पूर्णांक
integrate	एकीकृत करणे
integrated	अविभाज्य, एकात्मिक, संघटित, संहतिकृत
integration	अवकलन, एकीकरण, संघटन, समाकलन
integrity	अखंडत्व, एकात्मता
intelligence	अभिज्ञता, बुद्धिमत्ता
intelligent	अभिज्ञ, बुद्धिमान
intelligible	बोधगम्य
intensification	तीव्रीकरण
intensity	तीव्रता
intention	हेतू
interaction	अन्योन्य क्रिया, आंतरक्रिया
interaction	परस्पर संवाद
interactive	परस्परसंवादी, संवादी
intercept	अपरोध करणे, प्रतिरोध करणे
interception	अपरोध, प्रतिरोध
interceptive	अपरोधी, प्रतिरोधी
interchange	अदलाबदल
	रस, स्वारस्य
interested	इच्छुक
interesting	रोचक
interface	रूपबंध, संवाद माध्यम
interference	व्यतीकरण, व्यवधान, हस्तक्षेप
interior	अंतर्गत, आंतरिक
interlacing	अंतर्ग्रथन
interleave	आंतरपृष्ठ
interlingua	आंतरभाषिक
interlude	विष्कंभक
intermediate	मध्यावधी
intermittant	अंतरित, अधूनमधून
intermittent	अंतरायिक
internal	अंतर्गत
internet	माहितीजाल
internet	आंतरजाल
internet access provider	आंतरजाल प्रवेश प्रदाता, माहितीजाल अभिगम

	प्रदाता, माहितीजाल प्रवेश प्रदाता
interpolate	अंतर्निहित करणे, अंतर्वेशण करणे
interpolated	अंतर्निहित, अंतर्वेशित
interpretation	अन्वय, भाषांतर, रूपांतर
interprete	निर्वचन
interpreter	निर्वचक
interrupt	अंतरायन, हस्तक्षेप करणे
interval	कालांतर, कालांतरण, मध्यांतर
interviewer	मुलाखतकार
intimate	जवळचा, निकट, निकटवर्ती, समीप
intra-task transfer	कार्यांतर्गत संक्रमण
intrigue	कट, कारस्थान, चक्रावणे, डावपेच, चक्रावून जाणे
intrmittent	अंतरित
introductory message	स्वागत संदेश
introversion	अंतर्मुखता
intruder	घूसखोर
intuition	अंतःस्फूर्ती, अंतर्दृष्टी, अंतःप्रेरणा
invalid	अग्राह्य, अमान्य, अवैध
inventory	जंत्री, मालसंचय, मालसाठा, साठा
inverse	व्यत्यासी, व्यस्त, व्युत्क्रमी
invert	प्रतिलोम करणे
inverted	व्युत्क्रांत
investigation	अन्वेषण, तपास
investment	गुंतवणूक, निवेश
invisible	अदृश्य
invitation	आमंत्रण
inviter	निमंत्रक
involve	गुंतणे, गुंतवणे, समाविष्ट होणे, समावेश होणे

involved	गुंतलेले, समाविष्ट
involvement	अर्पणवृत्ती
invulnerable	अभेद्य, अवेध्य
ionosphere	आयनावरण
irregular	अनियत
irregular shape	अनियत आकार, मुक्तहस्त आकार
irrelevant	अप्रस्तुत, असंबद्ध
isolated	एकाकी, पृथक्कृत, विभक्त, वियुक्त
isolation	एकाकीकरण, पृथक्करण, विलगीकरण
isosceles triangle	समद्विभुज त्रिकोण, समभुज त्रिकोण
isp	इंटरनेट सेवा प्रदाता
issue	मुद्दा, देणे, प्रदान करणे, प्रवर्तित करणे
issuer	दाता, प्रदाता, प्रवर्तक
italic	तिर्यक
item	घटक, बाब
items	बाबी
iterate	घोकणे, पुनरुच्चार करणे
iteration	घोकंपट्टी, पुनरुक्ती
jade	मर्गझ
jagged line	दंतुर ओळ, वेडीवाकडी ओळ
jam	अडकणे, कोंडी होणे, चेंबटणे
jammed	अडकलेला, चेंबटलेला
job	काम, कार्य
job content	कार्यभूत घटक
job cycle	कार्यचक्र
job evaluation	कार्यमूल्यमापन
job family	कार्यकुटुंब
job maintenance	कार्य परिरक्षण
job oriented	कार्याभिमुख
job proficiency	कार्यनिपुणता
job psychograph	कार्यमनो-रेखांकन
job rotation	योजनाबद्ध कार्यपालट
job specification	कार्य विवरण
job title	कामाचे शीर्षक

job unit	कार्यविभाग
job-oriented	कार्याभिमुख
join	संयोग, सहभागी होणे, सामील होणे
joined	सहभागी, सामील
joint	संयुक्त, सांधा
journal	यथारूप, रोजकीर्द
joystick	चालक दांडा, हर्षयष्टी
judge	निर्णयी
juglary	वस्तुतोलन
jump	थेट जाणे
jumper	झंपक
jumping	झंपन
junk	रद्दी
junk mail	रद्दीयुक्त टपाल
justification	समसरेषण
justified	सम-सरेषित
justify	समसरेषण करणे
juxtaposition	जोडणी
katakana	काताकाना
keep	राखून ठेवणे
keep on hold	प्रतीक्षेत ठेवणे
key	कळ/कळी
key combination	कळींचे एकत्रिकरण
key stroke	कळआघात
keyboard	कळफलक
keyboard layout	कळफलक आराखडा
keypad	कळ पटल
keys	कळी
keyword	कळशब्द, खूणशब्द
kit	आयुधिका, संच, साधनसंच
lable	नामिका
lablled	नामित
labour	मजूर, श्रम
labour market	श्रम विपणी, श्रमिक विपणी
landmark	खूण
landscape	आडवी ठेवण
language	भाषा
lapsed	व्यपगत
laptop pc	अंकतल संगणक
large	विशाल
larger	विशालतम, विशालतर
last	अंतिम, शेवटचा
last name	आडनाव
latency time	प्रसुप्ती काल
latest	अलीकडील, नवीनतम
launch	आरंभ करणे, आरंभण, सुरू करणे

layer	थर
lay-off	कामबंदी
layout	अभिन्यास, आराखडा, परिलेख, रूपरेषा
leader	अग्रग, अग्रेसर
leading	पंक्ती अंतर
leak	गळती, पाझरणे
leakage	क्षरण, गळती, पाझर
learn	जाणून घेणे
learning	अधिगम
least	अल्पतम
leave	तसेच ठेवणे
lecturer	व्याख्याता
left	डावे
left aligned	डावीकडे सरेषित
left arrow	वामदिश बाण
left over	उर्वरित, तसेच सोडलेले, राहून गेलेले
left-to-right	डावीकडून उजवीकडे
legacy	वैधता
legal	वैध
legal (paper size)	लीगल (कागदाचा आकार)
legend	चिन्हसूची, दर्शकचिन्ह
legend key	चिन्हसूची विवरणी
legible	सुवाच्य
legitimate	न्याय्य, रास्त, वाजवी, वैधिक
length	लांबी, अंतर
lens aperture	भिंगाची बाहुली
less	कमी
less-than sign	लघुता चिन्ह
lethargy	अनुत्साह, सुस्ती
letter	अक्षर, पत्र
level	पातळी, श्रेणिस्तर
levelling	स्तरण
lexeme	शब्दिम
lexicon	शब्द कोश
library	संग्रह
licence	अनुज्ञापत्र, परवाना
licensed	परवानाप्राप्त
licensee	परवानाधारक
licensing	अनुज्ञप्ती
lifetime	आजीव, कायम कालावधी,

	तहहयात
light	प्रकाश, फिकट, फिका, हलका
light-weight	लघु-भार
line	तारमार्ग, वाहिनी, रेघ
line (in text)	ओळ (मजकुरात)
line (invisible)	रेषा (अदृश्य)
line (non-printable)	रेषा (छापली न जाणारी)
line (printable)	रेखा (छापली जाणारी)
line (visible)	रेखा (दृश्यस्वरूप)
line break	पंक्तिखंड
line callout	सरेख-बोधक
line segment	रेखाखंड
line weight	रेखेची जाडी
line width	ओळीची लांबी
line wrap	ओळीचा ओघ
linear	एकरेषीय, रैखिक, सरळ
lingua franca	आंतरभाषिक
link	जोड, जोडणी, शृंखला, संपर्क
linkage	अनुबंध, अनुबंधन, शृंखलन, शृंखलाबंध
linked	शृंखलित
list	यादी, सारणी, सूची
list box	पर्यायसूची, विकल्पसूची
list separator	सूची विभाजक
listing	सूचीयन, सूचिबद्ध करणे
literal	अचल मूल्य, स्थिरमूल्य
lithography	अश्मलेखन
little-endian	लघु-द्वयंकी
live	थेट
load	भार, प्रभार
load	प्रभारित करणे
loaded	प्रभारित, भारित
loading	भारण
	भारण
local area network	स्थानिक क्षेत्र जालक्रम, स्थानिक क्षेत्र जालरचना

locale	स्थानिक मानक
localizable	स्थानियी-करणयोग्य
localization	स्थानियीकरण
localize	स्थानियीकरण करणे
locally edited	स्थानीयरीत्या संपादित
locate	शोधून काढणे, स्थल निर्धारण, स्थलनिश्चिती, स्थलशोध घेणे
location	जागा, स्थळ, स्थान, स्थानविनिश्चय
locator	स्थल निर्धारक
lock	स्थानबद्ध करणे
locked	तालकित, बद्ध, स्थानबद्ध
locking	तालकन
log	नोंद, नोंदवही, प्रचालेख, रोजनामा
log file	रोजनामा धारिका
log in	सत्रप्रवेश
log off	सत्र समाप्ती, सत्रांत
log on	सत्रारंभ
log out	सत्र निर्गमन
log scale	घातांक प्रमाण
logarithm	घातांक, लघुगणक, लाघवांक, घातांक गणित
logarithmic	घातांक गणितीय
logical	तार्किक, तर्कसंगत
login	प्रवेशप्राप्ती
logo	बोधचिन्ह, संस्थान्ह
logoff	सत्रसमाप्ती
logout	सत्रसमाप्ती
long	दीर्घ, दीर्घकाळ, लांब
long and loud	चढता
longitudinal	अनुदीर्घी
long-term	दीर्घकालिक, दीर्घकालीन
look ahead	अग्रावलोकन
look in	यामध्ये शोधणे
look up	संदर्भासाठी पाहणे
loop	आवर्त
looping action	आवर्ती क्रिया
loose	शिथिल, सैल,

	सुटा-टी-टे, गमावणे
loss	हानी
lost	नष्ट, हरवलेले
loudspeaker	ध्वनिक्षेपक
low	कमी, निम्न, सखल
low contrast	सौम्य रंगभेद
low memory	स्मृतीची कमतरता
lower	खालचा, दुय्यम, निम्न
lowercase	निम्नवर्ण, लघुवर्ण
lowered	अवनत
lowest	नीचतम, न्यूनतम, लघुतम
loyalty	निष्ठा
lumped	स्थानीकृत
lurk	कुतूहल-वाचन
lyrics	गीते
macro	लघुकळसंच
macro virus	मॅक्रो विषाणू
magnet	चुंबक
magnetic	चुंबकीय
magnification	विवर्धन
magnified	विवर्धित
magnifier	विवर्धक
magnify	विवर्धन करणे
mail	टपाल
mail merge	टपाल विलय, टपाल-विलीनीकरण
mailbox	टपाल पेटी
main	प्रमुख
maintain	देखभाल करणे, परिरक्षण करणे, अनुरक्षण करणे, राखणे
maintenance	देखभाल, परिरक्षण
major	प्रमुख
major axis	बृहत् अक्ष
make	बनवणे
make busy	आभासी व्यग्रता
makeup time	प्रतिपूर्ती काल
maladjustment	कुसमायोजन, विषमायोजन
malfunction	बिघाड
malicious	कलुषित, दुर्भावपूर्ण
manage	व्यवस्थापन करणे, हाताळणे
management	व्यवस्थापन
manager	व्यवस्थापक

mandate	परमाज्ञा, महादेश
mandatory	अनिवार्य, बंधनकारक
manifest	प्रकटन
manifold	बहुपदरी
manipulate	फेरफार करणे, हस्तक्रिया करणे
manipulating	निर्वाहक
manipulation	निर्वाहण, हस्तक्रिया, हस्तप्रयोग
manual	अधिग्रंथ अधिपुस्तिका आधार-पुस्तिका, व्यक्तिचल व्यक्तिचलित
manual feed	व्यक्तिचलित पुरवठा
manual line break	कृत्रिम पंक्तिखंड
manual page break	कृत्रिम पृष्ठखंड
manually	व्यक्तिचलित-पणे
manupulate	परिकलित करणे
manupulation	परिकलन, प्रकलन
map	नकाशा, जोडून घेणे, रूपांतर करणे
mapped	जोडून घेतलेले, रूपांतरित
mapping	जोडून घेणे, प्रतिचित्रण, रूपांतरक्रिया, संधान
margin	समास
marginal note	सामासिक टीप
mark	खूण, चिन्ह, निशाणी
mark as read	वाचले अशी खूण करणे
mark as unread	न वाचलेले अशी खूण करणे
marked	अंकित, खूण केलेले
marker	अंकक
marketing	पणन, विपणन
marketing	विपणी
markings	खुणा, निशाण्या
markup	स्वरूपांकन
marquee	सीमाबंध
mask	आच्छद, मुखपट, मुखवटा
masking	प्रच्छादन

mass	घनत्व, राशी, समुच्चय, समुदाय
mass consumption	सामुदायिक वापर
mass exodus	सामूहिक स्थलांतर
massed	अवितरित
master	प्रधान
master clear	सर्वंकष सफाई
master document	प्रधान दस्तऐवज
master page	प्रधान पृष्ठ
master record	प्रधान अभिलेख
master reset	सर्वंकष पुनर्स्थिती
master/slave arrangement	प्रधान/अधीन व्यवस्था
match	जुळणे, जुळविणे
matching	जुळणारा, समतोल, सुमेलन
material	सामग्री
mathematical operator	गणिती कारक
matrix	आव्यूह, तक्ता, तालिका, संधात्री
matte	खडबडीत
max	कमाल
maximize	अभिवर्धन करणे, पूर्णपट करणे, पूर्णरूप करणे
maximize button	परिवर्धक बटण
maximized	अभिवर्धित, पूर्ण विस्तृत, पूर्णरूप
maximum	अधिकतम, कमाल
mean	मध्यक, मध्यमान, माध्य
mean time	माध्य वेळ, मध्यंतरी
measure	परिमाण
measurement	मापन, मोजमाप
mechanisation	यांत्रिकीकरण
mechanism	क्रियाविधी, यंत्रक्रम, यंत्रणा, यंत्रावली
media	माध्यमी
median	मध्यक
medium	मध्यम
meeting	बैठक, भेट, सभा

megaphone	कर्णा
melody	मंजुलता, माधुर्य, सुस्वर
mem delta	स्मृती अल्पक, स्मृती मुख
member	घटक, सदस्य, सभासद
membrane	पटल
memo	ज्ञापन
memory	स्मृती, धारणा
memory dump	स्मृती विभारण
memory resident	स्मृतिवासी
menu	आदेश सूची
menu item	आदेश
merge	विलीन करणे, विलीन करणे/होणे
merged	विलीन
merger	विलय
merging	विलिनीकरण
message	संदेश
message body	संदेश मजकूर
messaging	संदेशवहन
messenger	संदेशवाहक
metafile	दर्शक फाईल, धारक धारिका
meter	प्रमापक
metering	प्रमापन
method	पद्धत
method of equal appearing intervals	सममध्यंतर पद्धती
metric	दशमान
micro	सूक्ष्म
micro-motion chart	सूक्ष्म गति तक्ता
microphone	ध्वनिग्राहक
microprocessor	सूक्ष्मप्रक्रियक
microscope	सूक्ष्मदर्शक
microwave	सूक्ष्मतरंग
middle	मध्य, मधले
middle-endian	मध्यम-द्वयंकी
midlet Java 2	अनुप्रयोग
migration	प्रवासन, स्थलांतर
mileage	कापलेले अंतर, वाहतूक भाडे
millenia	सहस्रके
millenium	सहस्रक
millennium	सहस्रक
MIME	बहुउद्देशी माहितीजाल टपाल विस्तारण
mini	लघु
miniature	लघु आवृत्ती
minimal	अल्पिष्ट, नाममात्र
minimize	लघुरूप करणे

minimized	लघुरूप
minimum	अल्पतम, किमान, न्यूनतम
minor	अल्पवयीन, गौण, दुय्यम
minor accident	किरकोळ अपघात
minor canal	लहान कालवा
minor children	अज्ञान मुले
minor gridlines	दुय्यम जाळीरेषा
minor group	लहान गट
minor head	गौण शीर्ष
minority	अल्पसंख्यता, गौणता
minority community	अल्पसंख्य समाज
minterm	गुणद
minus sign	वजा चिन्ह
minute	मिनिट
miscellancous	संकीर्ण
misfeed	कुभरण
mismatch	न जुळणारा, विजोड
missing	गहाळ, गायब
mission	मोहीम
mist	झाकळ, विरळ धुके
mitigate	निवारण करणे, सौम्य करणे
mitigation	निवारण, सौम्यीकरण
mix	मिश्रण करणे, मिसळणे
mixed	मिश्रित, संमिश्र
mixture	मिश्रण
mnemonic	स्मरक
mobile	फिरते, भ्रमण, हलते
mobile phone	भ्रमणध्वनी
mobility	गमनशीलता, चलत्व, भ्रमणशीलता
mobilization	कृतिप्रवणता, जमावाजमव
modal	अनुल्लंघ्य
modality	प्रकारता
mode	अवस्था, आवृत्तता, प्रावस्था, विधा
model	नमुना, निदर्श, प्रतिमान
moderate	अल्पमात्र, माफक
modification	परिवर्तन
modified	परिवर्तित, फेरफार केलेले
modifier key	परिवर्तक कळ
modifier(s)	परिवर्तक(के)

modify	परिवर्तन करणे, फेरफार करणे, बदल करणे
modular	मापांकी
modulation	प्रतिरूपण
modulator	मंदायक
module	प्रत्यंग, मापांक
module	स्वयंघटक
module	स्वयंसंच
momentum	चालना, वेगमान
monitor	नियामक, प्रदर्शक, देखरेख करणे, नियमन करणे, लक्ष ठेवणे
monochromatic	एकरंगी, एकवर्णी
mono-directional	एकदिश
monoiod	एकाभ
monolithic	एकाधार
monopoly	एकाधिकार
monostable	एकस्थितिक
monotonous	एकसुरी, साचेबंद
monotony	एकसुरीपणा, साचेबंदपणा
monotony (feeling)	अरोचकता
month	महिना
monthly	मासिक
morale	नीतिधैर्य, मनोधैर्य
more	अधिक, आणखी
morpheme	रूपिम
most	अधिकांश
mother board	उद्गम पटल
motion	गती, चलन, हालचाल
motivation	प्रेरण, प्रेरणा
mount	आरोह, चढणे, चढविणे
mounting	आरोपण
mouse	मूषक
mouse pointer	मूषक दर्शक
move	नेणे, स्थानांतर करणे, हलविणे (एका जागेवरून दुसरीकडे)
movement	हालचाल
movie	चलचित्र
movie clip	चलचित्र खंड
moving	स्थानांतरण
moving average	गतिमान सरासरी
moving object	हलती वस्तू
multi-centred	बहुकेंद्री
multi-directional	बहुदिश

multilingual	बहुभाषिक		स्वीय
multimedia	बहुमाध्यमी	navigate	संचार करणे
multiple	बहुपेडी, बहुविध	navigation	विचरण, संचारण
multiplex	बहु-संकेत	navigator	संचारसाधन
multiplexer	बहु-संकेतक	negate	नकारक्रिया
multiplexing	बहु-संकेतन	negative	ऋण, ऋणात्मक, नकारात्मक
multiplication	गुणन	negative capability	अभावरूप क्षमता
multipurpose	बहुउपयोगी, बहु-उद्देशीय, विविधोपयोगी	negativism	नकारवृत्ती
multiuser	बहुउपयोक्ता, बहुउपयोजक, बहुप्रयोक्ता	neglect	दुर्लक्ष करणे
murphy's law	प्रमादनिश्चय	negligence	दुर्लक्ष, निष्काळजी-पणा, हयगय
muscular	स्नायविक	negotiate	विमर्श करणे, व्यवहार करणे
mutation	उत्परिवर्तन, नोंदबदल	negotiation	विमर्श
mute	ध्वनी बंद, मूक	nested	एकात एक, नीडित
mutual	अन्योन्य	nesting	गुंफण, नीडन
mutually exclusive	परस्पर-व्यतिरेकी	network	जालबंध, जालरचना
myth	मिथक	neutral	उदासीन, तटस्थ
name	नाव, उल्लेख करणे	new	नवीन
named	नामक, नावाने	newly	नव्याने
namespace	नामसंच	news	बातमी, वार्ता, वृत्त,
nano	अब्जांश		
narration	कथन, निवेदन		
narrator	निवेदक		
native	देशी, प्राकृत,		

	समाचार
newsgroup	वार्तासमूह
next	पुढील, पुढे
next to	लागून
nickname	टोपणनाव
nil	निरंक (निर् + अंक)
no	नाही
no longer	आता
node	आसंधी, उपशाखा, रेखाबिंदू
noise	कोलाहल, गलका, गोंगाट
nomenclature	नामगण, संज्ञागण
non directional	अदिश
non printing	छापले न जाणारे
non proportionate	अप्रमाणबद्ध
non-adjacent cells	शेजारी नसलेले कक्ष
non-blank	अरिक्त
non-breaking hyphen	अखंडक वियोगचिन्ह
non-breaking space	अखंडक अंतर
non-coherent	असंबद्ध, असंसक्त
non-compliance	अननुपालन

non-directive	अनिर्देशनात्मक
non-duality	अद्वैत
none (no one)	काही नाही, कोणी नाही
non-financial	अनार्थिक, आर्थिकेतर
nonfree	सशुल्क
non-invasive	अनाक्रमक
non-modal	उल्लंघ्य
non-preferred	पसंत न केलेल्या
nonprinting character	छापला न जाणारा वर्ण
non-proportional font	अप्रमाणबद्ध अक्षर
non-vulnerable	अभेद्य, अविभेद्य
norm	आदर्शमूल्य, निकष, मानांक, मापदंड, सामान्यमान, सामान्यमान, आदर्शमूल्य
normal	सामान्य
northern	उत्तरेकडील
notation	अंकलेखन, संकेतन, संकेतलेखन,

	स्वरलिपी, स्वरलेखन
note	टीप
note book	नोंदवही
notification	अधिसूचना, सूचना
notify	अधिसूचित करणे, सूचित करणे
nought complement	मूलांक पूरक
nought state	शून्य अवस्था
nova	नवतारा
nuclear	नाभिकीय
nudge	सरकवणे
null	निर्वर्ण (निर् + वर्ण)
number	क्रमांक, संख्या
number pad	संख्या कळफलक
numbered list	क्रमांकित सूची
numbering	क्रमांकन
numeric	अंकरूप, संख्यारूप, सांख्य
numerically	संख्याक्रमाने
numerous	बहुसंख्य
nutritition	पोषण
object	वस्तू, विषयवस्तू
objective	अभिलक्ष्य, उद्दिष्ट, वस्तुनिष्ठ
obligation	बाध्यता
oblique	विकल्पचिन्ह
obscene	बीभत्स
obsolete	कालबाह्य
occasion	अवसर
occasional-ly	क्वचित प्रसंगी
occasionally	कधी कधी
occupation	व्यवसाय
occupy	ताब्यात घेणे, धारण करणे, व्यापणे
occur	आढळणे, घडणे, मिळणे
occurrence	आढळ
OCR (optical character recognision)	प्रकाशिक वर्ण परिचायन
octagon	अष्टकोन
octagon	अष्टभुज
octal	अष्टमान, अष्टाधारी
octaplicate	अष्टप्रती
octet	अष्टांकी
odd	विषम
oem	मूळ उत्पादक
off	बंद, दूर
off time	फावला वेळ, रिक्त समय,

	विराम समय, कार्यहीन समय
offensive	आक्रमक
office	कार्यालय
official	अधिकृत
official benches	सरकारी पक्ष
official function	अधिकृत समारंभ
official gazette	शासकीय राजपत्र
official language	राजभाषा
official member	शासकीय सदस्य
official mourning	सरकारी दुखवटा
official party	शासकीय पक्ष
official visit	अधिकृत भेट.
offline	तारेतर, मार्गबाह्य
offscreen compositing	पटलबाह्य
offset printing	प्रतिरूप मुद्रण
ok	मान्य
omit	वगळणे
on	चालू, कार्यरत, सुरू
on board	धारकसक्त, धारकारूढ
one dimensional	एकमितिक
one to many	अनेकैकी
one to one	आमनेसामने, एकैकी, समोरासमोर
one way	एकदिक, एकदिश
one-color	एकरंगी
one-directional	एकदिश
ongoing	चालू
online	तारमार्गी, सहमार्गी
onscreen	पटलदृश्य, पटावर
opacity	अपारदर्शकता
opeque	अपारदर्शक
operand	करण
operation	कार्य, परिचालन, प्रचालन
operations	क्रियासमूह
operator	परिचालक, प्रचालक, कारक
opinion	अभिमत
optical	चाक्षुष, दर्शनी, प्रकाशिक, प्रकाशीय
optimal	यथोचित
optimize	समुचित करणे
optimum	इष्टतम, समुचित
option	पर्याय, विकल्प

optional	ऐच्छिक, वैकल्पिक
optional hyphen	वैकल्पिक वियोगचिन्ह
order	क्रम, मागणी करणे, मागवणे
order of merit	गुणानुक्रम
ordering	क्रमरचना, व्यवस्थापन
orderliness	शिस्तबद्धता
orderly	शिस्तबद्ध
ordinal	क्रमवाचक
organisation	संघटना
organisational chart	संघटन तक्ता
organise	आखणी करणे, संघटित करणे, सुव्यवस्थित करणे
organization chart	पदविस्तार आलेख
organize	संयोजन करणे
organized	संयोजित
organizer	संयोजक
orientation	अभिमुखता, अभिमुखीकरण
orientation	दिक् स्थापन, संमुखता
original	कल्पक, मूल, मूळ, मूळचा
originate	उगम पावणे, उद्भवणे
originator	उद्भावक
orphan	वियोग-पंक्ती
other	अन्य, इतर
otherwise	अन्यथा
out box	जावक पेटी
out of order	निरुपयोगी
out of range	पल्ल्याबाहेर
out of reach	आवाक्याबाहेर
out of the box	नवे कोरे
outbound	बहिर्गामी
outbox	जावक पेटी
outcome	फलित
outdoor	बाह्य, वास्तुबाह्य, बहिःशाल
outer directed	बहिर्प्रवृत्त, बहिर्दिश
outer space	बाह्यांबर
outgoing	बाह्यगामी
outgoing mail	जाणारे टपाल
outline	बाह्यरेखा, रूपरेषा
output	आदान, उपज, कार्योत्पादन, निपज, प्रदान
outside the box	नवे कोरे
oval	लंबगोल, लंबवर्तुळ,

	लंबवृत्त
overall	सर्वंकष
overdue	मुदत टळून गेलेले
overestimated	अत्यांकित, अत्युक्त
overestimation	अत्यांकन, ऊर्ध्वमूल्यन
overflow text	अधिवाही मजकूर
overflow-ing	अधिवाही
overhead	शिरोपरि
overheads	वरकड खर्च, अधिव्यय, अतिरिक्त खर्च
overlaid	अधिव्यस्त, आच्छादित, आवृत्त
overlap	अधिव्यापन, अर्धआच्छादन
overlapped	अधिव्याप्त
overlapping	अधिव्यापन
overlay	आवरण, उपरिशायी
overlearning	अतिपठन
overload	अतिभार
overridden	अधिभावित
override	अधिभावी होणे, वरचढ
overriding	अधिभावी
overrule	अधिभावी निर्णय
overstepping	मर्यादातिक्रम
overstrike	अधिरेखन
overtype	अधिभावी टंकलेखन
overtype mode	अधिभावी अवस्था
overview	दृष्टिक्षेप, सम्यग्दर्शन, विहंगावलोकन
overwrite	अधिलेखन करणे
overwriting	अधिलेखन
overwritten	अधिलिखित
owner	मालक
ownership	मालकी
p.m.	दु.नं. (दुपारनंतर)
pace	गती, लय
pacing	पदनियमन
pack	परिवेश, वेष्टन संकुलन, संच
pack and go	संच करा आणि न्या
package	संकुल, संचबंध, संवेष्टन, समावेष्टन, संचबद्ध करणे
packages	संवेष्टने, समावेष्टने
packed	वेष्टित
packed	संकुलित,

	संक्षेपित
packed array	संकुलित क्रमादेश,
packed array	संकुलित सरणी,
packer	आवेष्टक
packet	संच
page	पान, पृष्ठ
page break	पृष्ठ खंड
page fault	पृष्ठप्राप्ती संभ्रम
page punt	पृष्ठ फेक, पृष्ठाची फेक
pager	पाचारक, पृष्ठक
pagination	पृष्ठांकन
paging	पृष्ठन
paint	रंगलेपन
painter	चितारी, रंगारी
pair	युगल
paired comparison	युग्म तुलना
palette	रंगधानी, रंगपाटी, लघुपटल
palmtop	करतल
pane	तावदान, पटल, फलक
panel	पटल
panning	अंशदर्शन
paper	कागद
papyrus	भूर्जपत्र
parabolic	अन्वस्त

paradox	विरोधाभास
paradoxical	विरोधाभासी
paragraph	परिच्छेद
paragraph break	परिच्छेद खंड
paragraph formatting	परिच्छेदाचे स्वरूपण
paragraph mark	परिच्छेदाची निशाणी
parallel	समांतर
parallelogram	समांतरभुज चौकोन
parameter	परिमाण, परिमापन, परिमिती, प्राचल
parameters	परिमाणे, परिमापने
parametric	प्राचलिक
parchment	चर्मपत्र
parent	जनक, पालक
parent folder	जनकीय धारक
parent web	जनकीय वेब
parental control	जनकीय नियंत्रण
parenthesis	कंस
parenthesis ( )	गोल कंस
parity	समता, समानता
parse	पदच्छेद करणे

parser पदच्छेदक
partial अंशतः, आंशिक
partical विविक्त
particle कण
particularistic विशिष्टलक्ष्यी
particulars तपशील
particulate विविक्त
partition विभाग, विभाजन
partitioned विभाजित
pass परवाना, पारक, पारन
pass instruction पारण अनुदेश
pass on वर्ग करणे
passable कामचलाऊ
passcode संकेतशब्द
passive अप्रवृत्तिपर, उदासीन, निष्क्रिय
password पारशब्द, संकेतशब्द
password protection पारशब्दाने संरक्षण
paste चिकटविणे
paste link लिंकसह चिकटविणे
paste shortcut लघुपथ चिकटविणे
paste special विशेष प्रकारे चिकटविणे
pastel color सौम्य रंग
patch सुधारजोड, यथेच्छ योजक
patent एकस्व
path पथ
path is too deep पथ प्रदीर्घ आहे
pattern आकृतिबंध, प्रतिमान, बंध
pattern making बंध काम
pause अल्पविराम, थोपविणे, विराम
paused स्तब्ध
peak कमाल, सर्वोच्च
peak load सर्वोच्च भार
peak memory usage स्मृतीचा अत्युच्च वापर, स्मृतीचा कमाल वापर
peer to peer समशाखी, समस्तर
peer to peer communication समशाखी संवाद, समस्तर संवाद
pen लेखणी
penalty शास्ती
pencil कर्बशलाका,

	कर्णिका, वर्णिका
pending	प्रलंबित
peninsula	द्वीपकल्प
pension	निवृत्ती वेतन
pentagon	पंचकोन
percentage	टक्केवारी, शतमान
percentile	शतमानक, शतांश मध्यमान
perception	आकलन, प्रत्यक्षीकरण
perforation	अवछिद्रण
perform	कार्य करणे, क्रिया करणे
performance	कामगिरी, कार्यमान, कार्यसिद्धी
period	अवधी, कालावधी
periodic	आवधिक
periodical	नियतकालिक
periodically	ठरावीक कालांतराने
peripheral	उपांतीय, परिघीय
peripherality	सीमावर्तित्व
peripherals	परिपूरके
permanent	कायमचे, स्थायी
permission	परवानगी
permissions	परवानग्या
permit	परवाना, परवाना देणे
permutation	अंकपाश, विन्यास
persian	फारशी
persist	कायम राहणे, चालू राहणे
persistent	कायम राहणारा, चालू राहणारा
personal	वैयक्तिक, व्यक्तिगत
personal computer	वैयक्तिक संगणक
personal information	वैयक्तिक माहिती
personal name	व्यक्तिचे नाव
personality	व्यक्तिमत्त्व
personalization	वैयक्तीकरण
personalize	वैयक्तीकृत करणे
personalized	वैयक्तीकृ त
personnel	कर्मचारी
perspective	दृष्टिकोन, परिदर्शनी
perspective	परिप्रेक्ष्य, यथादर्शन, अनुनयात्मक
persuation	पाठराखण
petition	याचिका
phoneme	स्वनिम

phonetic	उच्चारानुसारी, स्वनीय, स्वरात्मक
phrase	वाक्प्रचार, वाक्यांश
physical	पार्थिव, भौतिक, साकार
physically	भौतिकरित्या
pica	पायका
pick	उचलणे, वेचणे
pick up	उद्ग्रहण
picker	उद्ग्राहक, वेचक
pictograph	चित्रमय आलेख
picture	चित्र
picture frame	चित्रचौकट
picture receiver	चित्रग्रहणी
picture viewer	चित्र दर्शक
pie	वृत्तांश
pilot	मार्गदर्शी
piracy	तस्करी
pitch	आवाजाची पट्टी
pitch	टंकघनता
pixel	चित्रबिंदू
place	जागा, ठिकाण
placeholder	स्थलधारक, स्थानधारी
placement	जागा, नियुक्ती, जागी बसविणे
plain text	साधा मजकूर
plan	आराखडा, परियोजना, प्रकल्प
planar	समतली
planes	प्रतल
planned	आखलेले, नियोजित, योजनाबद्ध
planner	नियोजक
planning	नियोजन
plant	संयंत्र
plates	पट्टिका
platform	चौथरा, मंच, व्यासपीठ
play	चालविणे
playback	पार्श्वध्वनी, पुनर्चालन वाजवणे
playlist	रचनासूची
plot	बिंदुजोडणी करणे
plotter	आलेखित्र
plotting	आलेखन, बिंदुजोडणी
plug	प्लग
plug-in	प्लग-इन
point	निर्देश,

बिंदू, स्थान

point to point बिंदुशः

pointer दर्शक

pointing अंगुलिनिर्देशन

pointing device स्थानदर्शक साधन

polar ध्रुवी

policy धोरण

policy maker धोरण निर्णायक

policy maker धोरण निर्धारक

policy module धोरणाचा भाग

polished झिलईबाज, सफाईदार

polling क्रमचयन, क्रमवरण

pollutant दूषितक, प्रदूषक

polygon बहुकोन

polygon बहुकोनाकृती, बहुभुजाकृती

polymerization बहुलीकरण

polymial बहुपदी

polynomial बहुपदी

polyphony बहूआवाजी-पणा

pool सेवासंच

pooling एकत्रीकरण

poor निकृष्ट

pop संकर्ष

populate माहिती आयात करणे, माहिती जमवणे

pop-up menu डोकावता मेनू, संकर्ष आदेश सूची

porn अश्लील

port मुखद्वार, संद्वार

portable सुवहनी

portrait उभी ठेवण

position स्थान, स्थिती

position log स्थान नोंद

positional स्थितिमूलक

positioned अवस्थित

positioning स्थान निश्चिती, स्थिती निर्धारण

positive धनात्मक, सकारात्मक

positive number धन संख्या

positive valence धनकर्षकत्व

positively खात्रीने

positively निश्चितपणे

possibility शक्यता

possible शक्य

post टपालाने पाठविणे

postal code डाक संकेत

posted टपालाने पाठविलेले,

	नियुक्त, प्रेषित
postedit	पश्च संपादन
postpone	लांबणीवर टाकणे
postponed	लांबणीवर टाकलेले
post-reform	पुनर्रचनेनंतरचा
potential	संभाव्य, अंगभूत क्षमता
potentiality	मूलक्षमता, सामर्थ्य
potentially unsafe	संभवतः अपायकारी, संभवतः असुरक्षित
power	वीज
power (in maths)	घात
power saver	वीज वाचविणारा
power up	चालू करणे
power user	प्रबल उपयोजक
practical language use	व्यवहारसापेक्ष भाषाव्यवहार
practice	पद्धत, परिपाठ, प्रघात, प्रथा, सराव
practise	सराव करणे, व्यवसाय करणे

pragmatic	उपयोगिता-वादी, उपयुक्ततावादी
preceded by	-ने पुरोगत, -ने पूर्वगत
precedence	पूर्वता
preceding	पूर्ववर्ती, मागील
precise	अचूक, परिशुद्ध
precision	अचूकता, परिशुद्धता
predefined	पूर्वदर्शित, पूर्वनिर्देशित, पूर्वनिर्धारित
predicament	भागधेय
predictibility	भविषनीयता
prediction	पूर्वकथन, प्राक्कथन
predictive	पूर्वानुमानी, प्राक्कथनी, पूर्वकथनात्मक
predisposition	पूर्वप्रवृत्ती
predispositional	पूर्वप्रवृत्त स्वरूप
preference	अग्रक्रम, पसंती, प्राधान्य
preferred	निवडलेले, पसंतीचे
prefix	उपसर्ग
preinstalled	पूर्वप्रस्थापित

preliminary	आदिम, प्राथमिक
premitive	आदिम, पूर्वांग
premium	अधिमूल्य
premium services	अधिमूल्य सेवा
preorder	पूर्वक्रमी
preparation	तयारी, पूर्वतयारी
prepare	तयारी करणे, पूर्वतयारी करणे
preplanning	पूर्वनियोजन
Prerogative	परमाधिकार
presence	उपस्थिती
presentation	प्रस्तुती, सादरीकरण, अनुरक्षण,
preservation	जतन, जपणूक, जपून ठेवणे, परिपालन, सांभाळ,
preserve	अनुरक्षण करणे, परिपालन करणे,
preserved	अनुरक्षित, जपलेले, जपून ठेवलेले, परिपालित
preset	पूर्वरचित, पूर्वस्थित
press	दाबणे
prevent	टाळणे
prevent	प्रतिबंध करणे, बाध आणणे, वंचित करणे
prevention	प्रतिबंध
preventive	प्रतिबंधक, प्रतिबंधक
preview	पूर्वदृश्य, पूर्वावलोकन
preview pane	पूर्वदृश्य फलक, पूर्वावलोकन फलक
previewing direction	कार्यपूर्व मार्गदर्शन
previous	मागील
primary	प्राथमिक
print	छापणे
print area	छपाई क्षेत्र, छापण्याचे क्षेत्र
print preview	छपाई पूर्वदृश्य, छपाई पूर्वावलोकन
print wheel	मुद्रण चक्रिका
printable	छपाईयोग्य, छापण्यायोग्य
printed	छापलेले, मुद्रित
printer	मुद्रक,

	मुद्रित्र
printer resident fonts	प्रिंटरस्थित फाँट
printing	छपाई, छपाई चालू आहे, छापत आहे, मुद्रण
prints	मुद्रांकने, मुद्रिते
prioritazation	वरीयन
priority	अग्रक्रम, प्राधान्य, वरीयता
privacy	गुप्तता, गोपनीयता
private	गोपनीय, निजी
Privilege	विशेषाधिकार
proactive	स्वयंप्रेरित
probability	प्रायिकता, शक्यता, संभाव्यता
problem	समस्या
procedure	कार्यपद्धती
process	अभिक्रिया, प्रक्रम, प्रक्रिया, संसाधन
process color	प्रोसेस रंग
processor	प्रक्रियक, प्रक्रियाकार, संसाधक
procurement	प्रापण
product	उत्पादनवस्तू, गुणनफल
product id	उत्पादन ओळखचिन्ह
product key	उत्पादन संकेतवर्ण
product(s)	उत्पादित(ते)
production	उत्पादन
production norm	उत्पादनमान
productivity	उत्पादकता, उत्पादनक्षमता
profession	व्यवसाय
professional	व्यावसायिक
proficiency	निपुणता, नैपुण्य
profile	पार्श्वक, माहिती
profile	शब्दचित्र
profuse	विपुल
program	आज्ञावली, क्रमादेश, संहिता, सूचनावली
programmable	पूर्वनियोज्य
programming	क्रमादेशन
progress	प्रगती
progress indicator	प्रगती दर्शक, प्रगती निदर्शक
progression	प्रगमन, बढती

progressive	प्रगामी
project	प्रकल्प
projection	आगामी अंदाज, पूर्वानुमान
projection	प्रक्षेपण, संकल्प
projectionist	प्रक्षेपक चालक
projector	प्रक्षेपक
promote	स्तरोन्नती
promotion	जाहिरात, पदोन्नती
prompt	अनुबोधक, संकेत, संसूचक, सूचना
proofing tools	मजकूर सुधार साधने, मुद्रितशोधन साधने
propaganda	प्रचार
proper	उचित, युक्त, योग्य, रास्त, वाजवी
properly	योग्य रीतीने
properties	गुणधर्म
property page	गुणधर्म पृष्ठ
property sheet	गुणधर्म पत्रक
proportion	अनुपात
proportional	प्रमाणशीर
proportionate	प्रमाणबद्ध
proposal	प्रस्ताव
proposed	प्रस्तावित
proprietory	व्यक्तिगत मालकीचा, व्यापार-चिन्हांकित
proprietory program	स्वामित्व क्रमादेश, स्वामित्व संहिता
propriety	औचित्य, प्रयोजन, प्रस्तुती, समर्पकता, समर्पकपणा
protect	संरक्षण करणे
protected	संरक्षित
protection	संरक्षण
protocol	नियमावली, संदेशाचार
prototype	आदिप्ररूप
provide	पुरविणे, उपलब्ध करणे
provider	उपलब्धक, प्रदाता
proving	प्रमाणन
proxy	जालरक्षक, प्रतिनिधी
proxy server	जालरक्षी समायोजक
pseudo	छद्म

pseudo-application	छद्म-अनुप्रयोग
publication	प्रकाशन
publish	प्रकाशित करणे
publishing	प्रकाशन
pull media	ओढ माध्यम
pull quote	अवतरण उतारा, अवतरणातील माहिती
pull-down menu	अधोकर्षक आदेश सूची
pulsation	स्पंदन
pulse	स्पंद
pulse rate	स्पंद गती
punch card	सच्छिद्र कार्ड
punch machine	छिद्रित्र
punch operator	छिद्रांक टंकक
punching	छिद्रन
punctuation	विरामन्हांकन
purchase	क्रय, खरेदी, विकत घेणे
purge	रिक्त करणे
purpose	हेतू
purposefully	हेतूपुरस्सर
purposely	सहेतुक
pursuit	ध्यास, पाठपुरावा
push	ढकलणे
push media	धक्का माध्यम
push message	संदेश अग्रेषित करणे
push-down	अधोसंभर
push-up	उत्संभर
pyramid	कोणस्तूप, प्रसूची, सूचिस्तंभ
quad	चतुः
quadraplicate	चतुर्प्रती
quadratic	द्विघाती
quadruplicate	चतुष्प्रती
qualification	अर्हता, पात्रता
qualified	अर्हताप्राप्त
qualifier	मर्यादक
qualitative	गुणदर्शक, गुणात्मक
quality	गुणता, गुणवत्ता, दर्जा, प्रत
quantifier	प्रमात्रक
quantify	प्रमात्रण
quantitative	परिमाणदर्शक, परिमाणात्मक, परिमाणिक, संख्यात्मक
quantity	परिमाण, मात्रा
quantization	अंशन
quartile	चतुर्थांश मध्यमान

quartile deviation	चतुर्थांश विचलन
query	चौकशी, पृच्छा
question mark	प्रश्नचिन्ह
questioning	प्रश्नार्थक
questionnaire	प्रश्नमालिका, प्रश्नावली
queue	रांग
quibinary	द्विपंचक
quick	द्रुत, सत्वर
quick launch	द्रुत सुरुवात
quick view	द्रुत दृश्य
quickly	त्वरेने
quiesce	अक्रियण, शमन
quiescent	निष्पंद
quiet	बिनबोभाट, शांत
quietly	गुप्तपणे, नीरवपणे, बिनबोभाट, शांतपणे
quinary	पंचमान
quintet	पंचतय
quintuplet	पंचप्रती
quit	निघून जाणे, बाहेर जाणे, सोडून जाणे
quota	नियंतवाटप, भाग, वाटा

quotation mark	अवतरण चिन्ह
radar	रेडार
radial	अरीय, केंद्रीय, केंद्रोत्सारी, त्रिज्य
radial distance	त्रिज्य अंतर
radiation	उत्सर्ग, प्रारण, विकिरण
radio button	रेडिओ कळ, विकल्प कळ
radiometer	उत्सर्जनमापक
radiometer	प्रारणमापक, विकिरणमापक
radius	त्रिज्या
radix	मूलांक
radix complement	मूलांक पूरक
raise	वर करणे
raised	उचललेले, उन्नत, वर केलेले
ramp	उतरंड
random	यादृच्छ, यादृच्छिक, स्वैर
range	परिक्षेत्र, पल्ला, व्याप्ती
rank	श्रेणी, स्तर
rank order, ranking	स्थानानुक्रम
ranking	स्थानानुक्रम
rapid	द्रुत,

	द्रुतगती, शीघ्र
rapid action	शीघ्र कृती
rapport	भावनात्मक, ऐक्य, सख्य
rare	दुर्मीळ, दुर्लभ, विरळा
rarely	क्वचित
rate	गती, दर, वेग, निर्धारण करणे
rated capacity	निर्धारित क्षमता
rating	गुणमूल्यांकन, गुणवत्ता श्रेणी, गुणांक, गुणांकन, मूल्यकरण
ratings	मूल्यकरणे
ratio	गुणोत्तर
rationale	वैचारिक भूमिका
rationalization	पुनस्संघटन, समर्थन, सुसंबद्धीकरण
raw	असंस्कारित, कच्चा
reach	गमन, गाठणे, पूर्ण होणे, पोचणे
reachability	गम्यता
reached	पूर्ण, पोचलेला

reacter	विक्रियक
reaction	अनुक्रिया, अभिक्रिया, प्रक्रिया, प्रतिक्रिया, प्रतिसाद
read	वाचणे
read bytes	वाचन अष्टमान एकक
read only	केवळ वाचनीय
read only	पठनमात्र
read receipt	वाचन पोच
readability	वाचनीयता
reader	पठित्र
reading	नोंद, प्राप्तांक, वेध
reading pane	वाचन फलक
read-write	वाचन-लेखन
ready	तत्पर, तयार, सज्ज
real	वास्तव
realism	वास्तववाद
reality oriented	वास्तवाभिमुख
realm	परिक्षेत्र, प्रांत
realtime	वास्तव-समय, सद्य अनुक्रिया
rearrange	पुनर्मांडणी करणे

rearrangement	पुनर्मांडणी
reasoning	तर्क
reboot	पुनरुत्थान
rebound	परावर्तन
rebuilding	पुनर्घटन
recalculate	पुनर्गणन करणे
recall	परत बोलावणे
receipt	पावती, पोच, प्राप्ती
receive	प्राप्त करणे
receiver	अभिग्राहक, अभिग्राही
receiving	अभिग्रहण
recency	अर्वाचीनता
recency error	अर्वाचीनतेचा दोष
recent	अलीकडील
recently made changes	नुकतेच केलेले बदल
recently made corrections	नुकत्याच केलेल्या दुरुस्त्या
reception	ग्रहण
receptor	ग्राही
recessive	अप्रभावी
recharge	पुनर्भारित करणे
recipient	ग्राहक, प्राप्तकर्ता
reciprocal	परस्पर, प्रतियोगी, व्युत्क्रमी
recirculating	पुनस्संचारी
reclassification	पुनर्वर्गीकरण
recognised	परिचित
recognition	अभिज्ञान, ओळखपटणी
recognition	मान्यता
recognizable	अभिज्ञेय
recognize	अभिज्ञ करणे
recognized	अभिज्ञात
recognizer	अभिज्ञाता
recommend	शिफारस
recommendation	पुरस्कार, शिफारसपत्र
recommended	पुरस्कृत
recompilation	पुनःसमेकन, पुनरानुभाषण
recompile	पुनःसमेकन करणे, पुनरानुभाषण करणे
reconcile	एकसंध करणे, एकसूत्रित करणे, समन्वय करणे,
reconcile	सुसूत्रित करणे
reconciliation	एकवाक्यता, पुनर्घटन, समन्वय, सुसूत्रन
reconditioned	परिष्कृत,

	पूर्वत्वकृत
reconditioning	परिष्करण, पूर्वत्वकरण
reconnaissance	आवीक्षण
reconnection	पुनर्जोडणी
record	अनुलेख
record	अभिलेख, अभिवृत्त
recorded	अनुलिखित, अभिलिखित, ध्वनिमुद्रित
recorder	अभिलेखित्र
recording	अनुलेखन, ध्वनिमुद्रण, विलेखन, नोंदणी प्रक्रिया
recordset	अभिलेख संच
recover	पुनर्प्राप्त करणे
recovered	पुनर्प्राप्त
recovery	पुनर्प्राप्ती
recreation	करमणूक, पुनर्निर्मिती, मनोरंजन
recruitment	भरती
rectangle	आयत
rectified	विशोधित
rectify	विशोधन
recurrence	पुनरावर्तन
recurring	पुनरावर्ती
recursion	आवर्तन, परिवर्तन, प्रत्यावर्तन
recursive	आवर्ती, परिवर्ती, प्रत्यावर्ती
recycle	पुनर्चक्रण, पुनर्वापर
recycle bin	कचरापेटी
recycling	पुनरावर्तन
redesign	पुनर्रचना
redirect	वळविणे, पुनर्प्रेषित करणे
redirected	पुनर्प्रेषित
redirection	पुनर्प्रेषण
redo	पुनर्क्रिया, पुन्हा करणे
reduce	लहान करणे
reduced	कमी केलेला
reduction	कपात, समानयन
redundancy	अतिरिक्तता
redundant	अतिरिक्त
refer	संदर्भ घेणे, संदर्भ पाहणे
refer to	(कडे) निर्देश करणे
reference	संदर्भ, संदर्भ देणे, संदर्भित करणे
referral service	व्यावसायिक साहाय्य सेवा
refine search	शोध काटेकोर करणे
refined	अधिक

	तपशीलवार, अधिक बारकाईने
refinement	परिष्करण, शुद्धीकरण
refinery	परिष्करणी, शुद्धिकरणी
reflection	परावर्तन
reflective	परावर्ती, प्रतिवर्ती
reform	नवरचना, पुनर्रचना
refraction	अपवर्तन, वक्रीभवन
refractive	अपवर्ती
refresh	नवजीवित करणे, पुनश्चर्या
refreshing	उजळणी
refuse	इन्कार करणे, नकार देणे, नाकारणे, नाकबूल करणे
regain	पुनर्प्राप्ती, पुनर्लाभ, परत मिळविणे
regenerate	पुनर्जनन करणे, पुनर्निर्माण करणे
regenerate	पुनर्भाव होणे
regenerated	पुनर्जात, पुनर्निर्मित, पुनर्भूत, पुनर्योजित
regeneration	पुनर्जनन
regeneration	पुनर्निर्माण, पुनर्भाव, पुनर्योजन
regenerative	पुनर्भावी, पुनर्योजी
region	प्रदेश
register	नोंदणी करणे, नोंदवही
registered trademark	नोंदणीकृत व्यापारचिन्ह
registered user	नोंदणीकृत उपयोजक
registration	नोंदणी
registry	लेखशाला, संदर्भ कोष, संरचना कोष
regress	परागती
regression	परागमन, विनिवर्तन
regular	नियत, नियमित
regular shape	नियत आकार, नियमित आकार
regularly	नियमितपणे
regulated	विनियमित
regulation	नियमन,

	विनियमन
rehabilitation	पुनर्वसन
rehearsal	तालीम
rehearsal	पूर्वाभ्यास
reimbursement	प्रतिपूर्ती
reinforcement	पुनःप्रेरण, प्रबलन प्रबलीकरण
reinforcer	पुनःप्रेरक
reinstall	पुनर्स्थापना करणे
reinstallation	पुनर्स्थापना
reinstalled	पुनर्स्थापित
reinstate	पुनर्वसन करणे
reject	अस्वीकृत करणे, नाकारणे
rejected	अस्वीकृत
rejection	अस्वीकार, त्यजन, नाकारणी, परित्यजन
related	संबंधित
relation	संबंध
relational	सापेक्ष
relationship	संबंध
relative to	याच्या सापेक्ष
relay station	संक्रम स्थानक
release	प्रसिद्धी
release notes	प्रसिद्धी टिप्पण्या
relevance	प्रस्तुती, समर्पकता
relevant	प्रस्तुत
relevant	संबद्ध, सुसंबद्ध
reliability	विश्वसनीयता, विश्वासार्हता
remainder	अवशिष्ट
remaining	उर्वरित, राहिलेले, शिल्लक
remark	अभिप्राय, शेरा
remind	अनुस्मरण करणे, आठवण करणे
reminder	अनुस्मरण, स्मरणपत्र
remote	दूरस्थ, सुदूर
remote place	अंतर्भाग
remoteness	दूरस्थिती, सुदूरता
removable disk	विचल डिस्क
removal	परिहार
remove	दूर करणे, काढून टाकणे
rename	नाव बदलणे
render	चित्रचालन करणे, सिद्ध होणे
render device	चित्रण साधक

renew	नूतनीकरण करणे
reorder	पुनरादेश, पुनर्क्रम
repair	दुरुस्त करणे
repairer	दुरुस्तीकार
repeat	पुनरावृत्ती, पुनरावृत्ती करणे, पुन्हा करणे
repetition	पुनरावर्तन, पुनरावृत्ती
repetitive	पुनरावर्ती
replace	बदलणे, बदली करणे, बदलून टाकणे
replacement	प्रतिस्थापना, बदलून टाकणे
replica	प्रतिकृती, प्रतिरूप
replication	प्रतिकरण, प्रतिरूपण
reply	उत्तर, उत्तर देणे, प्रतिसाद, प्रतिसाद देणे
report	अहवाल, इतिवृत्त, प्रतिवेदन करणे
reporting	प्रतिवेदन
repository	अधिसंग्रह
representation	अभिवेदन, दर्शविणे
representation	प्रतिनिधित्व करणे, प्रवर्तन
representational	प्रतिचित्रणा-त्मक
represented	प्रवर्तित
represented by	याने दर्शित, याने प्रवर्तित
repression	दमन
reprocessing	पुनर्संसाधन
request	मागणी, विनंती
requesters	इच्छुक
rerun	पुनर्चालन, पुन्हा चालवणे
resaturate	पुनर्रंगीकरण
research	संशोधन
resending	पुनर्प्रेषण
reservation	आरक्षण
reserved	आरक्षित, राखीव
reset	पुनर्स्थित, पुनर्स्थित करणे
resident	निवासी
residual	अवशिष्ट
residue	अवशेष
resin	राळ
resistance	प्रतिकार, विरोध
resistant	प्रतिरोधक
resize	आकारमान

	बदलणे
resizing handles	आकारमान बिंदू
resolution	निराकरण, बिंदुघनता, मात्रक, सघनबिंदुता
resolve	निराकरण करणे
resolved	निराकृत
resolver	निराकारक, वियोजक
resonance	अनुनाद, संवादन, संस्पंदन
resource	संसाधन
resource scheduling	संसाधनांचे नियोजन
resources	साधनसामग्री
response	अनुक्रिया, प्रतिसाद
responsibility	दायित्व
responsiveness	संवादित्व
restart	पुनरारंभ, पुन्हा चालू, पुन्हा सुरू
restoration	पूर्वस्थिती
restore	पूर्ववत करणे, पूर्वस्थित करणे
restore button	पूर्वस्थिती बटण
restored	पूर्वस्थित

	झालेले
restrained	अवरुद्ध, नियत
restricted	निर्बंधित
restriction	निर्बंध
result	फल, फलनिष्पत्ती, फल
resume	पुन्हा चालू करणे, व्यक्तिगत माहिती
retain	प्रतिधारण करणे
retained	प्रतिधारित
retention	प्रतिधारण, पराकर्षण, प्रतिकर्षण
retrieval	पुनर्प्राप्ती
retrieve	परत आणणे, परत मिळवणे
retrofit	अनुयोजन
retry	पुनर्प्रयास करणे, पुनर्यत्न करणे, पुन्हा प्रयत्न करणे, फेरप्रयत्न करणे
retry sending	फेरप्रयत्नाने पाठविणे
return	दाखविणे,

परत करणे, परतणे, प्रतिगमन, प्रतिदर्शित करणे, प्रतिलाभ, प्रतीत करणे, मागे

return address	परतीचा पत्ता
retype	पुन्हा टंकलिखित करणे
reunion	पुनर्भेट
reusable	पुनर्प्रयोज्य, पुन्हा वापरण्याजोगा
reusable	पुन्हा वापरण्यायोग्य
reuse	पुनर्प्रयोग, पुन्हा उपयोग करणे
reuse	पुन्हा वापर करणे, फेरवापर
reveal	उघड करणे, प्रकट करणे
reverse	प्रतिवर्तन करणे
reverse channel	प्रतिक्रमी प्रणाल
reverse channel	प्रतिवर्ती प्रणाल
reversed	प्रतिक्रमित, प्रतिवर्तित
reversible	प्रतिक्रमी, प्रतिवर्ती
revert	प्रत्यावर्तन
review	पुनरावलोकन, पुन्हा तपासणे, पुनरीक्षण, समालोचन, समीक्षा
reviewer	समालोचक, समीक्षक
revise	सुधारणे
revised	सुधारित
revision	सुधार, सुधारणा
revision marks	सुधारणा निशाण्या
revoke	गैरलागू होणे
revolving	फिरते
reward	प्रतिफल, उलट लपेटणे
rewind	पुनर्लपेटन
rhyming couplets	यमकबद्ध पद्य
rhythm	ठेका, ताल, लय, लयबंध, लयबद्धता
ribbon	फीत
rich text format (rtf)	रिच टेक्स्ट स्वरूपण

rider	उपकलम, उपप्रमेय, पुरवणी कलम, पुरवणी प्रश्न
right	उजवा, बरोबर, हक्क
right aligned	उजवीकडे सरेषित
right arrow	दक्षिणदिश बाण
right triangle	काटकोन त्रिकोण
rights	हक्क
right-to-left	उजवीकडून डावीकडे
right-to-left support	उजवीकडून डावीकडे समर्थन
ring	कंकण, कडे, घंटानाद, घंटी, वलय
ring tone	घंटाध्वनी
ringer	ध्वनिकारी
rip	ध्वनिरूपांतरण
ripple	ऊर्मिका
rise	उत्थान
rising	उगवता, उत्थानी, उत्थापन

	वर येणारा
risk	जोखीम
road map	कार्यपथ
roam	विहार करणे
roaming	विहरण, विहार, सुदूर संपर्क
robust	सुदृढ
role	कार्यभाग, भूमिका
rollback	मागील स्थितीला नेणे
root directory	मूळ निर्देशिका
root folder	मूळचा धारक
rotary	घूर्णी, चक्रगती, चक्राकारगती, परिभ्रमी
rotate	फिरविणे
rotation	आळीपाळी, कार्यावर्तन, क्रमावर्तन, चक्रावर्ती, परिभ्रमण, परिवलन, पालट
rotor	घूर्णक
round/ rounded corners	गोलकोन
rounded rectangle	गोलकोन चौकोन
route	अनुमार्ग,

	मार्गस्थ करणे
routed	परिवर्तित
router	अनुमार्गक, मार्गक, मार्गस्थ करणारा
routine	क्रमिक, नित्यक्रमिक
routing	अनुमार्गण, मार्गक्रमण, मार्गचयन
row	पंक्ती
row band	पंक्तिबंध
rudder	सुकाणू
rule	नियम
ruler	मापनी
run	चालविणे
running	चालू
run-time	प्रचालन समय
run-time error	प्रचालन दोष
safe	निर्धोक, निर्वेध, सुरक्षित
safekeeping	रक्षाकरण
saleable	पणनीय, विक्रीयोग्य
salutation	अभिवादन, मायना
salvage	अवशिष्ट
same	समान
sample	नमुना
satisfaction	पूर्तता, समाधान
satisfier	समाधानक
saturation	रंगघनता
save	जतन करणे, रक्षण करणे
save as	या रूपात जतन करणे
save as type	या प्रकारात जतन करणे
save copy as	या रूपात प्रतिलिपी जतन करणे
save form	प्रपत्र जतन करणे
save picture as	या रूपात चित्र जतन करणे
save search	शोध जतन करणे
scalable	प्रमाणीय
scalar	अदिश
scale	प्रमाण, प्रमाणशीर करणे
scale down	आकार कमी करणे
scale factor	सोपान गुणक
scaling	श्रेणीकरण, श्रेणी गुणांकन
scanner	क्रमवीक्षक, प्रतिमाग्राहक
scanning	क्रमवीक्षण, प्रतिमाग्रहण

scatter	प्रकीर्ण, विकिर
scattering	प्रकिरण, विकिरण
scenario	दृश्यपट, मूल्यसंच
schedule	अनुसूची, दिनक्रम, वेळापत्रक, समय सारणी
scheduled	अनुसूचित, आखणी केली
scheduled task	नियोजित कार्य
scheduled time	पूर्वनियोजित वेळ
scheduler	समयनियोजक
schema	लघुकथन, विवरणिका
schematic	चिन्हरेखांकित
scheme	योजना
scientific	शास्त्रशुद्ध
scissoring	कर्तन
scope	कार्यकक्षा
score	गुणांक
score	समंकन
score board	गुणफलक
scored	समंकित
scrapbook	कात्रणवही
screen	पट, पडदा, प्रपटल
screen display	पट दर्शन, पटल दर्शन
screen pitch	चित्रबिंदू घनता
screen saver	पट रक्षक, पटल रक्षक
screentip	पडद्यावरील सूचना
screentips	पटसूचना
scribble	खरडणे
script	अनुदेशसंच, उपसंहिता, लघुसंहिता, हस्तलेख
scripting	लघुसंहिता लेखन
scripting language	उपसंहिता भाषा
scroll	सरकपट्टी, परिलुंठन
scrolling text	सरकता मजकूर
seamless	निर्वेध, सांधारहित
search	शोध, शोध घेणे
search engine	शोध साधन, शोध साहाय्यक
second	दुसरा (अनुक्रमे)
second	सेकंद
secondary	दुय्यम,

	द्वितीयक
secretary	चिटणीस, सचिव
section	अनुभाग
section break	अनुभाग खंड
section symbol	अनुभाग चिन्ह
sector	प्रभाग
secure	निर्वेध करणे, निश्चिंत करणे, सुरक्षित
security	सुरक्षा
seeker	शोधक
seeking	अभिधारण
segment	अनुभाग, कथानुभाग, रेखाखंड, विच्छेद
segregate	अलग करणे, विभक्त करणे
select	निवड करणे, निवडणे
selection	निवड
selective	निवडक, वरणात्मक, वेचक
selector	निर्वाचक
self	स्व
self-explanatory	स्वयंस्पष्ट, स्व-स्पष्ट
self-extracting	स्व-निष्कर्षी
self-learning	स्व-अधिगम, स्वयं-शिक्षण
self-sufficient	आत्मपर्याप्त, स्व-पर्याप्त, स्वपूर्ण, स्वयंपूर्ण
self-timer	स्व-कालद, स्वयं-कालद, स्वयं-समयक, स्व-समयक
semantic scale	अर्थव्युत्पत्ती श्रेणी
semantics	अर्थविज्ञान
semester	सत्र
semi ring	अर्ध वलय
semicolon	अर्धविराम
semiconductor	अर्धवाहक, अर्धसंवाहक
seminar	चर्चासत्र, परिसंवाद
semiotic	चिन्हात्मक
send	पाठविणे
sender	प्रेषक
sending	पाठविणे, प्रेषण
senior	ज्येष्ठ
seniority	ज्येष्ठता, ज्येष्ठताक्रम
sensation	संवेदना
sensibility	युक्तायुक्त, विवेक
sensitivity	संवेदनक्षमता, संवेद्यता,

	संवेदनशीलता
sensor	संवेदक, संवेदित्र
sensory	संवेदी
sent	पाठविलेले, प्रेषित
sentenary	सप्तमान
sentence case	वाक्य वर्णशैली
sentinel	पताका
separate	पृथक, विभक्त
separator	पृथक्कारी, विभाजक
seperation	पृथक्करण, विभक्तिकरण, वेगळे करणे
septet	सप्तिका
sequence	अनुक्रम, क्रम
sequential	अनुक्रमिक, अनुक्रमी
serial	क्रमिक
serial number	अनुक्रमांक
series	मालिका
server	अधिसेवक, नियामक, परिसेवक, समायोजक
service	सेवा
service pack	सुधार संच
service unit	सेवाविभाग
sesquilingual	एकार्धभाषिक
session	अधिवेशन, सत्र
set	ठेवण, विन्यास, संच, स्थापणे
set as default	नेहमीसाठी निश्चित करणे, नित्यस्थिती स्थापित करणे,
setting	स्थापिते
setup	संस्थापन
setup disk	संस्थापन डिस्क
setup program	संस्थापन संहिता
several	अनेक, विविध
sextet	षट्क
shade	छटा
shading	छटांकन, रंगभरण
shadow	छाया
shadowed	छायांकित
shadowing	छायांकन
shape	आकार, आकृती
share	देवाणघेवाण, सहभागी करणे

shared folder	सहभागी धारक
sharing	देवाणघेवाण, सहभागी होणे, सहभाजन
sharpness	तीक्ष्णता, रेखीवपणा
sheet	कागद, पत्रक, पर्ण
sheet feeder	पर्ण भरक
shell	प्रणाली-संवाद
shield	ढाल, ढालक्षेत्र
shift	विस्थापित करणे, स्थलांतर करणे
shift	स्थानांतर करणे
shifting	विस्थापन, स्थलांतर करणे
shimmer	लुकलुक
shipment	पाठवणी, माल-प्रेषण
shipping	मालप्रेषण, वस्तूप्रेषण
shop	कार्यशाला
shopping	खरेदी
short	आखूड
shortcut	लघुपथ
shorten	आखूड करणे
short-term	अल्पकालिक, अल्पकालीन
show	दर्शविणे, प्रदर्शन, दाखविणे
shown	दर्शविलेले, दाखविलेले
shrink	आकुंचन पावणे, आकुंचित करणे/होणे
shut down	बंद करणे, बंद
shutter	झडप, दरवाजा
shutter speed	झडप वेग
sibling	सहोदर
side business	आडकमाई
side effects	उपप्रभाव
sidebar	समास-टीपा
sides	बाजू
sifting technique	निचालन तंत्र
sight	दर्श
sign	खूण
sign in	सहभागी होणे
sign out	सहभाग संपविणे
sign up	नाव नोंदविणे, नावनोंदणी करणे

signal	संकेतक
signal to noise ratio	संकेतक रव अनुपात
signature	प्रेषक-पत्ता
signed out	सेवेबाहेर
significant	उल्लेखनीय, लक्षणीय, सार्थक
silence	मौन, स्तब्धता
silencer	ध्वनिरोधक, ध्वनिशोषक
silent	नीरव, मौन, स्तब्ध
silver	रुपेरी
similar	सदृश
simm	स्मृतिसंच
simple	साधे
simplex	एक-संकेतन
simulate	अनुकार
simulators	अनुकारक, प्रतिरूपके
simultaneously	एकाचवेळी
simultanously	एकसमयी
single	एकल,एकेरी
single inverted comma '	एकेरी अवतरणचिन्ह
single underline	एकेरी अधोरेखा
site	स्थळ
situational	परिस्थित्या-त्मक
sizable	आकारमानीय, मोठ्या आकाराचे
size	आकार, आकारमान
sizing handle	आकार-नियंत्रक बिंदू, आकारमान बिंदू
sketch	रेखाटन
skill	कसब, कौशल्य
skin	प्रतिरूप
skin chooser	प्रतिरूप निर्वाचक
skin mode	प्रतिरूप
skip	टाळणे, दुर्लक्ष करणे, वगळणे, सोडून देणे
slack	मंदी, शिथिल, सैल
slash	विकल्पचिन्ह, विभाजकचिन्ह
slave	अधीन
sleep mode	निद्रावस्था, सुप्तावस्था
slice	काप, चकती

slide	काचपट्टी, दर्शिका, दृश्यपट्टी, सरकविणे
slide master	दर्शिका प्रधान
slide show	दर्शिका प्रदर्शन
slider	सरकपट्टी
slider indicator	सरकपट्टी दर्शक
slip	पट्टिका, पर्ची
slot	खाच, खोबण
slow	मंद, सावकाश, हळू
slow down	मंदकरण, मंदायन
small	लघु, लहान
smaller	लघुतर
smaller than	लघुत्व चिन्ह
smallest	लघुतम
smart	चाणाक्ष, धोरणी, प्राज्ञ, सुज्ञ
smart quotes	वक्र अवतरण
smiley	हास्यचिन्ह, हास्यमुद्रा
smoothed	सुविहित
smoothing	समकरण
snail-mail	मंदगति टपाल
snap	खेचले जाणे, भिडणे
snapshot	क्षणचित्र
snooze	अल्पसुप्ती, अल्पविराम
sociogram	समूहालेख
socket	कोटर, खोबण
soft copy	दर्शनी प्रत
softkey	मृदुकळ
software	आज्ञावली, प्रक्रिया सामग्री
software program	आज्ञावली संहिता
solution	उपाययोजना
solution	उपाययोजना, तोडगा, संसाधन
solvent	विद्रावक
solver	निवारक
sonic	ध्वनिक, स्वन
sort	क्रमवार लावणे, क्रमवारी लावणे
sort ascending	चढती क्रमवारी
sort by	याप्रमाणे क्रमवारी
sort descending	उतरती क्रमवारी

sort order	क्रमवारीचा क्रम
sorter	शाटक, शाटित्र
sorting	क्रमवारी
sound	आवाज, ध्वनी
sound canvas	ध्वनि फलक
sound clip	ध्वनिखंड
soundproof	ध्वनिरोधित
soundsentry	ध्वनिपूरक इशारा
source	स्रोत
sources	मूलस्रोत
southern	दाक्षिणात्य
space	अंतर, मोकळी जागा
spacing	अंतरण, रिक्ती
span	आवाका, कक्षा, विस्तृती
span of control	नियंत्रण कक्षा
sparse	विरल अवयवी
spatial	दैशिक
spatial relations	दिक्संबंध
speaker	ध्वनिक्षेपक
special	खास, विशेष
specialized	विशेषीकृत
species	जाती
specific	निर्दिष्ट, विनिर्दिष्ट, विवक्षित, विशिष्ट, विशेषीकृत
specifically	आवर्जून, नेमकेपणाने
specification	विवरण
specifications	विनिर्देश, विशिष्टके
specificity	नेमकेपणा
specified	निर्देशित, विनिर्देशित, विवक्षित
specify	विनिर्देश करणे
specimen	नमुना
spectrum	वर्णपट
speech	भाषण
speech recognition	उच्चार ओळख
speed	गती, वेग
spell checker	वर्णरचना तपासनीस
spellchecker	शुद्धलेखन तपासनीस
spelling	अक्षरलेखन, वर्णरचना
sphere	आवरण, गोल
spherical	गोलीय
spike	प्रकील
spin	चक्रण,

	फिरकी
spinner	परिवलक
spinning	परिवलन
spiral	सर्पिल
splash screen	चित्रमय प्रपटल
spline	मींडवक्र
split	दुभागणे, दुभाजित, विभागणे, विभाजित
splitting	दुभाजन
splitting	विभाजन
spoke	आरी
spontaneous	उत्स्फूर्त, स्वप्रेरित
spool	छपाई रांगेत लावणे, मुद्रण-प्रतीक्षण
spooling	रांगेत लावणे
sporadic	तुरळक
sports	क्रीडा
spot	स्थान
spot color	अचल रंग, एकल रंग
spotlight	प्रकाशझोत
spouse	जोडीदार, पती/पत्नी
spread	प्रसार, विकिरण, विखुरणे, विस्तार
spreadsheet	कक्षरचना
sprocket	दंतचक्र
spurt	उत्क्षेप
square	चौरस, वर्ग (गणितात)
square brackets	चौकोनी कंस
squeal	अवकंप
squealing	अवकंपन
ssituation	परिस्थिती
stability	स्थैर्य
stack	चिती, थर, स्तर
stacked	स्तरित
stage	अवस्था, टप्पा, स्थिती
staging web	प्रायोगिक वेब
stand alone	स्वाश्रयी
standalone	स्वपूर्ण
standard	ठरावीक, प्रमाण, मानक, मानदंड
standard deviation	प्रमाणित अपगमन
standard time	प्रमाण वेळ
standard toolbar	मानक साधनपट्टी

standardised	प्रमाणित
standardization	प्रमाणीकरण, प्रमाणीकरण, मानकीकरण
standardization applied	प्रमाणीकरण प्रयुक्त
standards	मानदंड
standby	आपत्- उपयोगी, विश्रम स्थिती
start	आरंभ, प्रारंभ, सुरुवात, सुरू करणे
start time	आरंभाची वेळ
starter	प्रवर्तक, प्रेरक
starting point	आरंभबिंदू
startup	आरंभिक, प्रारंभिक
start-up	आरंभ
startup folder	प्रारंभिक धारक
start-up tone	आरंभसूचक ध्वनी
starvation	अप्राप्ती, उपासमार होणे
starve	उपासमार होणे
state	अवस्था, स्थिती

state/province	राज्य/प्रांत
statement	कथन, निवेदन
statement	विधान, विवरण
static	निर्गतिक, स्थितिक, स्थितिशील, स्थैतिक
station	केंद्र
stationary	लेखनसामग्री, स्थिरपत्रक
statistical	सांख्यिकी
statistics	आकडेवारी
stator	स्थाता
status	दर्जा, प्रतिष्ठा, स्थिती
status area	स्थितीदर्शक क्षेत्र
status bar	स्थितीदर्शक पट्टी
stealth	छुपा, प्रच्छन्न, प्रच्छन्न
step	टप्पा, पायरी
step by step	चरणशः, टप्याटप्याने, सोपानी
step in	प्रवेश करणे
step out	बाहेर जाणे

stepped start	सोपानित प्रारंभ
stepper	सोपानक
stereo	त्रिमात्री
stereo sound	त्रिमात्री ध्वनी
stereotype	साचेबंद
stereotyper	ओतमुद्रा टंकक
stickykeys	संलग्नशील कळी
stiff	दुर्नम्य
still	अचर, अचल, अजूनही, निश्चल
still pictures	अचल चित्रे
stimulation	उत्तेजना
stochastic	प्रसंभाव्य
stock	संचय, साठा
stop	थांबणे, थांबविणे
stopper	विरामक
storage	भंडारण, संचय, संचयन, साठा
storage cost	संचयन खर्च
store	भांडार, साठविणे
stored procedure	संचित कार्यपद्धती
stores	संचयस्थाने
story	कथा, गोष्ट
story-board	कथाफलक, चित्र-कथा, चित्रकथा, फलक चित्ररूप कथानक, सचित्र पटकथा
straight quotes	सरळ अवतरण
strategy	रणनीती
stream	ओघ, प्रवाह
stream loss	प्रवाह गळती
streaming	पाठविणे, प्रेषण, सुप्रवाहित करणे, सुवहन
streamlined	सुप्रवाहित
street	रस्ता
strength	ताकद, तीव्रता, शक्ती
stress	तणाव, ताण
stretch	ताणणे
strict	कडक, काटेकोर

strikeout	काट मारणे
strikethrough	मध्यरेखित
string	ओळ, क्रम, वर्णमालिका
stripped	पट्टेरी
strobe return	स्थिराभासी दर्शन
stroke	प्रखंड, फटकारा
stroke	रेखा
strong	तीव्र, मजबूत, सबळ, सुदृढ
strong argument	ठाम प्रतिपादन
strong feelings	तीव्र भावना
strong statement	ठाम विधान
structure	संरचना, सांगाडा
structured	रचनाबद्ध, सुरचित
stub	स्थूण
style	शैली
stylus	अनुलेखक, शूक
stylus printer	शूक मुद्रित्र
subfolder	उपधारक
subform	उपप्रपत्र
sub-genre	उप-कलाप्रकार
subhead	उपशीर्षक
subject	कर्ता, विषय
subject line	विषय पंक्ती
submenu	उप-आज्ञासंच
submit	सादर करणे
submittal	सादरण
subreport	उपअहवाल
subroutine	उपक्रमिक, उपसंहिता
subscribe	वर्गणी देणे, सदस्यत्व घेणे
subscribe to	वर्गणीदार व्हा
subscriber	ग्राहक, वर्गणीदार
subscript	अधराक्षर, पादाक्षर
subscription	वर्गणी, सदस्यत्व, सहभाग
subset	उपसंच
subsidiary	गौण, दुय्यम
subsidiary company	अंगीकृत कंपनी
substandard	गौण दर्जाचे, निम्नस्तरीय
substantive	आशयघन
substitute	पर्याय, बदली
substitution	प्रतिस्थापना, बदली करणे
substring	उपरज्जू

subsystem	उप प्रचना, उपतंत्र
subtask	उपकार्य
subtext	उपपाठ्य
sub-title	उप-शीर्षक
subtotal	पोट-बेरीज
succeeding	अनुवर्ती
successful	यशस्वी
successful	सफल
successfully	यशस्वीरित्या, सफलतापूर्वक
successive	आनुक्रमिक
sufficient	पर्याप्त, पुरेसा
suffix	प्रत्यय
suggest	सुचविणे
suggested	सूचित
suggestion	सुधार सूचना
suitable	अनुरूप, योग्य
suite	अभिसंच, दालन, संहितासंच
sultry	उष्णार्द्र, कुंदोष्ण
sum	बेरीज
summary	गोषवारा, सारांश
super-conductivity	अतिसंवा-हकता
superimpose	समाकार करणे
superscript	ऊर्ध्वाक्षर, मूर्धाक्षर
superset	अधिसंच
supersonic	श्राव्यातीत, स्वनातीत
supervise	पर्यवेक्षण करणे
supervision	पर्यवेक्षण
supervisor	पर्यवेक्षक
supplemental	पूरक, संपूरक
supplementary	संपूरक
supplier	पुरविणारा
support	पाठराखण, पाठिंबा, पुष्टी, समर्थन, साहाय्य, समर्थन करणे
supported	पुष्टीप्राप्त
suppress	दडपणे, दडविणे, दमन करणे, दाबून टाकणे
suppression	दमन, संदमन
surface	पृष्ठभाग, प्रतल
surge	उल्लोळ
surge	प्रोत्कर्ष, महोर्मी
surge protector	उल्लोळ संरक्षक

	समाकारता
surge suppressor	उल्लोळ संदमक
surjection	आच्छादन
surplus	उरावा, वाढावा
surround	वेढणे
surrounding	सभोवार
surrounding text	सभोवतीचा मजकूर
surveillance	संनिरीक्षण
survey	सर्वेक्षण
susceptibility	संभाव्यता, संवेद्यता
suspend	निलंबित करणे
suspended	निलंबित
suspense	उत्कंठावर्धन
suspension	निलंबन
swap	अदलाबदल, गमागम
swap in	अंतरागम
swap out	बहिर्गमन
swatch	वीक्षण
swatcher	वीक्षक
switch	ये-जा करणे, स्विच
switch off tone	बंदचा ध्वनी
syllabification	उच्चारबंध
syllable	उच्चारघटक
symbol	चिन्ह
symbolism	प्रतीकवाद
symmetrical	सममित
symmetry	सममिती,

symposium	परिचर्चा
symptoms	अभिलक्षणे, लक्षणे
synapse	अनुबंधन
synapsis	समीपस्थिती
synchronization	तुल्यकालन, समकालन, समन्वयी कृती
synchronize	एकसमयी कृती, तुल्यकालन
synchronized	एकसूत्रित, तुल्यकालित
synchronizing	तुल्यकालन
synchronous	तुल्यकालिक, समकालिक
syndetic	संदर्भदर्शी
synergetic	युतिप्रभावी
synergic	समन्वित
synergy	युती
synonym	समानार्थी शब्द
syntactic error	वर्णरचना चूक
syntactic error	वाक्यरचना चूक
syntax	वर्णरचना, वाक्यरचना
syntax error	वर्णरचनेतील चुका
synthesizer	संश्लेषक
system	पद्धत, प्रघात,

	प्रणाली, प्रचना, संहती
tab	पृष्ठनाम,
tab	पृष्ठनामिका
table	कोष्टक, तक्ता, तालिका, सारणी
table cell	तालिका कक्ष
table of authorities	अधिकरण सूची
table of captions	मथळे सूची
table of commands	आदेश सूची
table of contents	अनुक्रमणिका
table of figures	संख्यासूची
tabular	कोष्टकरूप
tact	कुशलता, चातुर्य
tactics	व्यूहनीती
tag	खूणचिठ्ठी
tag line	बोधवाक्य
tagging	जोडणी
take a tour	फेरफटका मारणे
take a tour	भ्रमंती करणे
tally	ताडून पाहणे
tandem	अग्रानुक्रम
tangent	स्पर्शरेषा
target	लक्ष्य, लक्ष्यित, इष्टांक
tariff	प्रशुल्क
task	कामगिरी, कार्य, कार्यांग
taskbar	कार्यपट्टी
tasks	कार्ये
team	पथक
team spirit	संघवृत्ती
teamwork	संघकार्य
technical	तांत्रिक
technology	तंत्रज्ञान, तंत्रविद्या
telecommunication	दूरसंचार
teleconferencing	दूरसंमेलन
telephone	दूरध्वनी, दूरभाष
telephone book	दूरध्वनी नोंदवही, दूरभाष नोंदवही
telephone operator	दूरध्वनी यंत्रचालक
teleprinter	दूरमुद्रक
telescope	दूरदर्शक
telescopic	अंतःसारी
tell me more	अधिक माहिती द्या
temperament	प्रकृतिस्वभाव
template	प्रारूप
tempo	लय, लयबंध
temporal	कालिक

temporary	अस्थायी, तात्कालिक, तात्पुरता
tendency	कल, प्रवृत्ती
tentative	तूर्तातूर्त, तूर्तास
terminal	अंतक, अंतस्थायी, टोक, शाखाग्र
terminate	अंतकरण, समाप्त करणे
termination	समापन
terms	संज्ञा
ternary	त्रयी
test	चाचणी, निकष, चाचणी घेणे
test release	चाचणी प्रत
text	मजकूर
text alignment	मजकूर सरेषण
text area	मजकूर क्षेत्र
text block	मजकूर अंश
text box	मजकूर पटल
text direction	मजकुराची दिशा
text editor	मजकूर संपादक
text file	मजकूर धारिका
text format	मजकुराचे स्वरूप
text formatting	मजकुराचे स्वरूपण
text only	केवळ मजकूर, पाठ्यमात्र
text size	पाठ्य मात्रा, मजकुराचे आकारमान
text size	मजकूर मात्रा
text wrap	मजकुराचा ओघ
texture	पोत
theme	विषय, विषयवस्तू
then by	नंतर या निकषाने
theorem	तर्कसिद्धान्त, प्रमेय
theory	सिद्धान्त
thermal	उष्णतेसंबंधी, औष्णिक
thermosphere	तपावरण
thesaurus	पर्यायकोश, समानार्थी शब्दकोश
thick	जाड
thick-thin	जाड-बारीक
third party	त्रयस्थ
thorough	आद्योपांत, साद्यंत

thousand separator	सहस्र विभाजक
thread	धागा
threading	सूत्रण
threads (of a screw etc.)	आटे
threat	धोका
three-color	तिरंगी
threefold	तीनपदरी
three-way	त्रिधा
threshold	उंबरठा, सीमारेषा
throughput rate	स्थानांतर दर
thue	उभयज
thumbnails	लघुप्रतिमा
tight	घट्ट, बिलगून
time	काल, वेळ (पु.), वेळ (स्त्री.), समय
time format	समय स्वरूपण
time out	मुदतबाह्य, समयबाह्य, समयातीत
time quantization	कालांशन
time server	समय समायोजक
time stamp	समयांकन
time zone	समय प्रक्षेत्र, समय विभाग
timed	कालबद्ध
timeline	समय पंक्ती
time-out	वेळ-समाप्ती
timer	कालद, समयक
timing	समयन
tint	रंगछटा
tiny	सूक्ष्म
tip	सूचना
title	उपाधी, मालकी, शीर्षक, स्वामित्व
Title	हक्क
title bar	शीर्षक पट्टी
title case	शीर्षक वर्णशैली
to	पर्यंत, प्रति
toggle	अदलाबदल
toggle case	अदलाबदल वर्णशैली
toggle key	अदलाबदल कळ
token	चिन्ह, द्योतक, प्रतीक
tolerance	सह्यता
toll-free	निःशुल्क
tone	गडदपणा, ध्वनी, स्वरनाद, स्वरमात्रा
tone (music)	स्वरनाद

too many	कितीतरी
too much	अत्यधिक, भरमसाठ
too short	त्रोटक
tool	साधन
tool box	साधनसंच
toolbar	साधनपट्टी
toolbar button	साधनपट्टी बटण
toolbar icon	साधनपट्टी प्रतीक
toolkit	सेवासाधनसंच
tooltip	साधनसूचना
top	वरील
topic	प्रकरण, विभाग
torch	विजेरी
total	एकूण, बेरीज
total row	बेरजेची पंक्ती
touch tone	स्पर्श ध्वनी
tour	फेरफटका
town	नगर
toxic	विषकारक, विषमूलक, विषाक्त
trace	स्वल्पांश
tracing	अनुरेखन
track	गीत, चकारी, परिमार्ग, चक्रमार्ग, मागोवा
track changes	बदलांचा मागोवा घेणे
tracked change	मागोवा घेतलेले बदल
tracking	अधीक्षण
trade	धंदा
trade secret	व्यापारिक रहस्य, व्यापारी गुपित
trademark	व्यापारचिन्ह
tradition	परंपरा
traditional	पारंपरिक
traffic	यातायात, रहदारी, वर्दळ, वाहतूक
trailing	अनुग, अनुगामी
training	प्रशिक्षण
trait	विशेष गुण, स्वभाव-वैशिष्ट्य
transaction	कामकाज, व्यवहार
transcriptive	अनुलेखी
transfer	बदली, संक्रमण
transfer	स्थानांतर करणे,
transfer	स्थानांतरण,

	हस्तांतर करणे
transfer	हस्तांतरण
transfinite	बीजातीत, सांतातीत
transform	स्थित्यंतर
transformation	रूपांतरण
transformer	रोहित्र
transfusion	संक्रामण
transient	अल्पजीवी, अस्थायी, अस्थिर, क्षणिक
transition	संक्रमण
translate	अनुवाद करणे
translation	अनुवाद
translucent	अर्धपारदर्शक
transmission	पारेषण, प्रक्षेपण
transmit	प्रक्षेपित करणे
transmitter	प्रक्षेपक, प्रषित्र, प्रेषक
transparency	पारदर्शकता
transparent	पारदर्शक
transplant	रोपण
transponder	प्रतिसादप्रेषक
transport	परिवहन
transportable	परिवहनी
transportation	परिवहन
transpose	परिवर्त
transposition	अदलाबदल, पक्षांतरण

transposition	व्यतिरेक
trans-receiver	प्रेष-ग्राही
trans-sonic	स्वनसीमी
transversal	पथक्रमण
transverse	अनुप्रस्थ
transverser	सरकता
trap	प्रपाश, रंगसंधी, सापळा
trapezoid	अनियताकार चौकोन,
trapezoid	विषम चतुर्भुज
trapping	प्रपाशन
trapzium	समलंब
trash	कचरा
tratified	स्तरित
tratify	स्तरण
tray	तबक, पात्र
tree	विस्तार
tree structure	शाखाविस्तार
trembler	कंप्रक
trend	कल
trendline	कल-रेखा
triad	त्रय
trial	चाचणी, परीक्षण, पारख
trial version	चाचणी आवृत्ती
tributary	पोषक
trick	क्लृप्ती,

	चकविणे, युक्ती
tridiagonal	त्रिविकर्णी
trigger	चालना देणे
trilogy	त्रिसूत्री
triple	त्रिगुण
triplicate	त्रिप्रती
trivial	क्षुद्र, क्षुल्लक
trivilization	क्षुद्रीकरण, क्षुल्लकीकरण
trnsmitter	प्रक्षेपक
tropical	उष्ण-कटिबंधीय
troubleshoot	समस्या-निवारण करणे
troubleshooting	समस्या-निवारण
true	खरे, सत्य
truncate	छाटणे, छाटले जाणे
truncate	छिन्नाग्र करणे
truncated	छाटलेले, छिन्नाग्र
trust	भरवसा, विश्वास
trusted	विश्वसनीय, विश्वासपात्र
trustee	विश्वस्त
trustworthy	खात्रीलायक, विश्वासपात्र
try	करून पाहणे, प्रयत्न करणे
tugging	खेचत जाणे
tumbling	आलुंठन
tumor	अर्बुद, गाठ
tune	स्वरमेळ
tuning	समस्वरण, स्वरमेलन
tunnel	प्रेष-वेष्टण
tunnelling	वेष्टितप्रेषण
turn off	बंद करणे
turn on	चालू करणे
turnaround time	आवर्तन समय, प्रतिवर्तन
turnover	उलाढाल
tutorial	अभ्यास-साहित्य
twisting	परिपीडन
two-color	दुरंगी
two-dimensional	द्विमितीय
two-way	द्विधा, द्विमार्गी
type	टंक, टंकलिखित करणे, प्रकार, वर्ग
typecast	साचेबंद
typical	ठरावीक, लाक्षणिक,

	स्थूलमानाचे	uncrossed	अछेदित
typically	लाक्षणिकपणे, स्थूलमानाने	undefined	अनिर्देशित, अनिर्धारित
typography	मुद्रणकला	undelete	हटविलेले पूर्ववत करणे
ultimate	अंतिम		
ultrasound	श्राव्यातीत ध्वनी	undercurrent	अंतःप्रवाह
		underestimated	अल्पोक्त
ultraviolet	अतिनील, जंबुपार	underestimation	न्यूनांकन, अधोमूल्यन
umarked	अनांकित	underflow	अधःप्रवाह
unable to	असमर्थ	underline	अधोरेखा
unaccessible	अनाभिगम्य, अनिवेश्य, अप्रवेश्य	underline	अधोरेखित करणे
		underlined	अधोरेखित
unanswered	अनुत्तरित	underlining	अधोरेखन, अवधारण-चिन्ह
unassigned	अनियुक्त, अपरिचारित		
unauthorised	अनधिकृत	underlying	अधस्थित
unavailable	अनुपलब्ध, अप्राप्य	underscore	अधोरेषा
		understanding	आकलन, सामंजस्य
unblank	अलोपन, रिक्तिभरण	undesirable	अवांछनीय
unblock	अडसर काढणे	undirected	अदिष्ट, अनिर्देशित, दिशाहीन
unblocked	अडसर दूर केलेला, अनावरुद्ध, अनिरुद्ध	undo	आधीची कृती रद्द करणे, पूर्ववत करणे
unbound	अनाबद्ध		
unbreakable	अ-भंगशील, अभंज्य	undock	असक्त करणे
		undock	तरता करणे, बंधमुक्त करणे
uncluttered	सुविहित, सुव्यवस्थित	unfold	उलगडणे

unfreeze	मुक्त करणे, मोकळे करणे
ungroup	विसमूहन करणे
unguided	अमार्गदर्शित
unhide	व्यक्त करणे, समोर आणणे
unicast	एकदिश प्रक्षेपण
unicode	युनिकोड
unidimensional	एकमितीय
unidirectional	एकदिश, एकमुखी
uniform	एकसमान
uniformity	एकसमानता, एकसमानी
unilateral	एकतर्फी
uninstall	विस्थापन करणे, विस्थापित करणे
unintentional	अहेतुक
uninterrupted	अखंडित, अव्याहत, विनाव्यत्यय
unique	अद्वितीय, अनन्य, एकमेव
unit	एकक
unitary	एकजिनसी, ऐकिक
united	संयुक्त
univalent	एकभुजीय
univariate	एकपरिवर्तनीय
universal	वैश्विक, सार्वत्रिक
universe	विश्व
unloading	अवभारण
unlock	बंधमुक्त करणे, वितालकन
unlocked	बंधमुक्त, वितालकित
unmute	ध्वनी चालू
unnamed	अनामित
unnecessary	अनावश्यक
unpack	उकलन, विसंकुलन
unreachable	अप्राप्य
unread	अपठित, न वाचलेले
unrecognizable	अनभिज्ञेय, अपरिचित, अपरिचेय
unrecognized	अनभिज्ञ
unregister	नोंदणी रद्द करणे
unscramble	सुविहित करणे
unskilled	अकुशल
unspecified	अनिर्देशित
unspecified	अविवक्षित
unstructured	अरचित, रचनाहीन
unsubscribe	असहमत असणे,

	असहमती दर्शविणे, नाव काढून घेणे
unsuccessful	अयशस्वी, असफल
unsupported	असमर्थित निराधार, पुष्टीविरहित
untitled	शीर्षकविहीन
untratified	अस्तरित
untrusted	अविश्वसनीय
unwanted	नको असलेले
unwarranted	अप्रस्तुत, अविहित
unwrapping	अववेष्टण
up arrow	ऊर्ध्वदिश बाण
update	अद्यतन, अद्ययावत करणे, अद्ययावतता अद्यनित, अद्यनीकृत
updates	सुधारप्रती
updating	अद्यनीकरण
upgrade	श्रेणिसुधार
upgrading	श्रेणिसुधार
upload	प्रसृत करणे
uploading	उद्भारण
upper	वरचा
uppercase	गुरुवर्णशैली
upsizing	वर्धन

upstart collection	उपटसुंभ मिळवणी
upward	उपरिमुखी, ऊर्ध्वगामी, वरच्या दिशेने
urgency	तातडी, निकड
urgent	तातडीचे निकडीचे
URL	एकसमान संसाधन शोधक
usage	वापर
usage analysis	उपयुक्तता विश्लेषण
use	उपयोग, वापर
used	वापरलेले
useful	उपयुक्त
user	उपयोक्ता, उपयोजक, प्रयोक्ता, वापरकर्ता
user friendly	उपयोक्ता-हितैषी, उपयोक्तानुकूल
user friendly	उपयोजक-हितैषी, उपयोजका-नुकूल, प्रयोक्तानुकूल प्रयोक्ता-

	हितैषी
usual	नेहमीचे
usually	सामान्यपणे
utility	उपयोगिता, उपयोजिता
utilization	वापर
u-turn	पूर्ण वळण
vacation	दीर्घ रजा
valence	कर्षकत्व, बलकर्षण
valency	संयोगशक्ती
valent	संयोगी
valid	ग्राह्य, वैध, संमत
validate	ग्राह्यता देणे, प्रमाणित करणे
validation	ग्राह्यता, तपासणी मान्यकरण
validity	ग्राह्यता, यथार्थता
valuation	मूल्यांकन
valuator	मूल्यनिर्धारक
value	मूल्य
value added	मानयोजित, मूल्यवर्धित
variability	चलनशीलता, परिवर्तन-शीलता
variable	चल, परिवर्ती, परिवर्त्य, बदलता
variance	परिणमन
variants	भेद, विभेदक
variation	विचरण, विभिन्नता
variety	वैविध्य
vector	सदिश
vector graphic	सदिश चित्राकृती
vectored	सदिशित
velocity	संवेग
vendor	विक्रेता
ventilation	वायुवीजन, संवातन
verb	क्रियापद
verbal	तोंडी, भाषिक
verification	पडताळणी
verified	पडताळणी केलेले, पडताळलेले
verifier	पडताळणारा
verify	पडताळणे
version	आरूप, आवृत्ती, संस्करण
vertex	शिरोबिंदु
vertical	अनुलंब, उदग्र

vertical alignment	अनुलंब सरेषण
vertical scroll bar	अनुलंब सरकपट्टी
vertical text	अनुलंबित मजकूर
vertically	अनुलंबित
via	द्वारा
vibe	कंपनाद
vibrator	कंपित्र
video	दर्शक साधन, दर्शनी, दर्शित्र, दृश्यखंड, दृश्यबंध
video clips	दृश्य-खंड
video effects	दृश्यबंध प्रभाव
video transitions	दृश्य संक्रमणे
videos	दर्शने
view	अवलोकन, दृश्य, पाहणे
viewer	प्रदर्शक
vigilance	जागरूकता
violation	उल्लंघन
virtual	आभासी, भासमान
virus	विषाणू
virus signature	विषाणु-चिन्हक
visibility	दृग्गोचरता, दृश्यमानता
visible	दृश्यमान, दृश्यरूप
visit	भेट देणे
visual	चाक्षुक, दार्ष्टिक, दृक्, दृग्गोचर
visual service	दार्ष्टिक सेवा
visualization	दृक् चित्रण, दृश्यांकन
visualize	दृग्गोचर करणे
vocabulary	शब्दभांडार, शब्दसंपत्ती
voice	आवाज, उच्चार, उच्चारण, ध्वनी, वाच्य, वाणी, शब्दध्वनी, शब्दोच्चार
voice recognition	उच्चार अभिज्ञान, उच्चार परिचय, उच्चारण अभिज्ञान, उच्चारण परिचय, वाच्य अभिज्ञान, वाच्य परिचय,

	वाणी परिचय, शब्दध्नी
	अभिज्ञान, शब्दोच्चार
	अभिज्ञान, शब्दोच्चार
	परिचय,
voice training	ध्वनी सराव
voice-over	निवेदक
voltage regulator	विद्युत्-दाब नियामक
volume	आकारमान, आयतन, ध्वनितीव्रता
volume (audio)	ध्वनि-पातळी
volume (book)	खंड
vote	मतदान करणे
vulnerability	भेद्यता, विभेद्यता, वेध्यता
vulnerable	भेद्य, विभेद्य, वेधनीय
wait	प्रतीक्षा करणे
wall paper	भित्तिचित्र
wallpaper	पटचित्र
warm boot	पुनःप्रारंभ
warming up	उत्तेजना
warming-up period	उत्तेजना काल
warning	इशारा, सावधानता सूचना

warning message	सावधानता संदेश
warrant	प्राश्वासित करणे
warranty	प्राश्वासन
washout	अंधुक
wastage	अपव्यय
waste	अपशिष्ट
watch	लक्ष ठेवणे
watchdog	रखवालदार
watcher	जागरूक, जागल्या, सजग
watermark	जलचिन्ह
wave	तरंग
wave guide	तरंग पथक
wave length	तरंग लांबी
wavy	नागमोडी
way	दृष्टिकोन, मार्ग, रीत, शैली
weak	अशक्त, कमकुवत, कमजोर
weather	हवामान
web	वेब
web author	वेब लेखक
web browser	वेब ब्राउझर
web publishing	वेब प्रसिद्धी
web site	वेब स्थळ
weblog	वेब-कट्टा

weekday	कामाचा दिवस, सप्ताहदिन
weekend	सप्ताहांत
weekly	साप्ताहिक
weight	भार, मूल्यभार, वजन
weighted average	भारित सरासरी, मूल्यभारित सरासरी
welcome	स्वागत
welcome screen	स्वागत फलक
well formed	सुघटित, सुनिर्मित
western	पाश्चात्य, पाश्चिमात्य
what's new	नवीन काय आहे
what's this?	हे काय आहे?
wheel	चक्र, चाक
white space	मोकळी जागा, सफेद रिक्ती
whole	अखंड, पूर्ण
widening	विस्तारण
widow and orphan control	वियोग-पंक्ती नियंत्रण, सडी ओळ नियंत्रण
width	रुंदी
wildcard	संक्षेपचिन्ह
wildcard character	प्रातिनिधिक वर्ण, संक्षेपदर्शक वर्ण
window	गवाक्ष, चौकट
windowing	गवाक्षन
wipe	पुसणे
wipe out	पुसून टाकणे
wired	तारयुक्त
wireless connection	बिनतारी जोडणी
wishlist	अपेक्षासूची, इच्छासूची
withdrawal	परागमन
without	शिवाय
without fail	न चुकता
wizard	विशारद
word	शब्द
word blindness	शब्दांधता
word count	शब्द संख्या
word fluency	शब्दचातुर्य
word processing	शब्द-प्रक्रिया
word processor	शब्द-प्रक्रियाकार

word wrap	शब्द-ओघ, शब्दोघ
work	काम, कार्य
workbook	कार्यपुस्तक
workgroup	कार्यसमूह
working	कामकाज, कार्यरत, कार्यशील, चालू स्थितीत
working (adj)	कामचलाऊ
working in background	पार्श्वभागी कार्यरत
workload	कार्यभार
workplace	कार्यस्थान
worksheet	कार्यपत्रक
workshop	कार्यशाळा
workspace	कार्यपट
workstation	कार्यस्थान
world	जग
world wide web	वर्ल्ड वाइड वेब, विश्वव्यापी जाल
wrap	परिवेष्टन
wrap capability	वेष्टन क्षमता
wrap to window	विंडोमध्ये बसविणे
wrapping	मजकूर ओघ
write	लिहिणे, लेखन
write byte	लिखाण अष्टमान एकक
writeable	लेखनीय
write-down	अवमूल्यन
write-only	केवळ लेखनीय
write-only	लेखनमात्र
write-protected	लेखन-प्रतिबंधित, लेखन-संरक्षित
writer	लेखित्र
write-up	मूल्यवर्धन
writing	लेखन
wrong	चुकीचे
year	वर्ष
year of birth	जन्मवर्ष
yearly	वार्षिक
yes	होय
yes to all	सर्वांसाठी होय
yet	अद्याप
zigzag	नागमोडी
zip code	झिप कोड
zone	परिमंडळ, विभाग
zoom in	आकार वर्धन, समीप दृश्य
zoom out	आकार ऱ्हसन, दूर दृश्य
zooming	विवर्धन

◆◆